周瘦鹃
译文集

Zhou
Shou Juan
YIWENJI

[美]华盛顿·欧文 等 —— 著

周瘦鹃 —— 译

这一番花残月缺

中国文史出版社
CHINA CULTURAL AND HISTORICAL PRESS

图书在版编目（ＣＩＰ）数据

这一番花残月缺 /（美）华盛顿·欧文等著；周瘦

鹃译 . -- 北京：中国文史出版社，2018.1

（周瘦鹃译文集）

ISBN 978-7-5205-0915-2

Ⅰ.①这… Ⅱ.①华… ②周… Ⅲ.①短篇小说—小

说集—世界 Ⅳ.① I14

中国版本图书馆 CIP 数据核字（2018）第 272843 号

责任编辑：梁玉梅

出版发行：中国文史出版社

社　　　址：北京市海淀区西八里庄 69 号院　　　邮编：100142

电　　　话：010-81136606　81136602　81136603（发行部）

传　　　真：010-81136655

印　　　装：北京温林源印刷有限公司

经　　　销：全国新华书店

开　　　本：16 开

印　　　张：15

字　　　数：206 千字

版　　　次：2019 年 7 月北京第 1 版

印　　　次：2019 年 7 月第 1 次印刷

定　　　价：49.80 元

辑一　春 ————————

惩　骄 / 003

鬼新娘 / 011

阿　兄 / 021

未婚妻 / 035

亡妻的遗爱 / 038

无可奈何花落去 / 043

辑二　夏 ————————

游侠儿 / 055

奴　爱 / 067

洪　水 / 072

于飞乐 / 096

意外鸳鸯 / 101

美人之头 / 118

————— **辑三　秋**

欲 / 133

面　包 / 139

复仇者 / 150

伞 / 156

欧梅夫人 / 166

伤心之父 / 172

这一番花残月缺 / 178

————— **辑四　冬**

杀 / 187

帷　影 / 202

酷相思 / 211

薄命女 / 216

宁人负我 / 221

莲花出土记 / 230

辑一 ◎ 春

惩 骄

〔美〕H. B. 斯托夫人

　　一所精舍的窗下，有一棵很大的苹果树，每逢艳阳之天，这树上便开满了千朵万朵的红花。一片胭脂色，照眼欲笑，到了秋天，一半儿便结成了鲜艳红润的苹果，也像那艳艳春花一般可爱。

　　这上边的窗中便是一间育儿房。房里的墙上糊着一色碧绿的纸，窗前垂着薄纱的窗帷，洁白如雪。每天早上，总有五个小孩子到这房里来，身上都还穿着睡衣，那黄金之发也散满了一头。大家正在那里候着更衣梳洗呢，那两个最大的唤作爱丽丝和曼丽，都是明眸玉颊、七八岁的小娃娃。她们肩下却是两个壮硕的小子，一个叫杰密，一个叫却利。最小的名唤爱伦，大家却替他起了外号，唤他做小猫儿。他们姊妹兄弟间也都小猫儿、小鸟儿地乱嚷乱叫，表示他们的亲热。

　　每天大清早，总有五个小头从这窗中探将出来，接近那繁花密叶的苹果树。因为有一对知更雀在近窗的一根丫枝上造了个美丽光致的窠，它们天天衔泥劈枝，忙着造窠，那五双明如春星的小眼睛，也天天瞧着它们。

　　那两只知更雀见他们瞧着，先还有些怯生生的，后来瞧惯了，倒也不在意，觉得这窗中五个卷发如蛋的小头，正和那四下里的红苹果花和那树下的雏菊杯形花没有什么分别。至于那五个小孩子呢，自然也很爱这一对知更雀，见它们造窠，总得出力相助，有的丢几团棉花过去，有的丢些丝线绒线过去。为了这个，竟在他们摇床中的绒被上弄了个窟窿，爱丽丝也把她的袜带剪了两段，大家争先投赠，十分慷慨。好在那知更雀随到随受，来者不拒，不论什么东西都会造在窠里，造得也工致动目，俨然有建筑家的本领。大家瞧了快乐得跟什么似的，往往向它们两个说道："小鸟，小鸟，我们把被中的棉花和袜上的绒线一股脑儿送给你们，你们可得温暖咧。"末后，他们做这慈善事业益发热心了，竟然从他阿妹头上截下了一卷艳艳黄金发，丢将过去，姊妹们见那发儿金丝似的在那窠里飘着，都拍手欢笑起来。

窠儿成时，煞是可爱，那小孩子便一起唤它做"我们的窠"，又称那知更雀是"我们的鸟儿"。

哪知有一天，他们益发兴高采烈了，原来一天早上他们的小眼睛张开来时，陡地望见那窠里已有了个浅青色的蛋，以后每天总多了一个。他们也一天快乐胜一天，五天以后，早有了五个蛋。于是大家得意地说道："这五个蛋实是送给我们的，不久我们各人就能得一个鸟儿咧。"说时便笑着跳舞起来。

往后那母鸟就天天坐在那蛋上，每天朝夜，这育儿房的窗中倘有一个小头探将出来时，总见那母鸟一双又圆又明的眸子骨碌碌地转着，也似乎很恳切地等小鸟出来呢。那五个小孩子最是性急不过的，渐觉等得不耐烦咧。但是每天就餐时，依旧取了面包糕饼放在窗槛上给那母鸟吃，那母鸟也依旧耐性儿坐在那蛋上。

一天，杰密很不耐烦地说道："不知道它可要等多少时候？我不信它再会孵成什么小鸟呢。"

那小爱丽丝却很庄严地说道："怎么不会？你等着吧，杰密，这些事你哪里知道，要知孵成小鸟原不是一天两天的事。据老撒姆和我说，他家的老母鸡须在蛋上坐了三来复^①才能孵成小鸡呢。"

但是要他们五双小眼睛巴巴地望它三来复，也是很气闷的。当下杰密便说："知更雀的蛋比鸡蛋小，哪里要这三来复的工夫。这种道理，谁也不明白来。"杰密平时往往自负明白，仿佛世上万事他没一件不知道的，所以在姊妹们中也自以为是个大阿哥，只大家虽是议论着这知更雀的孵蛋问题，究竟脑筋简单，论不出什么究竟来。

但是一天早上，大家探头到窗外瞧时，却见那双圆溜溜亮晶晶的小眼睛已不知道往哪里去了，但见那窠儿里似乎有一堆毛茸茸的东西，大家一瞧，禁不住嚷将起来："咦，妈妈快来瞧，那老鸟儿忽地抛下了窠去咧。"

正这样嚷着，猛可地瞧见那窠里张开了五张红红的小嘴来，原来那一堆毛茸茸的东西，正是五只小鸟又为了挤在一起，所以瞧不分明。

那时曼丽开口说道："这些东西好不可怕，我却不知道鸟儿初生时竟像是怪物呢。"

杰密道："瞧它们仿佛单生着嘴，没有身体似的。"

却利道："我们该喂它们才是。"说时扯了一小块姜饼，向那窠儿丢去，一边说道："小鸟儿，这些姜饼送给你们吃的。"

谁知这一丢却恰恰丢在窠外，掉在那杯形花中，倒受用了两个蟋蟀，给它们饱餐了一顿。

这当儿他们的母亲放声说道："却利，你可仔细着，我们并不知道那喂小鸟的法儿，还是让它们爸爸妈妈回来喂吧。它们两口子大清早飞将出去，就是替它们小的去觅早饭呢。"

那母亲的话果然不错，正这样说着，陡见那密司脱^②知更雀和密昔司^③知更雀已穿过了这苹果树上一条条绿枝，飞到它们窠里。那五只小嘴便不约而

①　旧时称一周为一来复。
②　即先生。
③　即女士。

同地张了开来，那老子娘便把嘴逐一凑上，不知道送了些什么东西进去。

那小孩子们天天瞧那一对老鸟喂着小鸟，直当作一件最有趣的事。那母鸟喂食的时候就坐在窠上，把翅膀去熨暖它的子女；那老子却坐在这苹果树的最高枝上，得意扬扬地瞧着，一天又一天，瞧五只小鸟儿已渐渐长大起来，起初瞧去，不过是五只红红的嘴儿，到此已成了五头羽毛斑驳、躯体壮硕的小知更雀。眼儿又圆又明又带着狡猾的样子，恰跟它们老子娘一个样。

那小孩子们见它们已长大了，便又唧唧哝哝地谈论起来。

曼丽道："我想给我鸟儿题一个名字，叫它作棕色眼。"

杰密道："我的就唤作元首，因为我知道它也定能变成一只出类拔萃、独一无二的鸟儿。"

爱丽丝道："我的鸟儿就叫作歌手吧。"

到此那个最小的爱伦也嚷将起来："我的该唤作秃笛，平日间你们不是惯常唤我秃笛利么？"

却利也大呼道："我们该向秃笛利道贺，因为他的鸟儿最是可爱呢。至于我的那只，就唤作斑点如何？"

此时那五只小鸟居然都有了名。它们渐长渐大，挤在一窠里头，那小孩子们瞧着它们，不知不觉地记起一首小诗来。诗意说是鸟儿同在一窠，总很和睦，孩子们同在一家却要相骂打架，那是很可羞的事。

他们时时唱着这诗，以为这些话万万没有错的，只是眼前瞧了那五只小知更雀的情景，却有些不和起来。原来它们相骂打架的工夫，也和小孩子们没有什么高下。

那五头小鸟中最强最大的便是元首，往往挤着它弟妹们乱吵乱闹，吃东西时也总抢那最多的一份。每逢密昔司知更雀带了什么好的东西回来，那元首的红嘴儿便张得大大的，不但如此，且还骚扰个不停，仿佛这窠儿都是它一鸟的天下一般。

它母亲瞧不过去，时时教训它，不许贪嘴，有时故意使它老等着，先喂了弟妹，然后喂它。然而它却老大地不服气，一等母亲出去就在它弟妹身上报仇，闹得翻天覆地，扰乱窠中的治安。

那斑点倒是一头很有精神的鸟，见元首这样不法，总伸着嘴儿去啄它几下，双方不肯退让，动不动就斗将起来。可怜那棕色眼原是一头温柔和善的鸟，见它哥儿们斗时，总瑟瑟缩缩地避在壁角里发抖，害怕得跟什么似的。至于那秃笛和歌手，倒像两个好姊妹，彼此十分和睦，整日价没有什么事，只唧唧哝哝地闲谈着，有时还骂它们阿兄行为恶劣，毫不回护，从此打架相骂的声音，时时杂然而起，直使它们窠中再也没有太平的日子。

总而言之，这密司脱和密昔司知更雀的家庭并不是那诗人意想中的家庭。

一天，元首忽地向它老子娘说道："这老窠儿简直是个拥挤沉闷的洞儿，使人如何耐得？况且我们这么大了，也该出去逛逛，可否把飞行的功课教了我们，放我们出去么？"

它母亲答道："我亲爱的孩子，我们只等你们羽毛丰满，有了气力，便须教你们飞咧。"

它老子也接着说道："你还是很小一只鸟儿，该好好儿服从你老子娘才是，耐性儿等到羽毛丰满了，自然由你到处飞翔呢。"

元首一声也不响，把它的小尾儿搁在窠儿的边上，向那下边绿油油的草儿和黄澄澄的金花菜望着，又望那上边蔚蓝色的天空，一边悄悄地在那里想道："这是哪里说起？我还须等到羽毛丰满么？阿父阿母都是些迟慢的老东西，偏要把那种呆蠢的意见，挫折我一往直前的勇气。它们倘再这样迟迟不发，吾可要自由行动咧。只消趁它们不知不觉的当儿，便一飞冲天而去，不见那些燕子，翩翩跹跹地在那碧空中掠来掠去，好不自在。我也须像它们一个样儿才得意咧。"

末后它那两个妹子劝它道："亲爱的阿兄，我们小时先该学柔顺服从，才合正道。等我们阿父阿母说什么时候该出去时，方能出去。"

元首勃然道："你们女孩子懂什么飞行之道？"

斑点道："不是这般说，我们男女都是一样的，你偷要出去，谁稀罕来？因为你在窠中，委实给你占了好多位置呢。"

那时它们的母亲恰好从外边飞回来，即忙上前说道："唉，我亲爱的孩子们，我难道不能教你们相亲相爱，一块儿度日么？"

大家同声答道："这都是元首的过失。"

元首嚷道："都是我的过失么？你们倒好，凡是这窠中有了什么错事都推在我一个人身上，你们说我多占了位置，索性让你们也好。不见我此刻早已缩在一边，我的位置也早已被斑点占去咧。"

斑点冷然道："谁要你的位置来？这里尽由你进来呢。"

这时它母亲又出来说道："我亲爱的孩子，快到里头来，做一只好好儿的小鸟，如此在你自己方面也觉快乐。"

元首道："说来说去，总是这几句老生常谈。委实说我在这窠中已觉太大，该出去见见世面。不见这世界之上正有着许多美丽的东西么？就是这里树下，也天天总有一只明眼美丽的生物到来，很要我飞将下去，和它一块儿在草上玩一会子呢。"

他母亲很吃惊地说道："我的儿，我的儿，你可留心着。这一个外貌可爱的东西实是我们最可怕的仇敌，它的名儿就唤作猫。要知这猫儿简直是个张牙舞爪的大怪物呢。"

那些小鸟一听这话，都瑟瑟地颤将起来，即忙挤紧在窠里，一动都不敢动。只那元首却兀是不信，心中自语道："我已长得这么大了，哪里还信这话儿，阿母也一定是和我开玩笑，并非实有其事的。我倒要使它们瞧我，有没有照顾自己的能力。"

第二天早上，它老子娘出去时，元首便又站在那窠儿的边上向下边一望，恰见那猫小姐正在树下雏菊丛中洗脸呢。它那毛儿甚是光滑，又像雏菊花一般雪白，两个眼黄澄澄的，瞧去也很可爱。那时它抬眼向树上望着，眼光中带着那种勾魂摄魄的魔力，一面说道："小鸟儿，小鸟儿，快到下边来，猫儿要和你们玩呢。"

元首很快乐地说道:"只瞧它那双眼,好像黄金铸成的。"

当下斑点和歌手忙道:"别瞧它,它正在那里迷惑你,然后想吃掉你呢。"

元首把它的短尾儿一面在窠上挥着,一面说道:"我倒要瞧它怎样吃我下去,它真是个最美丽最温柔的生物,但要我们下去和它一块儿玩吧。我们也不妨下去玩它一会儿,这个老窠里,哪有什么玩意儿?"

这时,那下边的两只黄眼中又射出两道勾魂摄魄的精光,注在元首眼中,接着又放出一种银钟似的声音来道:"小鸟儿,小鸟儿,快到下边来。猫儿要和你们玩呢。"

元首又道:"它那脚掌也白白的,活像是天鹅绒并且煞是温软,我想里边一定没有利爪藏着呢。"

它那两个阿妹即忙喊道:"别去,阿兄,别去!"

不多一会儿,那育儿房的窗中,忽地起了一片可怕的呼声道:"呀,妈妈,快来瞧,快来瞧,那元首陡地从窠中掉将下来,已被我们的猫儿抓住咧。"

那猫儿衔着元首得意扬扬地跑了开去,可怜元首兀自在它利齿之间,不住地动弹着,无奈总挣扎不去。这狡恶的猫儿也并不就要吃掉它,正照着刚才说着的话儿要和它玩一会子。当下便衔着元首,一口气赶到那蔓莫丛中一处静僻所在。

那育儿房窗中五个头儿便也忙得什么的,兀是在那里东张西瞧地观望着。

看官们可知道猫儿玩弄那鸟儿鼠儿的法子么?它先把那鸟儿鼠儿放在地上,假作要赦免它们的样子,但等那鸟儿鼠儿准备脱逃时,就扑地跳将上去,抓住了纳在口中摇动着,戏弄虐待,无所不至。瞧它们去死近了,才一口吞将下去。它们为什么使这毒计?做书的也无从知道,但知道这是猫儿的天性吧。

那时杰密声嘶力竭地嚷起来道:"呀,它在哪里?它在哪里?此刻该赶快找到我可怜的元首,然后杀死那可怕的恶猫。"

正在这当儿，那密司脱和密昔司知更雀恰恰飞将回来，也和着元首姊妹们悲声叫着。密昔司知更雀一双明眼原很尖锐，一眼望见它儿子辗转蘡薁丛下，给那猫儿拍着滚着，于是鼓着两翅飞下来，躲在那丛草之上，不住地吱吱狂叫，叫得那小孩子们一起赶了出来。

杰密立刻钻入蘡薁丛中，一把捉住了那猫，口中还衔着元首，兀是不放。只禁不得他打了两三下，就把元首放了。元首虽经了一番痛苦，幸而没有伤生，不过身上血痕狼藉，已弄得不成样儿。羽毛既挣脱了一半，一只翅膀也折成了两截，瞧去怪可怜的。

那些孩子都惨然说道："可怜的元首，性命怕不保咧。我们可有什么法儿救它？"

他们的母亲说道："只把它依旧放在窠中，它母亲自有法儿救它呢。"于是掇了一乘梯子，他们的父亲便爬将上去，把那元首好好儿放在窠中。

过了一时，那其余的四只小知更雀都学着飞了，掠东掠西好不兴头。只这可怜的元首却闷躲在窠里，垂着个断翅，飞动不得。后来杰密怀着一片慈善之心，特做了一只精致的小笼，把它放在里头，天天把东西喂它。元首只在笼中往来跳着，似乎已很满意。然而它一辈子却变作了个不能飞的知更雀咧。

鬼新娘

〔英〕霍格

却说白根台来和白尔麦滑钵尔镇之间有一条路，两边荆棘为篱，编得密密的，便是兔子也钻不过去。圣老伦司节日的前一天，白根台来地主挨莱乔治山迭生骑着马慢慢地沿着那路走去，态度甚是安闲。头上戴着的帽子偏在一边，把手杖敲着马鞍前的撑杖，嘴里唱着诗翁劳白脱彭司的一支曲子，一边唱，一边笑，十分高兴。正在这当儿，猛可地瞧见前边不上几十步，有一个倾国倾城的绝色女郎也在那里走。

地主见了，喃喃自语道："咦，好一个乖乖，出落得艳生生娇滴滴的，着实可人。只不知道她从哪里来的，从天上飞下来的呢，还是从地下钻出来的？刚才我分明不见这一个亭亭倩影，简直是一刹那间的事，好不奇怪。我也不必去管她，这样现现成成一个美人儿，为什么轻轻放过，快些儿去一通款曲，一亲芗泽，可也是一件韵事。"

地主正在那里自言自语，那美人儿忽地轻回香颈，流波一盼，姗姗地走上前边一片高地白甘冈上去，冉冉而没。地主又说道："哼哼，你想给小蛮靴底儿我瞧么，这里你可走不掉，我还要和你畅谈衷曲咧。"说着，即忙赶将上去，嘴里也不唱歌，心中只在那里想道：她真是个绝世无双的美人儿，她真是个绝世无双的美人儿，只是为什么踽踽独行，很使人不解。当下里就跃马赶上白甘冈，向前一望，哪里有什么美人儿？早已形销影灭，不知所往。

地主又自语道：我再赶往前边瞧去。便加上一鞭，飞驰而前。不道转了好几个弯，依旧不见那美人儿。心想，她难道插着翅儿飞去么？我再追去，定要追到了她才罢。于是把鞭子乱鞭那马，飞似的向前追去。半路上却遇了他朋友密司脱·末茂苔。

末茂苔高呼道："哈罗，白根台来，追风逐电地往哪里去？"

地主勒了马，答道："我追一个女子。"

末茂苔道："你这样追去，想来那女子定能被你追到，除非她坐了氢气球上天去。"

地主问道："因为她已去得很远了么？"

末茂苔道："那女子到底向哪一条路上去的？"

地主道："便是这条路。"

末茂苔不说什么，只呵呵大笑起来。

地主忙问道："我亲爱的先生，你笑什么？因为素来和她相识的么？"

末茂苔笑着答道："呵呵呵呵，我哪里认识她？白根台来，你和我说，她究竟是谁家的娇娃？"

地主道："我也正要把这个问你。你刚才所遇的女郎，究竟是谁家的娇娃？"

末茂苔道："白根台来，你痴咧。我一路走来，除了我一人以外，并不见半个人影，哪里遇见什么女郎？但这一里半之间，也并没旁的路呢。"

地主咬着唇，面上现着猜疑之状，说道："原是原是，这里唯有这一条路。这个我真莫名其妙了。先是我和她相去很近，瞧得个清清楚楚。身上穿着一袭雪白的白罗衫子，头上戴着一顶矗着青色羽毛的青色花冠，玉颜上幂着一个青纱面幕，下幅披向左肩，垂在那杨柳腰下。像她这么一个天上安琪儿似的美人儿，路上的人哪一个不注目？你可是当真不和我闹玩笑，当真不曾遇见那美人儿么？"

末茂苔道："谁哄你来，我生平不肯扯谎的。如今何不再同我回到原路上去，或者再能遇见那美人，也说不定。等我往磨坊里喊了些麦，便能一同回镇去。"

地主便同着他朋友走向原路去。

那时夕阳初下，到处染成胭脂之色。地主满面现着心神不宁之状，絮絮地只和末茂苔讲那白罗衫子、青纱面幕的美人儿。两人走了一会儿，已到白甘冈上。说也奇怪，却见那美人儿又在这里，也向着前边走去。

地主大呼道："好啊好啊，那个乖乖又来了。"

末茂苔忙问道："怎么说？"

地主道："刚才所见的美人儿，依旧在这里。"

末茂苔道："我却没有瞧见。在哪里？在哪里？"

地主道："你天生的一副近视眼，自然瞧不见。她此刻正走上一块高地去，罗衣如雪，青纱如云，好一个可爱的人。凤兮凤兮，仙乎仙乎！"

末茂苔道："我们何不走到她前面去，瞧她到底是怎么样一个人。"

两人匆匆走下白甘冈，正要到那高地上去，那美人儿忽又不见。两人便又加鞭飞奔到那高地的顶上，但见下边一条路弯弯曲曲，如同长蛇一般，路上哪里有半个人影？末茂苔呵呵大笑起来。地主咬着唇，面色惨白如死。

末茂苔道："呵呵，你还在那里做梦么？但这也不妨事，大家年少时候，心里总有一个幻想。白罗衫子咧，青纱面幕咧，花冠咧，杨柳腰咧，温馨心上，魂梦都适。只我还要问你，你所见的那个美人，穿着什么小蛮靴，黑色的呢，青色的呢，你可瞧见么？呵呵，我们再会吧。我瞧你立在这里，还恋恋不舍，想来要等那美人再出现咧。"说罢，跃马奔下那高地，往磨坊去了。

白根台来呆呆地立在那里，痴想了一会儿，才轻转马头，慢慢地下去。一路上兀是想那不可思议的美人儿，嘴里也不唱歌，手中也不舞那手杖。走了一箭多路，又抬头来向后一望，却见那美人儿仍在原处，莲步姗姗地走上白甘冈去。那时正交八月，黄昏时风光甚是可爱。落日余光，微微带着蔷薇之色。照着那美人儿，更觉娇艳欲滴。

白根台来情不自禁，高声喊她等着。只见美人儿扬了扬手，果然走得慢了一些。地主大喜过望，猛鞭着马，兜过了这高地，直到白甘冈下，举目一望，却见美人儿曼立冈巅，飘飘欲仙，回过头来，嫣然一笑，弯下杨柳腰肢，施了一礼，便亭亭而去，没入暮霭之中，但见那花冠上青色的羽毛临风微颤而已。

白根台来飞似的赶到顶上，见四下里并没什么人影，不觉吃了一惊，从头顶颤到脚尖，没命地鞭着马儿，呼啦啦驰入白尔麦滑钵尔镇而去。到了镇中，便在一家名儿唤作"皇后之头"的酒店前下马，进去喊了些白兰地苏打水喝着，那白罗衫子青纱面幕的美人儿仿佛还在眼前乱晃。

停了会儿，末茂苔来了，两下里就相对狂饮起来。一面讲着那美人儿，一个说没有，一个坚决说有，说得都面红耳赤，力竭声嘶，摩拳擦掌地几乎要用武起来。亏得末茂苔力自抑制，才平了白根台来的气，出了酒店。末茂苔又邀他朋友到他家里去，小住数天。

那几天中，地主举止失常，说话也没有伦次，直好似中了魔术一般。回去时，一径赶到白甘冈，想一见美人儿玉容。无奈那美人儿总不出现。一连几天，仍是芳躅沉沉。地主心儿不死，每天薄暮时，依旧打叠精神，上白甘冈去，伏在从前美人儿立处，求上天垂怜，使他一见云英颜色。不论是天上神仙，地下鬼魅，他都不怕。从此一天一天地过去，朝朝暮暮，相思无极，后来竟生起病来，达克透①劝他到别处去养疴，地主没奈何，便想往哀尔兰②阿姊家里去。他阿姊是甲必丹③白阳之妻，两口儿住在一所精雅的小屋之中，

---

① 达克透：医生。

② 今译为爱尔兰。

③ 甲必丹（captain）：陆军上尉。

伉俪很笃。甲必丹的父母和七个阿妹却住在施各来司培厅中，相去倒还不远。当时听得这白根台来少年地主要到来，都很快意。那甲必丹的七个妹子，都待字闺中，居处无郎，一得了这个消息，顿时浓妆艳裹、珠围翠绕起来，朝晚忙着在玉镜台上、菱花镜里用功夫。七人各自打扮得袅袅婷婷，齐齐整整，等那少年郎君来射雀屏。偶闻外边有车辚辚、马萧萧的声音，那红楼纱窗里，便立时现出七个如花之面，当是那少年郎君来咧。

　　白根台来到时，那施各来司培厅中十分热闹，宴会之后，再开跳舞会。那七个女郎自然是争妍斗媚，各臻其极。无奈白根台来心中只嵌着那白甘冈上的美人儿，群雌粥粥①，没一个足当一盼。后来才瞧出其中一个芳名唤作露娜的，眉黛颊痕，很有些像那美人儿。这一夜他两个眼儿，兀是盘旋在露娜身上。那六个姊妹，便各各坠入万丈失望之渊，瞧着那露娜，又艳羡又嫉妒，然而也无可奈何。

　　第二天，露娜姑娘打扮得像孔雀似的，到他阿兄家去，瞧她的如意郎君。白根台来也待得她分外的亲热，瞧那绰约花容，活像是白甘冈上的白衣女郎，心里头说不出的有点儿热溜溜的。于是去买了一袭白罗衫子，一顶蠹着青色羽毛的青色花冠和一个青纱面幕，送给露娜，泥②她一一装饰起来。又要求她把面幕的下幅披向左肩，垂在那杨柳腰下，每天六点钟后，必须往近边的高地上去，立在顶上，做那仙女凌虚之状。露娜要博得情人的欢心，自然一一应允。

　　从此每天夕阳红时，近边高地的顶上，总有个美人倩影。白根台来痴痴地立在下边，抬着头瞧，瞧去宛像是那时萦梦寐的美人儿。但是走到上边，依旧是个露娜，不觉大失所望。因此一连几天，虽时亲露娜芳泽，然而绝口不说"露娜，我爱你！我们几时缔个同心结啊"那种话，似乎他的灵魂、他的心，都被那白甘冈上的美人儿束缚着，不能自已。

---

　　① 原形容鸟儿相对而鸣。后形容在场的妇女众多，声音嘈杂。

　　② 拘泥，作固执解。

过了好几天，身体却已复原，颊上有了血色。露娜整日和他挽手，真个千种温存、百般体贴，说不尽的恩爱。白根台来的心，便不期然而然地动了。

　　一天黄昏时候，从渔场回来，露娜在半路上候他。等到白根台来走近时，便立时扭转纤腰，走上前边的一片高地，娉娉婷婷，好似那白甘冈上的白衣美人一般。

　　白根台来见了，悄然自语道："好个可爱的女郎，何等体贴我，瞧她样儿，也很像是我心坎上嵌着的那个美人儿。从前不过是个影儿，如今是实在的了。我何不走上去，抱住她杨柳腰肢，亲亲切切喊几声我爱呢。"一边自语着，一边走将上去。到了顶上，露娜转身过来，含情脉脉地嫣然一笑。这一笑真真合着那"回眸一笑百媚生，六宫粉黛无颜色"两句话。白根台来早已情不自禁，展着两臂去抱她那柔若无骨的玉躯，亲她的柔荑，亲她的香颊，两下里爱情的热度，差不多要达到法伦表①百度以上咧。

　　有一天晚上，白根台来忽觉得飘飘荡荡地到了一个所在，只见那朝思暮想、片刻不忘的白衣美人亭亭地立在面前，香腮上微晕双窝。

　　白根台来忙道："我最亲爱的心上人，我们好久不见了，我想得好苦，如今可能同着我到我阿姊家里去。那边有一个天真烂漫的女孩子，出落得活像你呢。"

　　那美人儿微笑着答道："我不愿意和露娜宿在一起，你向四下里瞧，瞧这里是个什么所在？"

　　白根台来举目四望，早知道是白甘冈，自己正立在那从前遇见这美人儿的所在，心里甚是诧异，想不知不觉怎会从哀尔兰飞渡回乡呢？但是如今既遇了美人，可不肯轻轻放过，当下便要求那美人儿到他自己家里去。

　　美人却不肯答应，说彼此只能在这里挽手，必须等圣劳伦司节日的前一夜结婚之后，方能回去。接着又说道："此刻我们须得分手了。我名儿唤作嫣

　　———————————
　　① 法伦表：华氏温度计。

痕阿琪尔绯，郎君前生便和我订下白首之约。郎君倘然嫌我蒲柳之质，要打消从前的婚约，我也能遵命。"

白根台来力辩万万没有此心，双膝跪将下来，郑郑重重地对天立了一个誓，说此心永不他属，只等那圣劳伦司节日的前一夜，结一对人间天上美满无比的鸳鸯。

那美人儿听了这誓言，十分快乐，亲亲切切地昵着白根台来交换一个指环。白根台来急忙脱下指环，套在美人儿又嫩又白的纤纤玉葱之上。美人儿也除下一只鲜血般的红宝石指环来，还赠白根台来。接着两下里把檀口香腮甜甜蜜蜜地搵了一搵，才分头自去。

这时白根台来的一颗心，几乎融化在胸臆之中。下了白甘冈，想回家去。哪知跑来跑去，找不出一条路来。一会儿似乎到了利翻河边的挨兰码头上，正要唤一艘小船过来，却便豁然而醒。原来是做了一场好梦，身体正躺在阿姊家里的床上，晓光一线，已上疏窗。谁想红叶三生，却是黄粱一梦呢。

白根台来醒后，很觉恍惚迷离，娟娟彼美，还在想象指顾之间。一瞧指上那红宝石指环赫然在着，血色照眼。自己的指环，却已不见。白根台来咄咄称怪不已。

那时甲必丹白阳家中还有一个老妇人在着，这老妇人名儿唤作勒甘勃拉克，是个苏格兰人，从前做那白根台来母亲的保姆，后来也曾抚育过白根台来和他阿姊。他阿姊出阁时，这老婆子有些依依不舍，便跟着一同来，度她的风烛残年。

这天早餐时，白根台来走进餐室，一边不住地喃喃自语，说什么八月九号咧，圣劳伦司节日的前一夜咧。那老婆子正坐在那里瞧一本书，听得了这声音，欻地回过头来，颤声说道："呀，他……他说什么？怎么好端端地说起八月九号圣劳伦司节日的前一夜来，可怕可怕！"

甲必丹白阳瞧着那皱纹叠叠的面庞，莞尔而笑。白阳夫人却高声和他说，圣劳伦司节日的前一夜，便是挨莱结婚之期。

那老婆子不听犹可，听了巍颤颤地立将起来，伸出了那双皱皮的手，兀是乱摇，喘着说道："呀，上帝！快救这孩子。怎么偏偏拣了这圣劳伦司节日的前一夜结婚，好不使吾心悸呀。上帝，你快发一点儿恻隐之心，留下了这可怜的孩子吧。"说着，把手扶了桌子，蹒跚而行，走到白根台来跟前，拉住了他的右手，凑在那两个模糊老眼之前，一瞧见了那只红宝石指环，猛可地狂叫一声，扑地倒在地上死了。

　　餐室中的几个人都大惊失色。白阳夫人急忙唤了女仆们来，把尸身移上床去，百方施救，无奈已没用咧。大家又诧异，又恐怖，面面相觑，都一声儿也不响。白根台来却毫不在意，预备回苏格兰去。

　　白阳夫妇和露娜等都竭力挽留他，劝他取消那婚约，他却悍然不顾，只说有非常重要的事，不得不回去一行，横竖不久就来的。临行之前，却去问他阿姊，苏格兰可有一个芳名唤作嫣痕阿琪尔绯的女郎没有？

　　白阳夫人把这名儿念了好几遍，回说这名儿似乎很熟，不过想不起是怎样一个女郎。接着他又把那红宝石指环给夫人瞧，夫人一见，立时用力抢了下来，大呼道："你快把这劳什子的指环烧了，快些儿烧了，这指环并不是个好东西。"

　　白根台来忙抢了回来，说道："亲爱的阿姊，这指环什么不好？是一件美丽的东西，我直当它是全世界上无上的珍品呢。"

　　白阳夫人又大呼道："你万万不能戴这指环！你若是要使肉体上安适、灵魂上不受痛苦，必须立刻烧掉，更回绝那女郎，不然，你将来懊悔也来不及咧。"

　　白根台来听了这一番话，甚觉奇怪。瞧那指环，分明是很珍贵的东西，质地是金的，上边嵌着一颗晶莹鲜艳的红宝石，在灯光下边会发出一种青莲色的光来，异常悦目。里边刻着"爱丽琪"三个字，只是有点儿磨灭，瞧去不甚清楚，似是久历年代的样子。

　　白根台来不肯使他阿姊不快，便把那指环密密地缝在胸口袋中，恰好是贴近心坎的所在。不上几天，便离了哀尔兰，回到故乡，心中仍不住地系念美人，只眼巴巴地翘盼那圣劳伦司节日，但在人前总不肯轻易说出那订婚的事来。和他朋友末茂苔更做了个避面尹邢①，不大相见。

到了八月初上，就准备一切，忙忙碌碌地日夜不休。九号那天早上，白根台来便写了一封信给他阿姊，兴兴头头地穿了结婚礼服，指上套了那红宝石指环，抬着头，张着眼，送那太阳落去。整整地盼了一天，好容易盼到日落，便跃马如飞而出，不久人家就瞧见他飞驰过镇，后边跟着一个白罗衫子、青纱面幕的美人儿，两口儿风驰电掣而前，仿佛一点钟里能够走五十里似的。后来人家又见他们俩跑过十里外的一所茅屋唤作毛司堪尔脱的，以后便不见他们的踪影。

第二天早上，有人瞧见白根台来的那头名骏，直僵僵地躺在马门外，早已气绝。不一会儿，又在白甘冈上发现白根台来的尸身，全身发黑，衣冠都凌乱不整，只从头到脚，毫无伤痕。那陈尸之处，正是从前遇见那美人儿的所在。

这意外事一出，顿使四邻的人大惊失色。街头巷口，都谈这白根台来地主的事。大家掇拾故事，互相比证。一般年老的人都说，二十年前地主的父亲酒醉坠马，恰也死在这个所在。四十年前，地主的祖父不知怎样，也死在白甘冈上，如今这挨莱实是山迷生家的末一支了，不道也步他祖上的后尘，遇了这一场悲惨的活剧，真是世上最伤心最诧异的事呢。

那时全镇上的男女老少，都纷纷传说，指天画地，说鬼谈神，闹了好几天。

据教士约瑟推理说，每逢圣劳伦司节日的前一夜，走过白甘冈时，往往见月光如水中，有一个曼妙欲仙的女郎，亭亭地立在冈巅，有时往来微步，仿佛洛神凌波一般。身上穿着一袭白罗衫子，洁白如雪，玉颜上幂着一个青纱面幕，轻倩如云，瞧去宛像是月中素娥呢。

甲必丹白阳和他夫人听得了挨莱惨死的事，连忙赶到苏格兰来，探听一切。只从末茂苔口中探悉从前地主遇美的情形，旁的了无端倪。唯有圣劳伦

---

① 指彼此有意回避，典故出自《史记·外戚世家》。

司节日前一天的早上，他所寄的一封信，那信上写道："吾至亲爱之阿姊如见。明日弟即为世上至快乐之人矣。今晚即与彼绮年玉貌之女郎嫣痕阿琪尔绯行结婚典礼。冰丸一轮，灿然照此销魂之夜，彼池上鸳鸯，花间蛱蝶，亦当妒煞阿弟耳。结婚之后，须往水木明瑟之区，度我蜜月。相见之期，当在他日耳。汝至亲爱之弟挨莱乔治山迭生上。1781 年八月九日自白根台来发。"

这一年，有一个老妇人唤作麦利盎霍的，从格拉司哥来，把那鬼新娘的事讲给人家听。据她说，这挨莱乔治山迭生的祖父，是第一个死在那白甘冈上的。起先他和一个美女郎嫣痕阿琪尔绯订了婚约，两下里甚是有情。后来爱情渐渐儿地淡了，他竟捐弃旧欢，娶了白根台来一个富豪之女，索性发一个狠，放出那焚琴煮鹤的手段，把那可怜的女郎杀死在白甘冈上杨柳阴中。后来不知被谁瞧见了，做了一个小坟，好好儿地葬了那艳尸。

从此每当春日，这三尺断坟上，丛生红心之草，幽艳可怜。不道二十年后，那负心人不知怎样竟死在坟上，脸儿伏着地，似乎没有面目见天的一般。再过二十年，他儿子也坠马死在白甘冈上。

大家听了这一席话，才恍然大悟，知道冥冥中自有鬼呢。当下末茂苔去唤了一辆车来，缠着那老婆子一同到白甘冈瞧那坟去，教士推娄和几百个镇人都跟着同去。到了冈上，那老婆子说道："咦，这里一切都改了样子咧。从前并没有路的，如今却有这路了。列位，你们不见那边不是有荆棘丛么，便是嫣痕阿琪尔绯埋玉之所。你们见那边不是有一棵老柳树么？那树下便是嫣痕阿琪尔绯血花狼藉之地。我们如今来此凭吊，好不神伤。只不知道玉骨姗姗，还在人间否？"

大家瞧了，都面面相觑了一会儿，然后去取了铲锄来掘那坟。掘了好久，才见下边果然有一个女郎的骷髅和身上一部分的细骨，于是把锦囊好好地收了，葬在坟地上。

从此，每年圣劳伦司节日的前一夜，月明如故，只不见那白罗衫子、青纱面幕的美人儿咧。

阿 兄

〔法〕都德

    话说巴黎城中有一位商人，名唤作意山德，膝下有两个儿子，大的名唤亚克，也在那里营商；小的名唤但尼尔，却在大学堂里读书。兄弟俩都长得风度翩翩，宛然是两株玉树、一对璧人。意山德为人公正诚实，毫无市侩面目，平日间待人接物也非常和蔼，简直是个彬彬君子。

    只可怜晦气星照命，恶运和他订了肝胆交，依依不舍、跬步弗离的。眼见得营业一天坏似一天，钱一天短似一天，手头渐渐拮据，不免露出恐慌的样子。营了几年商，不但没有造一所高堂大屋，反而高高地筑起百级债台来，无奈这债台又不能给他做避秦的桃源。商肆门前，债主们天天雁行而立，不时把那猎语哮声送进他的耳鼓，直逼得他上天无路、入地无门。律师也写信来说，你快把店门关了，准备着破产吧。

    一天，意山德便没精打采地回家去，垂头丧气，一百个不快。回到家里，却见他老婆和两个儿子正在那里用膳。这一天，但尼尔恰从大学堂里毕业回来，十分兴头。一见了他父亲，就取了毕业文凭，跳将起来去给他瞧，不道他父亲一点儿也没有欢喜的样子，只微喟了一声，慢慢地伸出一只手来和他握了一握，眼泪早在眶子里乱晃，几乎要掉将下来。

这一下子他老婆也着了慌，忙过来拉住了丈夫，问他为了什么事。意山德起初还不愿意说出来，使他最亲爱的老婆儿子心中着急，转念一想，瞒着也没用，不久他们总要知道的。于是扑地在一把椅上坐下，从身边掏出那律师寄来的信，掷予他们，一边把双手掩着面，不住地长吁短叹。母子三人忙拆开那信来瞧上一瞧，顿时好似当头打了个霹雳，都目定口呆、心惊胆战，然而点金无术，可也想不出什么旁的法子来。

到了破产之日，意山德竟郁郁而死，他老婆肠断心碎，悲痛已极，不上几天也就追随丈夫之后，结地下鸾凤去了。

这时，兄弟两既成了无父无母之儿，又变了无家无室之人，住的屋子已进了如狼如虎的债主之手，没有法儿想，只得在一个旅馆里借了一个房间住下。夙兴夜寐，往往相对汍澜，亏得彼此都不赋闲。

亚克在一个富商身边当秘书。但尼尔也得了父执的介绍，进马赛一个小学校充教员。校长见他年少多才，倒也很加青眼，不想但尼尔第一天兴兴头头上讲堂，就身入窘乡，心里头一百二十个不快意。

原来学生们欺他年轻，半点儿也不怕他，谑浪笑傲，闹得个不亦乐乎。末后，益发肆无忌惮，飞纸鸦咧，丢帽儿咧，抛书咧，唱歌咧，讲堂差不多变了个游戏场。但尼尔忙下去禁阻，他们却益发兴头，索性离了座位，把先生围在中心，几乎走不出来，有几个大些的学生更大踏步走上讲台，取了先生的那顶常礼帽，当福脱抱尔咧。但尼尔也没奈何他们，罢课后怏怏地走出讲堂，仰天长叹了几声，想这一碗教员的饭，却也不容易吃呢。

过了几天，学生们闹得虽没有第一天那般厉害，但是笑声语声依旧连绵不断，要是外边有人走过，定当里面不是咖啡店，便是酒馆，并且大家都喜欢和先生恶作剧，有时撒了讲台上一桌子一椅子的铅粉，使你全身变个雪白；有时故意打断了椅子脚，好好儿放着，瞧你坐上去摔跤。他们达到了目的，便哄堂大笑，拍手欢呼。教书的时候，唤他们别响，他们往往振喉乱读，教罢了唤他们读，他们却鸦雀无声，或者一个个取了书，鱼贯不绝地走上讲台，来逐字问你，使你喉咙喊哑，问好了便把书抛在一边，任他在窗下睡觉，忙去拉了几个同志，指天画地地讲起《山海经》来。

但尼尔虽是竭力地阻止他们，只是一波未平一波又起。这一边刚静，那一边又闹起来，凭你生了十张嘴可也没用。只一听得钟声一响，就好似逃出地狱，然而头昏眼花，总要休息好一会儿方才觉得舒服。（曩年予执教鞭于民立中学，亦曾尝过此种风味。每上讲堂，头为之痛，唯学生辈胡闹之本领，尚不及但尼尔高足大耳，一笑。）

一来复后，校长渐渐加以白眼，同事们也个个冷淡他。一天夜中，但尼尔挑灯独坐，五内如焚，用双手扶着头，伏在桌子上，呜咽了好一会儿，铺笺拈笔，写一封信给他阿兄道：

亚克阿兄如见，此小学校中之生涯苦乃万状，弟实郁郁不能久居此矣。学生辈顽劣殊甚，均不肯听吾教诲。校长渐以白眼相向，同事遇吾亦至落落，时辄讪笑于后。嗟夫！阿兄须知，弟迩来居恒抑抑，初无一丝之欢忻也。特不省阿兄为状奚若，或有以慰吾乎？汝至爱之弟，但尼尔上。

写罢，便从头读了一遍，忽地把笺儿哧地扯了个粉碎，心想，我心上不快，何必使阿兄替我不安？我该使他快乐才是道理呢。于是又换了一张笺，拈起笔来写道：

亚克阿兄如见，此小学校中之生涯乐乃万状，弟且永永久久居此矣。学生辈安分殊甚，均肯听吾教诲，校长颇垂青眼，同事遇吾亦至肫挚，向人辄加颂扬懿欤。阿兄须知，弟迩来居恒跃跃，初无一丝之弗怡也。特不省阿兄为状奚若，或亦有以慰吾乎？汝至爱之弟，但尼尔上。

第二天早上，但尼尔就忍痛把这信寄了，那时时候还早，空气很清新。他取了自己新编的一本喜剧脚本《蓝蝴蝶之冒险史》的稿本，走到游戏场上去，一边瞧着，一边散步。学生们正在那兴高采烈的当儿，或是拍皮球或是打铁环，那一片欢笑之声，直能响彻云霄。但尼尔只管瞧着自己的稿本，听他们闹去。

不道正瞧在兴头上，猛可地后边来了一个顽皮学生，举手把那稿本向上一拍，这稿本还没有装订，被他一拍便像白蝴蝶般，一片片飞了满地。但尼尔心里何等愤怒，立刻伸手在那学生头上拍了一下，不想这学生却是个刁钻促狭的孩子，头上并没有痛，兀把双手抱住了头，号啕大哭起来。那些同学于是抛了皮球，丢了铁环，大家围将拢来，见同学被但尔尼打了，都不服气，约齐了二三十个，小喉咙同声鼓噪。

那校长不知道出了什么大事情，着了慌，忙从里头飞也似的赶出来，排众而入问："是怎么一回事？"

学生们一唱百和地都嚷着道："野蛮的先生没因没由打学生，这是什么道理？"

顽皮学生见校长先生来了，哭得益发厉害，仿佛死了他老子娘的一般。但尼尔走上一步，指着地上的散纸，向校长陈述了一番。哪里知道那校长不但不责备那顽皮学生，反而柔声下气地安慰他，接着铁青了脸返身过来，把两臂交叉在胸前，盛气申斥了但尼尔一顿，一边说道："我是请你教书，不是请你打人的。我这学堂里可不能容你意气用事，你请便吧，万一将来打死了人，我这学堂可不要为你关门么？"

但尼尔怒气填膺，也不说什么，拾了地上散着的稿子，就回到宿舍里取了行李，走出了学堂，先去打一个电报给他阿兄。当日在旅馆中存一存身，第二天便搭了火车回巴黎。

一到巴黎，见亚克已在车站上相候，满脸现着笑容，抬起了头，向着一个个车窗里张望。但尼尔收拾行李，匆匆下车。亚克展开了两臂，飞步过去和阿弟相抱，一连亲了好几个吻，便臂连臂、手挽手，谈笑晏晏地回去。回到了那住着的旅馆里，但尼尔就把这一回被黜的情形和亚克说了，说时兀是掉头叹息，那样子不得意。

亚克带笑安慰他道："阿弟，你心中不必郁郁，这一碗小学教员的饭谁稀罕来？你只好好等在家里，做做诗，寻寻快乐，你的衣食，阿兄难道不能供给你不成？"

但尼尔微笑道："阿兄虽是这样说，但是我天天坐食，心中也有所不安。"

亚克道："有什么不安？如今快把你的大作《蓝蝴蝶之冒险史》给我拜读拜读。"

但尼尔微微一笑，探怀取出那稿本来，授予亚克。

亚克读了几页，欢呼道："好手笔，好手笔！将来你定能追踪福禄特尔，成一个大诗家呢。"

但尼尔笑道："阿兄，你说得太过分了，使我置身无地咧。"

亚克道："你一直做下去，若是不著名，尽挖我眸子去。"

但尼尔道："怕阿兄两个眸子可不够我挖呢。"

亚克道："闲话休絮，我要问阿弟，你编成了这一出喜剧，打算怎样？如此绝世妙文不应束之高阁，何不卖给书店里？由他们付印行世，让大家一饱眼福，你或者从此成名，也论不定。"

但尼尔道："只是没人收买，可也没用，只索做蠹鱼粮罢了。"

亚克道："这样燕许大手笔，哪一家书店里不要？我替阿弟设法卖去。"

过几天后，这稿本果然卖掉了，得了一份很丰厚的酬资。但是但尼尔整日价老坐在家里，很觉寂寞寡欢。一天，亚克便领他到父执麦歇①派洛德家去，介绍相识。麦歇派洛德有一位侄女，芳名唤作加美叶，豆蔻年华，玫瑰风貌，简直当得起"蓓儿"（法语 belle，美人也）两字。平日间，亚克和她很

---

① 麦歇：Monsieur，意为先生。

有情愫，卿卿我我，十分相得。但尼尔一见了加美叶，眼前猛觉得霍地一亮，见她正坐在一架庇霞 [①] 那前，玉雪似的春葱，不住地在键上跳动，珠喉呖呖，还曼声唱着，真个好似霓裳仙乐，不同凡俗呢。

当下麦歇派洛德就走到他侄女身边，介绍但尼尔。加美叶忙停了唱，盈盈地立起身来，把那双蓝宝石似的星眸，睐了但尼尔一下，香腮上微微现出一个笑窝，便低下螓首，羞答答地伸出一只柔荑来，授给但尼尔。但尼尔即忙弯了腰，低头在那玉葱尖上亲了一亲，两下里便慢慢儿地攀谈起来。

亚克见阿弟交了这腻友，笑容满面，非常快乐，心想他以后不致整日郁郁咧。

光阴容易，一转眼已是几来复。但尼尔无聊的时候，往往到派洛德家去，或是和麦歇派洛德谈谈天，或是听加美叶弹弹琴，平素的愁思都一笔勾销。亚克原是最关心阿弟的，见阿弟快乐，自然也快乐。听他时时和加美叶挽手，丝毫没有嫉妒之心。

一天，但尼尔的《蓝蝴蝶之冒险史》出版了，文学界上一大半的人都击节叹赏。亚克甚是得意，拉了阿弟到派洛德家去，唤他读将出来。

这天，恰好有许多宾客在着，听得个个满意。但尼尔读罢，加美叶第一个亭亭而起，和他握手，接着挽手而出，相将入花园去了。停了好一会儿，还不见进来。亚克预备回家去，便到花园里去寻他阿弟，却见一对痴儿女正在绿荫丛中相偎相依，把檀口樱唇互相厮揾，又各各瞧了瞧指上，相对微笑，似乎已订了婚的样子。

亚克不瞧犹可，一瞧几乎晕将过去，心里头痛如刀割，一溜烟跑回家去。手中执了加美叶的玉照，伏在桌子上抽抽咽咽地哭着。

一会儿，但尼尔已回来了，见阿兄好端端在那里哭，很觉诧异，忙过来抚着他的背，问是什么事。亚克忙把那加美叶的照片藏过了，竭力装出笑容，

---

① 即钢琴。

支吾着说道："阿弟，没有什么事，我不过想起了阿父阿母长眠夜台之下，不能瞧阿弟成名，所以伤心了。然而此刻我一见了阿弟的面，心中顿时快乐，那愁云仿佛都已扫尽咧。"

但尼尔悲声说道："我想起了阿父阿母，也免不得伤心。"

亚克拊着阿弟的肩，说道："好阿弟，你今天快快乐乐，没的也伴我坠泪，暂时把这思亲之念撇开了吧。"于是笑逐颜开，和但尼尔讲起那《蓝蝴蝶之冒险史》的妙处来。

原来他已立了一个决心，以后只替阿弟求幸福，使阿弟快乐，自己的幸福、自己的快乐，倒丢在脑后了。

第二天是礼拜日，亚克同着但尼尔到城中各处风景幽雅的所在去逛了一趟，然后迈步归来，进了旅馆。亚克先飞也似的走上扶梯，但尼尔却慢慢地跟在后边，刚走到第一层楼的扶梯，顶上却见一个娇滴滴、艳生生的美女郎，盈盈立在那里，似乎等什么人。但尼尔瞧了那天仙似的玉貌，不觉暗暗地喝了几声彩，一边上扶梯一边不住地回过头来瞧。那女郎也梨窝生春，把那一双勾魂摄魄的星眸，频繁瞟着但尼尔。但尼尔的心不由得怦怦怦地跳将起来，只碍着阿兄在前，不敢小作勾留，和这美人儿一通款曲，只得硬着头皮，闭着眼儿上楼去了。

过了一天，亚克忽地接到那司地方一个朋友的信，唤他去接代一家工厂里的一个美缺，事儿不甚辛苦，进款却很丰厚。亚克便料理行囊，别了阿弟往那司去，临别时依依不舍，好好地劝勉了阿弟一番。

但尼尔从阿兄去后，自然觉得比平日寂寞得多，有时吟诗自遭，有时只往派洛德家走走。一天薄暮，他刚要出去，蓦地里有一个女仆似的妇人，取了一封信走到他房间里来，把那信授给了他，就鞠躬而去。

但尼尔拆开那信封来瞧时，见是一幅粉红色的蛮笺，字非常清秀，宛然是出于美人纤织之手，上边写着道：

至亲爱之麦歇意山德鉴此，读大作《蓝蝴蝶之冒险史》，倾倒至于万状，花前门下，爱不忍释，直欲以一瓣心香，奉之骚坛，特以末由，聆君声音，良用恓恓。君如不吾遐弃，乞移玉第一层楼上室中一叙，幸勿命阿侬望穿秋水也。邻人欧麦濮丽儿上。

但尼尔一读了这信，心知这欧麦濮丽儿定然是那个在扶梯顶上遇见的美人。不觉大喜过望，急忙整了衣冠，去见大总统似的，庄庄重重走下楼去，轻轻地叩那室门。门开处，只见那美人儿已花枝招展似的迎将过来，玉颜带笑，秋波含情，伸了两只纤纤玉手，和但尼尔把握，娇声呖呖地喊了一声："麦歇意山德，久慕了。"檀口中喷出一阵似麝似兰的清香，吹进但尼尔的鼻观，沁入心脾。

这时但尼尔直好似坠身白兰地酒池之中，从头到脚全身都醉了。一时间绯红了脸，竟讷讷地说不出什么话来，举目一瞧，见室中还有几个男客在着，因此益发觉得局促不宁。濮丽儿却拉了他手过去，一一替他介绍。但尼尔就一一和他们握手。

停了会儿，那些不知趣的人还兀是立在那里。濮丽儿忙去和他们说了几句话，一个个都打发开了，便又亭亭地走到但尼尔身边来，从旁边一张橡木小桌子上取了一本《蓝蝴蝶之冒险史》，曼声央但尼尔读。

但尼尔如奉大总统的命令，哪敢违拗，即忙净了嗓子读将起来。读罢，濮丽儿便斜掷星眸，睐着但尼尔一笑，低垂了香颈，把那猩红的樱唇在但尼尔雪白的额上亲了几亲，两下里又亲亲密密地闲谈了一会儿，早已如糖如蜜、胶合无间咧。

但尼尔见时候已不早，就起身告别。

从此他天天留连濮丽儿妆阁之中，承新欢的色笑，却把他的旧爱加美叶·派洛德推出心坎了。两礼拜中，绝迹不上派洛德家的门，只一心一意地恋着濮丽儿。濮丽儿的香闺里，无日不去，朱鸟窗前，朝朝携手云母屏中，夜夜并肩，人家夫妇也及不上他们那般恩爱。但尼尔已有终老温柔乡中的意思了。

不道正在这情天美满的当儿，蓦地里吹来一阵罡风，几乎把彩云吹散。

原来有一天，他们两口儿恰在促膝谈心、喁喁情话的时候，蓦地见那女仆走将进来报道："苏伯爵来了。"

濮丽儿似乎现着恐慌之状，立刻站起身来，拉了但尼尔，唤他隐在绣幔后边，等那伯爵去后才能出来。但尼尔很不愿意，勉强匿入幔后。

不一会儿，门呀地开了，走进一个三十岁左右的青年来。但尼尔即忙探头出去，瞧见那濮丽儿花颜带笑，伸了那一双玉手，去和伯爵相握，亭亭地立在伯爵跟前，一会儿低俯蛮首，一会儿高仰粉颈，现着千娇百媚的样儿，两下里所说的话也极其亲热。

但尼尔瞧得牙痒痒的，握紧了两个拳，指甲几乎要直透手背，恨不得跳将出来，把两人一起杀却，一泄胸头的愤气，幸而伯爵不久就兴辞而去。但尼尔才按下了万丈无明业火，慢慢儿披幔而出。只见濮丽儿双展藕臂，翩然而来，但尼尔大呼一声："好一个无耻的女子。"却下三步，两眼中目光如炬，瞅着濮丽儿直要冒出火来。濮丽儿却还带笑带嗔，摆着杨柳腰迎将过去，把但尼尔抱住。但尼尔陡地举起双手，将她向地上一摔，就返身夺门而出，怒气勃勃地跳上扶梯，回到二层楼上自己房间里头，立时取起那天天和他亲吻的濮丽儿玉照来，撕了个两爿，捺在地下，接着扑地伏在桌上，呜呜咽咽地哭了。

这当儿，那门忽而轻轻地开了开来，娉娉婷婷走进一个美人来。看官，你道这美人儿是谁？并不是欧麦·濮丽儿。此时她正伏身沉檀椅子上，在兰闺里啜泣，红泪如雨，湿透鲛绡，悲痛得了不得。这美人儿实是两礼拜中相思无极、情泪将枯的加美叶·派洛德。她轻移莲步，姗姗入室，走到桌子旁边，冷然说道："麦歇意山德，我们久违了。"

但尼尔抬起头来一瞧，不觉呆了一呆，急忙背过脸去，垂着头，做了个低眉菩萨。加美叶又道："好个多情人，今天爱这个，明天爱那个，你难道把我们常日在小园里头指天誓日订下的白首之盟，都忘却了么?"说着低下蜷蛴，眼里早含了泪痕，一眼却见地上掉着的碎纸片，便拾起来拼好了，细细一瞧，掉头微唱道:"唉! 但尼尔，世界上高贵纯洁的爱情都被你一手糟蹋尽了，你碎了一个女孩子的心还不够，更要碎第二个女孩子的心咧。"说罢就提了罗裙，开了门，悄然而去。

但尼尔听了加美叶刺心的话，越发不快，杜门不出，闷闷地坐了半天。晚上并不用膳，灯也不上，就上床睡了。

第二天清早，刚才起身，忽听得门上有弹指之声，门开处走进那濮丽儿的女仆来，把一封信授给但尼尔。但尼尔连正眼也不瞧，哧地撕个粉碎，甩了一地。那女仆呆立半晌，飞也似的逃了回去。

濮丽儿一听得但尼尔这样对待她，心中好不难受。然而心还不死，总想连续这将断未断的情丝，于是费了一两点钟的工夫，理了妆，打扮得比平昔更美丽十倍，飞步走上二层楼，入到但尼尔室中。

但尼尔一见了濮丽儿，直好似见了蛇蝎，立即回过头去，给她一个不理会。濮丽儿却走到但尼尔椅前，跽了下来，把双手拱在酥胸之前，仰着头向着但尼尔，呖呖说道:"郎君，我心坎中委实单有一个你，你别误会我爱上旁的人啊。"

但尼尔举手把濮丽儿用力一推，回头向着墙壁一动也不动。濮丽儿哪肯放手，又展了那两只柔荑，挽住但尼尔的头颈，把那桃花之面凑将上去，一会儿佯嗔，一会儿娇笑，绛唇启时，吹气如兰，玉纤触处，蚀骨为酥。

毕竟女将军韬略不凡，但尼尔的万丈怒火顿时化作一缕轻烟，起初还半推半就，末后那头竟渐垂渐下，直把脸儿和濮丽儿玉颊相贴。这一下子，那不绝如缕的情丝便牢牢地结住了。

当下，濮丽儿高高地仰起了那粉颈，把面庞向着但尼尔，相去差不多只有一寸，娇声说道:"郎君，你可恕我了么?"

但尼尔微笑道:"我爱，无所谓恕你不恕你，这一回的事，我不过和你闹个玩意儿罢了。"

濮丽儿道："如此说来，你面上假作和我不对，心里头是很爱我的。郎君，你当真爱我么？"

但尼尔道："自然爱你，不爱你，爱谁来？"

濮丽儿道："郎君既然爱我，我要求你一件事，你可答应不答应？"

但尼尔道："你只消把樱桃口儿开一开，我就立刻答应你。若是说要弄个天上的月儿来玩玩，我就飞上天去替你取那月儿来。"

濮丽儿笑道："郎君，我并不要天上的月儿，只要你胸中的心儿，你可肯把心儿永永向着我，去度那歌台舞榭中的生活么？郎君，我知道你嘴上虽说爱我，这一件事万万不答应的。"

但尼尔道："你怎知道我万万不答应，我偏偏答应你，如何？"

濮丽儿欢呼道："当真么？"

但尼尔答道："当真。"

濮丽儿便把檀口凑在但尼尔涂脂似的嘴唇上亲了几下，婉婉说道："亲爱的但尼尔，你既把心儿属我，我就把身儿属你了。"

第二天，但尼尔留了一封信给他阿兄，弃家跟了欧麦濮丽儿，投身剧场去唡。

但尼尔离家以后一礼拜，亚克从那司回来，心中无限的愉快，想好久不见阿弟，时时刻刻挂念着，今天能够见面了。谁知进门时，却不见阿弟的影子。但见桌上留着一封信，拆开来一瞧，不觉失了一百二十个大望。原来那上边写着道：

亚克阿兄手足，弟无状，未能俟阿兄归，从兹从名女优欧麦·濮丽儿游矣。抛却笔床墨架，去事舞扇歌衫，良以情丝缠人，亦殊无可奈何。天下爱神之力，实较帝力伟也，弟行矣。愿兄其恕我，汝至爱之弟，但尼尔手泐。

亚克读了这信，那一颗心好似被利刃细细切碎，掩着面痛哭了好一会儿，心想我从前为了一片爱弟之心，宁可牺牲了自己的幸福，把个意中人加美叶让给他，不道他却忘了旧爱，又去爱上了什么女伶，竟不顾他的名誉、不顾他的身份，屈身上剧场去。想他刚从大学里毕业回来的时候，何等的高尚、纯洁，如今却堕落到这个地步，一块无瑕白璧生生地掉入泥淖。唉！螓首蛾眉真好算得是伐性之斧咧。慨叹了半晌，便取了这信赶到派洛德家去，一边哭着一边把信给麦歇派洛德和加美叶瞧。大家相对叹息，只也没法可想。

亚克惘惘归去，整日价郁郁不乐，不上几天竟生起病来。

一天晚上，他正坐在睡椅上看新闻纸，忽见杂俎栏里登着一则剧，谈道："昨夜春不老街春星剧场中，演出俄氏名剧《牺牲》。名女优欧麦·濮丽儿姑娘饰剧中女优，可眉柳颦花笑，曼妙绝伦，其体贴剧情，尤无微不至。新角但尼尔·意山德君饰少年祁卓朗，亦演得丝丝入扣，正复不弱。他日歌场盟主端非此君莫属也。"

亚克读了一遍，就揭去了身上盖着的被子，颤巍巍地立将起来，身上裹了一件外衣，出了旅馆，飞也似的赶往春不老街，买票进了春星剧场，便闯入后台。那时还没开幕，那些优伶正忙着化妆。

亚克找到了一个后台执事人，说要见但尼尔·意山德君。那执事人答应一声，匆匆而去。不一会儿，但尼尔已走将出来，身上穿了优伶的衣服，仿佛是个小丑的样子，一见了亚克，不觉呆了。

亚克即忙拉了他，走进近边一间小室，悲悲切切地说道："阿弟，这一回的事，你未免过于孟浪。要知你是个大学堂的毕业生，名誉何等纯洁，身份何等高贵，怎能涉足歌舞场中，和那些优伶厮混？阿兄为了你几乎心肝都碎，阿父阿母在九泉之下，怕也要相对痛哭。阿弟，你可不能为了一个女子，抛却你光明荣誉的前途，如今快同我回去吧。"

但尼尔道："阿兄该原谅我，合同还没有满咧。"

亚克道："管它做甚，快些同我回去。你要是不肯回去，阿兄就死在你跟前，不愿意见你永沦泥淖，一辈子不能出头。阿弟你可回去不回去。你总该可怜见我。"说着眼里早掉下两行热泪来。

但尼尔掉头哭道："阿兄你别哭，我回去咧，我回去咧，只是穿着这衣服如何出门？"

亚克忙把身上裹着的外衣脱了下来，给他阿弟穿，就拉了阿弟的臂儿，悄悄地出了后台，没命地逃出剧场而去。

从此，兄弟俩依旧住在一块儿，相依为命。但尼尔也已大彻大悟，忏悔从前的过失，更肆力于学问。

然而，亚克经了几番意外的风浪，失了父母，失了情人，又几乎失了阿弟，忧思一天天积在心头散不开去，加着那天往剧场劝阿弟回来时身体本没复原，于是又恹恹地病了，虽经医生诊治也没甚效验，眼见得病势日重，面容日瘦，一天不如一天。一天勉强坐在睡椅上写了一封信，给麦歇派洛德，唤他带了加美叶同来，以图永诀。

麦歇派洛德看了这信，不觉大吃一惊，即忙同着他侄女赶来。只见亚克简直病得不成样子，但尼尔见了加美叶自然非常惭愧，兀是面壁而立，不敢回过头来。

亚克瞧了他一眼，轻轻地叹了一口气，接着气吁吁地向麦歇派洛德道："麦歇派洛德，小子旦夕间就要死了。小子并不怕死，只是很舍不得这可怜的弱弟，今天请你老人家驾临，并没旁的事，只把这弱弟拜托你。你老没有儿子，便当他是儿子；他没有老子，便当你是老子。他年纪还轻，一切都须你老教诲，别姑息，别旁观。倘有什么地方冒犯了你老，总求你老瞧吾死的亚克面上，担待他一些。可是他没有父，没有母，又没有阿兄，直成了个世界上的孤零人，仁人君子也该可怜他的。麦歇派洛德，你可能依我的要求么？"

麦歇派洛德垂泪道："亚克，你放心，我依你就是。"

亚克面上含着苦笑，伸出那瘦小的手来，和派洛德握了一握，又抬着泪眼向但尼尔道："亲爱的阿弟，我和你永别了。我们十多年在一块儿相亲相爱，手足情深，从此却要变作分飞之燕。一个在世上，一个在地下，除非颠倒千秋，便无再见之期。此刻我临这死的时候，有几句话要和你说。麦歇派洛德是个忠厚长者，你没有老子须当他老子般看待，他的话不可不听，交友必须谨慎，费用必须节省，待人必须和蔼，立身必须清洁。你若是爱我的，望你把我的话放在心上。"

但尼尔眼泪早已续续而下，哽咽着答道："我断不敢忘却阿兄的话。"

亚克便又微微一笑，向加美叶道："派洛德姑娘，我也有一件事要求你，你可能恕了但尼尔，重践旧约？"

加美叶低头不答。亚克又非常恳切地说道："派洛德姑娘，请你也瞧我死的亚克分上，恕了但尼尔，别兀是不答恕了他，我在地下也感激你。请你要可怜见我，我要死咧。倘然你芳心中肯恕他，请把玉手授给我。"

加美叶红泪盈眸，说不出什么话来，慢慢地伸了一只玉手授给亚克。亚克忙握了，又去拉但尼尔的手来，仰天大笑道："好也，好也，今天我亚克登天咧。"说着把加美叶的手和但尼尔的手合在一起。这两手合时，可怜亚克的气就绝了。

那时候，天刚入晚，夕阳失色，归鸟悲啼，万物也都现着一派阴惨惨的气象，似乎哀悼亚克的一般。

未婚妻

〔法〕奥图

　　过了几天的假期，我就得回巴黎去了。我到火车站时，火车中已挤满了人。我向着每一节车中张望，希望找到一个座位。对面的一节中恰有个座位空着，不过放有两只大篮子，篮中有鸡和鸭，探出头来望人。我迟疑了好一会儿，才决然入到车中。

　　我打扰了旅客们，连连道歉，但是有一个穿着宽大外衣的人说道："姑娘，等一会儿，待我将这篮子取下来。"当下我给他拿着膝上的一篮水果，他就把那鸡鸭篮子塞到了座下去。鸭子们不喜欢如此，向着我们叫，那些母鸡都垂倒了头，倒像受了侮辱。而那农人的妻子却和伊们赔话，唤着伊们的名字。

　　我就座后，鸭子都静了。我对面一个客人便问那农人，可是把这些鸡鸭送到市上去卖的。农人答道："先生，不是的，我将去送予我的儿子，他后天要娶妻了。"

　　他脸奕奕有光，抬眼向四下里瞧着，似乎要显给大家看，他是何等快乐。一隅有一个老婆子拥着三个枕头蹲在那里，占了两个人的位置，还在那里咕噜说着，农人们在火车中太占位置了，而她旁边坐着的一个少年连肘都没有放处。

火车开行了，那刚才和农人说话的客人展开一张新闻纸来。农人却又对他说道："我的孩子是在巴黎，他在一所商店中工作，要和同店的一位姑娘结婚了。"

那客人把展开的新闻纸掉在膝上，一手执着，身体微微倾向前面，问道："那未婚妻可美丽么？"

农人道："不知道，我们还没有瞧见过伊咧。"

客人道："当真，要是伊生得很丑，或你们不喜欢伊，便怎么处？"

农人道："这种事情原是常有的，但我以为我们定能欢喜伊，因为我们那孩子也决不会娶一个丑妻的。"

那农人的妻子在我旁边说道："况且伊倘能使我儿子快乐，那一定也能使我们快乐呢。"

伊转身向着我，那一双温柔的眼中满含着笑。伊有一张活泼泼的小圆面孔，我简直不相信，伊有一个长成的儿子竟要娶妻了。伊问我可是往巴黎去，我向伊说是的，于是我那对面的客人便开起玩笑来，他说："我敢打一个赌，这姑娘就是那未婚妻。伊是来会伊翁姑的，而故意不告知他们伊是什么人。"

大家都对着我瞧，我的脸便涨得绯红了。那农人夫妻俩都说道："要是真的，那我们甚是欢喜。"我对他们说，这不是真的事，但那客人却又说明我在月台上曾来两次，似乎找寻什么人，接着又迟疑了好久，方始入到火车中来。

旅客们都笑了，我便又竭力辩明，火车中只这里有一个空座，所以到这里来的。

那农妇忙道："不打紧，我们都欢喜你，倘我们媳妇能像你一样，那我们就很快乐咧。"

农人道："是的，我希望伊的模样儿像你。"

那客人仍要继续他的笑话，狠狠地瞧着我说道："你们试瞧，一到了巴黎，你便知我的话不错了。你们的儿子定然和你们说：'这便是我的未婚妻。'"

过了一会儿，那农妇转身向我，在篮子里摸索着取出一个糕来，说，这是伊今天早上亲自做的。我不知道该怎样拒绝伊，便回说我中了寒，身子发热，于是那糕重又回到篮子里去了。接着伊又给了我一串葡萄，我只索受了，车子停时，那农人又要给我去弄些热的饮料来，我好容易阻住他。

　　我瞧着这一对好夫妇，很恳切地要爱他们儿子所挑选的媳妇。我倒很怨自己不是他们的媳妇，要是真有这回事，真不知他们要如何地爱我咧。可是我从不知道我的父母在哪里，我又往往在一般陌生人中间过活，不论在什么时候，总觉他们眼睁睁地对我瞧着。

　　我们到巴黎时，我助着他们将篮子提了下去，又指点他们火车站的出路。我刚走开时，见有一个身材高大的少年跑过来，和他们拥抱，逐一和他们接吻。接了又接，他们都笑着，快乐得跟什么似的。脚夫们高喊着，取着行李磕到他们身上来，他们也没有听得。当下我跟着他们到门口，那儿子把一臂挽着那鸭篮的柄，另一臂挽着他母亲的腰。因他也像他父亲一样，有一双快乐的眼睛和宽大的笑容。

　　外面天色快要暗了，我拉紧了衣裳，在那一对快乐的老夫妇背后逗留了半晌，他们的儿子却去唤车子了。

　　那农人抚摩着一头斑毛大母鸡的头，向他妻子说道："我们倘知道伊不是我们的媳妇，我们便把这斑毛鸡送给伊了。"

　　农妇也抚摩着那斑毛的母鸡，说道："是的，要是我们预先知道。"伊向着一大群走出车站的人走去，远望着说道："伊和这些人一块儿去了。"

　　那儿子唤了车子回来，扶着他的父母上车，他自己跨上车厢，在车夫旁边坐下。他把身子斜坐着，好时时看他的父母，他模样儿又强健又温柔，我想他的未婚妻真是一个快乐的女孩子。

　　那车子去远了，我缓缓地走向街中去。我不能打定主意，回到我那寂寞的小房间中去。我已二十岁了，还从没有人和我讲这恋爱咧。

亡妻的遗爱

〔法〕莫泊桑

　　蓝慕业已成了个鳏夫了，只有一个儿子慰他的寂寞。他先前用着温柔和热烈的爱情爱他的妻。在他们结婚的生活中，始终没有一条裂痕。他是个很良善很正直的人，心地单纯而诚厚，绝无疑人怨恨人的事情。

　　他爱上了一个穷苦的邻家女，向伊求婚，立时允许了。他经营布业的景况很过得去，他以为那邻家女以身相许，全为了爱他之故，并没有别的意思。

　　伊使他快乐，伊是他唯一之爱。他只是想念伊，常把一双崇拜的眼睛不住地对伊瞧着。他在用餐时，就为了两眼不离那可爱的娇面，时时闹出笑话来。一会儿把酒倒在他的碟子里，一会儿将盐缸中掺了水，他觉察了，便像小孩子般笑个不休，说道："你瞧，我爱你太过了，直使我发昏咧！"

　　伊只静静地笑了一笑，就眼望着别处，似乎受不了伊丈夫的爱，很害羞的样子，又总得把话岔开去引他说别的事情。然而他却在桌子下紧紧握住了伊的手，低声说道："我的小杏妮，我亲爱的小杏妮。"

　　有时伊耐不住了，便道："快！好好地让我吃，你自己也吃。"他于是叹息着，吃了一口面包下去，慢慢地咀嚼。

一连五年，他们并没儿女。一天，伊忽地和他说，有了消息了！他大喜欲狂，从此更一分钟也不肯离开伊。他有一个老保姆，是抚养他长大给他管家的，却往往推他到门外去，忙把门关上了，强迫他吸些外边的清气。

　　他和一个少年交友，渐渐地亲热起来。这少年从小就和他夫人认识，在县署中当着秘书之职。他名唤杜利多，一礼拜中总有三次和蓝慕业夫妇一块儿用餐，总得带了鲜花来送予夫人，有时又得在戏园子里订一个包厢请看戏。每逢餐罢，蓝慕业受了情感的冲动，往往转向他夫人说道："得了你这样的爱偶，又得了他那么的好友，一个人生在世上，可真快乐极了！"

　　伊在生产中不幸死了。这一个打击几乎杀死了他，但他瞧着那新生的苦小子，却鼓起勇气来。他用着一种亲切而含悲的爱情，爱这孩子。因了这爱，不时纪念死者，就在这孩子身上，寄着他当时崇拜亡妻之念。他想这是亡妻的骨肉，是伊的一种精髓的结晶品，伊的生命也就好似继续存在，所以这孩子便是伊的生命移在别一个肉体中罢了。伊一面消灭一面仍还存在，他便把无限的热吻加在孩子之身。然而换一句话说，这孩子也可说是杀害伊的，实是盗了他的爱妻去，这一条小命是用他爱妻的命换来的。

　　蓝慕业往往把他儿子放在摇篮中，坐下来兀自瞧着，如此总得老坐了一二点钟，不住地对他瞧，梦想着种种的事情，甜的也有，苦的也有，到得那小孩子睡熟时，他就俯下身去哭了。

　　那孩子生长起来，做父亲的简直一点钟也不忍离开他。常厮守在孩子的近旁，带他一同出去散步，他又亲自给他穿衣，洗浴，喂他东西吃。他那好友杜利多也似乎爱这孩子，往往像他父母那么情感冲动时，发狂似的吻着他，又在他两臂间抛弄着，或在他两膝上舞蹈着，这时蓝慕业瞧了也欢喜，总喃喃地说道："他可不是一个爱儿么？他可不是一个爱儿么？"当下杜利多便把那孩子搂紧在臂间，将须儿拂着那小脖子发痒。

　　独有那老保姆山勒士德，却并不爱这小孩子。伊见他顽皮时就得发怒，见他们两人抚摩他时，也往往现出不耐之色，破口说道："你们像这个样子，怎能将孩子抚育起来？我瞧你们简直要把他养成一头猴子啊！"

一年一年地过去，伊盎已九岁了，他不知如何读书，平日间已娇养惯了，他瞧怎么样才对便怎么样做去。他很刚愎，很固执，又非常的躁急，他父亲惯常依他，由他独行其是，杜利多也总把他所喜欢的玩具买来给他玩。他所吃的东西全都是糕饼糖果之类，于是山勒士德又恼了，嚷着道："这是可耻的，先生，这是可耻的，你已把这孩子姑息坏了，但此刻就该停止，我和你说，该趁早停止才是。"蓝慕业微笑着答道："你希望怎样，我只为太爱他了，不能不依从他。往后你自也渐渐地瞧惯了。"

伊盎的体质，未免单薄了些。医生说他是贫血症，药方中开的是铁质的药品、半煮的肉和肉汤。但那孩子只爱糕饼，旁的滋养品全都不肯吃。他父亲失望之余，便索性把奶油松饼和朱古聿果子塞给他吃。

一天黄昏时候，他们坐下来用晚餐，山勒士德送进一盆肉汤来，脸色很为庄重，是平时所不常有的。伊揭去了盆盖，把勺子放在盆中说道："这里有点儿肉汤，是我从来没有做过的。这回子可要我们孩子吃些了。"

蓝慕业陡吃一惊，低下头去，知道那风潮已在酝酿中了。山勒士德取了他的盆子，盛满了一盆放在他的面前。他尝了尝汤，说道："这味儿委实不错。"

山勒士德又取了那孩子的盆子，盛了一勺肉汤，接着便退后了几步，等在那里。伊盎闻了闻肉味，便很厌恶地把碟子推开了。山勒士德立时变了色，急忙走上前去，硬将一匙的汤灌到孩子口中去。

那孩子咳着呛着呕吐着，一面哭喊，一面抢起杯子来，向老保姆掷去，恰恰掷在伊的肚子上。伊更恼了，便将孩子的头挟住在臂下，把那肉汤一匙一匙地灌下他咽喉去。他这时涨红了脸，活像一个红萝卜一般，一边咳，一边跺脚，一边挣扎着，一边把双手乱挥，打着空气。

他父亲见他不能动弹，先还诧异着，一会儿却勃然大怒起来，陡地赶上前去，抓住了那老保姆的咽喉，直把伊揪在墙壁上，怒呼道："出去！出去！

出去！你畜生！"

伊挣脱了身，头发披散在背上，睁圆了两眼，大呼道："你中了什么邪？你们兀自把甜东西塞给这孩子吃，如今端为我给他吃些肉汤，竟要动蛮打我咧。"

他从头颤到脚上，仍不住地嚷道："出去！滚出去　滚出去！你畜生！"

伊怒极了，转身向着他，直把伊的脸凑到他脸上，颤声说道："哼——你以为——你以为能这样对待我么？哼！不能！为的是谁？为这不是你生的乳臭小儿啊！是啊！不是你的，并不是你的——并不是你的。除了你自己外，人人都知道。去问那杂货商，去问那肉店主人，去问那面包师，他们都知道，全都知道的。"伊一阵子咆哮数说，激动得几乎塞住了气。末后才停住了，对着他瞧。

他立着不动，脸上泛做了铅色，两臂下垂，直垂在两旁，静默了半晌。他便放出抖颤而低弱的声音，分明是受了极深的感动似的，说道："你说，你说，你说的什么？"

伊瞧着他的模样，很为吃惊，便默然不答。

他却又走上一步，问道："你说，你说的是什么啊？"

伊放出镇静的声音，答道："我说我所知道的事，也是人人所知道的。"

他捉住了伊的手，发怒得像野兽一样，待要把伊掷下地去。伊虽老了，却还壮健活泼，从他臂下溜脱了身，绕着桌子跑过去。怒火重又提上了，便没口子地嚷道："你对他瞧，你只对他瞧，你真是个傻子啊！瞧他的模样，可不是杜利多先生的活肖像么？你只须瞧他的鼻子和眼睛，你自己的鼻和眼可像这样的么？更瞧他的头发，可像他母亲的么？我和你说，人人都知道的，除了你自己，尽人皆知。这是镇中的一个笑柄啊！你对他瞧——"说到这里，便跑到门口，开了门，立时溜走了。

伊盎吃惊得什么似的，一动不动地坐在他那盆肉汤之前。

过了一点钟，那老保姆山勒士德很柔和地回来瞧事情怎样了。那孩子把糕饼全已吃完，又吃了一壶乳酪和一瓶糖浆，此时正用着汤匙刮净那只果酱缸。

他父亲已出去了。

山勒士德抱了孩子，接了一吻，悄悄地抱到卧房中去，给他上床安睡。伊接着回到餐室中，撤清了餐桌，把一切用具归在原处，心中兀自觉得不安。

屋中一点儿声息都没有，伊把耳朵贴在主人的房门外静听，似乎很安静，更偷眼向那钥眼中瞧时，见他正在写字，分明镇静得很。于是伊回到厨房中去坐下，准备着有什么意外的事情发生。但伊却在一把椅中睡熟了，直到天明才醒。

伊整理了几个房间，这是每天早上的惯例，天天如此。扫地啊，拂尘啊，直忙到八点钟，就给蓝慕业预备早餐。但伊却不敢送去，正不知伊主人如何对付伊，便等着呼人铃作响。

然而他并不按铃，九点钟了，十点钟也过去了。

山勒士德也不知道自己想什么，备好了盘子径自送上楼去。伊的心突突地跳得很快，伊在房门前停住了，侧耳听着，一切都寂静。伊叩门时，也没人答应，于是鼓起了勇气，推门入到房中，当下里狂呼一声，伊手中捧着的早餐盘子也豁朗朗地掉落在地。

在那房间的中央，蓝慕业正高高地吊在那天花板垂下来的一条绳子上，舌尖很可怕地伸出在外，他那右脚上的拖鞋落在地上，左脚上却还套着，一张仰翻的椅子直滚到床边。

山勒士德昏昏沉沉地跑出去，一声声地嚷着。邻人们都聚拢来了。医生赶来瞧时，验得他是在夜半死的。

自杀者的桌子上发现了一封给杜利多的信，内中只写着几个字道，"我以遗孤托君"。

无可奈何花落去

〔法〕斯塔尔夫人

一、罗马女诗人

罗马者，世界山温土软之乡也。才子佳人多毓生其间，为江山生色。

英伦少年贵族奥斯佛尔·奈维尔担簦往游，一览其山水之胜。抵罗马之翌日，朝暾方上，即豁然而觉，忽闻钟声其镗、炮声殷然，若将举行绝庄严之典礼者，叩之人，始知罗马名美女诗人柯林娜将于今晨，行加冕礼于大庙中也。出至街上，则闻人数道此柯林娜之芳名。唯其姓氏初无一人知者，即此美人身世，亦属渺茫，夷考其著名之始，乃在五稔以前，咏絮才华，直不让谢家道蕴，用是五稔以远，颇以诗鸣于时，掉鞅骚坛，芳名籍甚。一时，文人雅士都办香奉此女诗人，故今日特假大庙为加桂叶之冕。

奥斯佛尔徘徊道周者移时，陡见俊男美女列队而来，歌声悠扬，恍同九天仙乐，首为罗马贵人，昂然而行次，为一古式花车，驾以四骏，俱洁白如雪，御者皆白衣娇娃，有如上界之仙女，车中一姝，温其如玉，颊杏腮桃，直能压倒万艳，斌媚似天上安琪儿，庄肃则又类希腊石美人像。奥斯佛尔乍接神光，魂为之销，恨不化身为车中之锦茵，以一亲美人之香。

泽车至大庙前乃止，车中人盈盈下车，款步入庙，诸诗人环立于内，欢呼以迓。罗马贵人之领袖楷斯得尔·福德亲王则进致颂辞，执礼甚恭。柯林娜扬其纤手，操一七弦之琴，曼声歌"意大利之荣光"之歌，咳珠吐玉，曼妙无伦。一时行云为遏，梁尘亦籁籁欲动。歌已，欢声四起。柯林娜花颜笑倩，意若甚悦，流波四睐，遽及奥斯佛尔之身，见其面呈愁容，身被墨绖，则复操琴歌一追悼死者之曲，而声中乃含慰藉生者之意。

奥斯佛尔闻之，颇觉其声声打入心坎，字字镌上心头，于是乎，步步跨入情网矣。柯林娜歌方竟，桂叶之冕已加其蝀首之上，遂于乐声呼声中姗姗而去，出时行经奥斯佛尔立处，冕忽坠落。奥斯佛尔急拾之起，以上柯林娜，操意大利语，表其企慕之意，柯林娜娇声道谢，英语亦绝娴熟。

奥斯佛尔聆此美人声咳，益为心折。翌日之夕即造柯林娜家，绍介相识，冠盖满堂，均整顿全神，注定柯林娜。奥斯佛尔双眸炯炯，亦未尝一去，彼姝如花之面，觉其娇柔温媚，曾未前睹，而谈笑风生，亦曼妙而活泼。

是夕别时，柯林娜依依订明夕之约，谆嘱勿爽。然翌日之夕，奥斯佛尔竟力抑其如火之热情，毅然不往。盖老父临终尝有遗命，勿蹈情网，追念亡父，不敢遽背其遗论。讵数日后，情不自禁，则又时时出入美人之居。亡父之命，业为美人鬈笑所消，初不置之胸臆，二来复后情乃愈挚，竟相将周游罗马，有类伉俪，凭吊古塔荒丘，摩挲断碑、残碣或造礼拜堂。考其古迹或入美术馆览其图画，顾二人之见解乃互歧，弗能相合，一英一意各趋其反对之轨道。而彼此之情爱，则仍胶合无间，爱之一字虽未尝出诸二人之口，而铭心镂志，已非一日。每值月夕花晨，挽手于花前月下，款款深情每流露于眉梢眼角间而不自觉，为日既久，遂各沉浮于爱河情波之中，弗能复出。

一日之晨，柯林娜忽得奥斯佛尔一书，略谓有事，他适暂作小别，夙兴夜寐，卿其珍重。盖尔时奥斯佛尔忽又醒其情梦，觉柯林娜柔情脉脉、日见缠绵后，此情丝绊身必且无力解脱，脱欲解脱于事前，唯有力避彼姝不见，因作是书，讳言有事，他适实则未尝离罗马一步也。

柯林娜读书，心滋怏怏，私念个郎奚事不别而行匆促至是，实令人弗解。于是，日必徜徉于罗马诸名园中，用以自怡。

一日，奥斯佛尔出游，偶至屈维泉畔，忽见一姝方临，水照其倩影。奥斯佛尔一见此水中人面，为之大震，盖此姝匪她，即柯林娜也。时柯林娜亦已见奥斯佛尔，立前挽其手，双颊晕红，若与天半霞彩竞其妍丽。

奥斯佛尔低呼曰：“柯林娜吾爱，予行得毋碎汝芳心乎？”

柯林娜泫然曰：“郎既知之，胡又他适？宁侬不德，应受此心碎之苦耶！”

奥斯佛尔闻言，心益大动，亟曰柯林娜：“自明日始，吾必日诣卿许，以赎此愆。”

柯林娜曰：“郎其誓之。”

奥斯佛尔曰：“誓之何伤？”

二、浮云蔽月

奥斯佛尔与柯林娜之爱情热度日增，试以法伦表计之，当不止百度。而求婚之语，终弗能遽出诸口。一若冥冥中有人力关其口，不令出声。柯林娜知瓜熟蒂落之期尚未至，则亦隐忍以俟。然奥斯佛尔中情实已圣急，有时求婚之语势将夺口而出，卒以忆及亡父遗命而止，且老父生时意欲奥斯佛尔娶一女郎曰露珊·哀加莽德者为室，顾彼此初无情愫，相逢时女年仅十二，此长则未尝一见。夫以素无情愫之人，而乃结百年偕老之偶事，实大难特。亡父之命似又难违，违之即有亏于子职，于是立祛其求婚于柯林娜之念，姑少忍以俟他日。

一日又至柯林娜家，柯林娜操琴，歌一苏格兰短歌，声凄恻，如念家山破。奥斯佛尔遂立动其思乡之念，泪盈于眦，语柯林娜曰：“柯林娜，卿爱吾或亦爱吾国乎？羁迟他乡终非得计，何不从吾归，与吾共晨夕？”

柯林娜曰："侬爱郎，自当从郎行。"

奥斯佛尔曰："柯林娜，为情爱故，何不告诉吾以卿之身世，俾得知卿究为谁氏之娇女？"

柯林娜曰："郎命侬，无敢违，然必俟之。耶稣复活节后方能举以告郎，否则侬且无幸。"

奥斯佛尔曰："有吾在，卿何虑者？"

迨耶稣复活之后，柯林娜往奈泊尔司省友。奥斯佛尔偕行，途中柯林娜犹不肯道其身世。奥斯佛尔故追问，并语以己事，谓亡父之意，颇欲吾娶一女郎，露珊·哀加莽德。今与卿昵，亡父或不谓然，然吾亦弗能复顾。柯林娜闻此露珊·哀加莽德之名，状绝惊讶。

一日为道其身世之前一日，柯林娜特张燕于密西那土角，一似明日即为不幸之日，故乐此一日，以尽余欢者。

入晚，众宾尽兴辞而去。柯林娜掠其如茧之卷发，消受海风，夜气盈盈，坐明月光中，益觉其仪态万方，匪复人间凡艳。

奥斯佛尔作微语曰："吾爱，后此年年月月，吾无能忘此一夕。"

柯林娜绛唇半绽，微喟曰："嗟夫，后此年年月月，恐不复有此夕矣！"

奥斯佛尔急忙出其指环曰："柯林娜，此指环为吾亡父当年赠亡母者，今贻之卿，卿其纳之。"

柯林娜悲声言曰："郎其留以贻他人，侬命薄，弗敢御也。"

奥斯佛尔曰："卿毋然，今而后吾必忍死待卿，万万不娶他人。"

柯林娜曰："恐郎一闻侬之身世，必且弃侬如遗，平昔情深如海立归泯波，不复有一丝之遗留。"

奥斯佛尔大呼曰："万无此事，卿其勿虑。果吾一息尚存，必不妄萌他念，谓吾不信，有如皎日。"

柯林娜长叹曰："嗟夫！奥斯佛尔，适者侬尝仰首观天，则见浮云蔽月，久久弗散，心殊觉其不吉。嗟夫，嗟夫，天殆欲绝吾二人情爱也。"

是夕，柯林娜之侍女以一纸呈奥斯佛尔，则柯林娜自述其身世之文也。

三、美人身世

嗟夫，奥斯佛尔，侬今缕述侬身世矣，侬未来之命运即视此一纸而决。

侬父何人？即哀加莽德贵族是。侬生于意大利，侬母亦罗马产。至郎日前所言之露珊·哀加莽德实为吾妹，后母所出者也。侬未及十龄，侬母即撒手长逝，遂往侬姑母于莃老伦司①。年十五，侬父始携侬归拿瑟姆勃莱。后母秉性阴刻，遇侬至落落，所有爱情悉予其三龄之爱女露珊，初无余沥分润及侬。尔时侬已小有才，第以局处拿瑟姆勃莱，无所施展，而后母之所以羁勒侬者，又綦严，既命侬忘情于意大利，又不许治诗学美术。即闺友往还，亦在禁例。长日无所事事，但课露珊以书，用慰寂寞。其能令吾精神上少觉愉快者，唯阿父一人而已。郎父奈维尔贵族，阿父至友也。少时即闻阿父言，拟以侬字郎。侬虽腼腆而中心亦私以为幸。

嗟夫，奥斯佛尔，当年吾二人苟能握手相逢者，则情丝交绾必益固结，每值郎父过从侬家，侬必竭力博其欢心，歌舞并进，匪所不至，唯是锋芒太露，匪吾女子所宜。郎父见状，心滋弗怿，谓侬轻佻有余、庄重不足，匪奥斯佛尔偶。

嗟夫，奥斯佛尔惜侬，彼时未论郎父心性，铸此大错，设审之者，则鸳鸯之谱已填，何致今日有兹若有情若无情之局耶。居未久，阿父遽殁。侬亦遂成孤立畸零之女，孰则矜怜，舍此后母外，初无戚戚。而后母之遇，侬又浸薄，坐是侬恒抑抑鲜有欢颜，逆知长此局踏，死且弗远，每出则觉四野枯寂，殆类鬼魅之乡。偶念意大利日光溥照、葡萄敷阴以及曼妙之音乐、优美之文字，辄不期而生遐想。

---

① 即佛罗伦萨。

迨二十有一，得袭亡母遗产，乃决意遄走意土，肆力于文学美术，用自树立。一日即以此意白之后母，后母冷然曰："汝年已过二十，凡事自可由汝自主，特汝或玷此哀加莽德名贵无上之姓氏者，则吾决不汝许。汝当变易姓名，并以死讳，方能成行。"侬闻此不情之语，心乃立决，一来复中，即附一舟往利盎，行时但留一书。

初不与后母道别，逗留于弗老伦司者数月。始得后母一书，谓已将侬死消息报人，可勿复归国嗣。后五年一以吟诗自遣，因得名为女诗人柯林娜。侬之身世今已告郎矣，未来之哀乐，唯郎是决。郎读是书后，侬当趋至左右，侬之命运胥于郎之眼中卜之也。

四 无可奈何

柯林娜貌为镇静，往见奥斯佛尔曰："郎已知侬身世矣，于意云何？"

奥斯佛尔曰："柯林娜，无论如何，此心决不少变，情天果能不老，则吾二人之情亦无已时。他日吾仍当来是，与卿共此晨夕。"

柯林娜大呼曰："噫！是何言？郎殆将弃侬去耶，昨日今朝情之冷热已殊，所谓此心决不少变者，直誓言耳。"

奥斯佛尔急曰："吾至爱之人，卿其无忧，亡父在日虽不汝悦，而吾之爱卿永矢弗渝，他日即不克娶卿，亦决不他娶。"

奥斯佛尔遂拟更留意大利三月，然后言旋，越数来复，方在维尼司一夕，与柯林娜同至一宴会。柯林娜靓妆盛饰，绰约有同仙子。酒半酣，奥斯佛尔忽偕之起，至于室隅，面惨白，若含无限愁思。

柯林娜亟曰："奥斯佛尔，是何为者？"

奥斯佛尔答曰："予于今夕即当归英，以予所隶之军队将赴西印度，予亦被召，须立入军中去。嗟夫，吾二人，从此别矣！"

柯林娜呻曰："明日侬即弗能见郎，此心能毋寸裂。"

奥斯佛尔曰："卿奚用悒悒为，吾决不他娶之言犹在耳。"

柯林娜惨然曰："侬固信郎非薄幸者，特郎既为侬他日计，尤当为侬今日地。试思缠绵数月，情根已深，一旦作分飞之燕，侬心焉得不碎，郎爱侬，当怜侬也。"

奥斯佛尔力自镇静，怡声答曰："吾爱听之，今后吾身虽归英伦，而吾心犹在卿许，天长地久，永不忘卿。归英后更当筹维一策，令卿更入哀加莽德之门。设不幸而无成，则吾亦必立来意大利，蒲伏于吾卿砑罗裙下，生死唯命。"

当是时，月光丝丝，穿窗而入，行舟已俟于门外。

柯林娜背面呜咽曰："嗟夫，万事已矣，舟已在门，郎其趣行。"

奥斯佛尔亦仰天悲呼曰："嗟夫，上帝，嗟夫，吾父。"呼时投其身于柯林娜臂间，两心如捣，双泪交弹，悲痛已臻其极，少选乃踉跄而去。

既至英伦，则所隶军队，暂不首途，唯军人辈不得他适，以俟后命。

奥斯佛尔端居多暇，抑塞无俚，因至拿瑟姆勃莱晋谒哀加莽德夫人，告以己之属意柯林娜事，并恳夫人曲加矜怜，许柯林娜归。

哀加莽德夫人悍然不听，且曰："予犹忆汝父之言，迄今初未少忘，汝果与彼不肖女合者，予必力梗汝事。"

奥斯佛尔嗒然无语。夫人又曰："汝父生时且尝有一书痛论兹事，今方在其老友迭克生先生许。汝当一读，始知吾意之匪恶。"

奥斯佛尔无已，遂往苏格兰见其父执迭克生索书读之。书中则力诫奥斯佛尔勿近哀加莽德家之长女，缘此女自顶至踵均挟佻挞之气，且狃于意大利恶风，力足以玷大不列颠之美德，苟为吾子务，必恪守吾言。

奥斯佛尔一读是书，弥觉怅怅，屡作书致柯林娜，又未见只字之相报，心知情丝绝矣，因益无聊赖。会有友人走告，谓意大利女子多水性杨花，滋不可恃。柯林娜貌似有情于汝，实则汝朝行，彼心夕变矣。于是奥斯佛尔益唾弃柯林娜，直如敝屣，而长嵌心头之亭亭情影，亦立时磨灭然。

而柯林娜初未忘情于奥斯佛尔也。奥斯佛尔行未久，即亦去意大利幞被来英，故所寓诸书均未入目，盖自檀郎一别，每切驰思，空闺独处，良苦寂寥，因决意归国相从，既抵伦敦遽缠小疾，致不克见其情人，此瘵居停主人以观剧消遣为劝，同诣名女优雪棠丝夫人所隶之剧场。

柯林娜遂得于华灯影下见奥斯佛尔一面，而其后母哀加莽德夫人及露珊亦均在座，谈笑宴宴，为状至乐。奥斯佛尔与露珊接席而坐时，复相视微笑，笑中若有无限柔情发越于外。柯林娜见状，心为之沉。翌日军中大阅，复见奥斯佛尔于军前，赳赳然有大将之风。大阅既毕，则扶露珊上马而去。

柯林娜见彼二人婉嫕之状，直无异于夫妇，一时芳心欲碎，柔肠已断，身亦似沉北冰洋中，莫知所届。是夕月上时，即往见奥斯佛尔，而奥斯佛尔已往苏格兰矣。柯林娜必欲一面，虽死亦甘，因亦首途之苏格兰。

一夕，哀加莽德夫人开跳舞之会，奥斯佛尔亦在上客之列。柯林娜徘徊园中，冀得一见，顾迟之久久，初不见其踪影，第见一白衣女郎翩然而出，轻倩有类飞燕。柯林娜审为露珊，则悄立以须。

露珊四顾无人，驰入绿荫深处，至亡父墓上跽而言曰："阿爷其相儿，今奥斯佛尔倾心于儿，娶儿为妇，则儿如登乐土，无复不特意事。"

柯林娜闻声低语曰："汝登乐土，汝姊且入墟墓矣。"即自纤指上黯然下奥斯佛尔所贻指环，裹之以纸，就月光中书数字于其上曰："郎从兹，自由矣。"

书已，急驰至门次，授之一男子，恳专交仆人，以呈奈维尔贵族，于是掩面逃去如脱兔然。

五、花落去

夕阳无限好，只是近黄昏。哀加莽德夫人体力日衰，寻即奄然而逝，露珊似曙后孤星，弥觉凄寂，将护之责，自非奥斯佛尔莫属。奥斯佛尔亦至愿担此重任，初为柯林娜故，尚夷犹未决，今指环业已璧还，情根亦由是而斩，遂决与露珊结婚，以了此不了之局。

结婚后，即从军往西印度，柯林娜一闻此耗，则立归意大利，隐居弗老伦司城中，杜门不复出，寸心既碎，红泪已枯，日唯坐拥愁垒，度其悲凉凄梗之岁月。回首前尘低徊欲致矣。

越四载，奥斯佛尔扶病归英伦，辗转床笫，一病几殆。昏昧中，每呼柯林娜至于数十次，虽欲力忘其人，顾乃弗能，觉此床头人之爱情远不逮旧爱之热挚，日夕思之不已。而柯林娜之倩影乃复入踞其心坎，纵露珊在前，落落无复情意，思虑过深，病益难疗。医者因劝往意大利养病，以苏病躯。

奥斯佛尔遂行，妻若女伴之同行，将至弗老伦司。闻柯林娜亦居城中心，乃弥痛，自怨当年以一念之差，辜负彼姝深情，深夜扪心，每用愧恶，今兹小姑居处虽尚无郎，然而使君有妇，破镜难圆矣。

既至弗老伦司，遇楷斯得尔·福德亲王，问柯林娜，则云病甚，香桃骨损，无复旧时颜色，但为子故憔悴至今也。奥斯佛尔闻言，滋悔叹喟不已，因即草一书授亲王，嘱转致柯林娜，求一见。柯林娜复书不可，但欲一见其妻女。奥斯佛尔立以女往，露珊初弗欲继，恐爱女有变，则亦随往，满拟痛诋其姊，以消积愤，顾一见其人，怒乃立平。柯林娜偃卧床上，憔悴几无人状。露珊恻然心动，不期泪下。姊妹相持而哭，至于久久。

先是柯林娜已从福德亲王口中借悉奥斯佛尔夫妇失欢事，因语其妹曰："吾亲爱之妹氏，吾有一言敢为妹告。须知，夫妇之间万万不能容一傲字，傲则爱情立泯，彼此不能复合。吾妹之病，即坐一傲字。今后务宜以露珊、柯林娜合而为一，以事而夫，则在天此翼、在地连枝，夫妇间契合无间矣。人之将死，其言也善，愿妹其志之。"

露珊谨志其言，以事奥斯佛尔，后遂辑睦如初。而奥斯佛尔初犹弗知联续此情丝者之为谁也。顾夫妇既洽而柯林娜死矣。死之夕，支立而起，危坐沙发上，举其垂瞑之双波，流盼太空。福德亲王把其纤手，惨默无语，寻露珊至。奥斯佛尔黯然从于后，既入则立，跽柯林娜前。

柯林娜作势欲语，顾已不能出声，则徐仰其蓁首向天，时明月为浮云所蔽，天上似泼墨，宛然如曩日在奈泊尔司时。柯林娜以纤指指之，继以微喟，玉腕弱而无力，落衣袂上，而芳息已不续。

嗟夫，花落矣！

辑二 ◎ 夏

游侠儿

〔俄〕普希金

一

我们驻扎在某小镇中，一个军官的日常生活，是大家知道的。早上是操练和学习骑马，午时在副将那里或什么犹太餐馆中用餐，黄昏时候便是喝淡酒打纸牌。在这某小镇中，简直没一所安适的屋子可住，也没一个可以婚娶的女孩子。我们只是聚在各人的房间里，除了看彼此的制服外，竟一无可看。

在我们一行人中，只有一个文士。他年约三十五岁，我们却瞧他似是一个老人一般。他生平经历很多，因此占得许多便宜。此外可见的，便是他惯常做出一副郁郁不乐的嘴脸，又加着脾气很坏，口没遮拦，于我们少年的心中却有了一种潜势力。

此人委实有些可怪之处，他明明是俄罗斯人，却偏偏用一个外国人的名字。有一时他曾在轻骑兵营中服务，也很为得意，但没有人知道他为着什么事退休了，住在这一个窟窿似的小地方，同时过着啬刻而又放纵的生活。他常常步行，穿着一件破旧的外衣，然而常请我们营中的全体军官吃喝。每餐虽不过二三个碟子，由一个退伍兵士料理，只是香槟美酒却尽着大家牛饮。他的财产或进款如何，没有人知道，也没有人敢问他。他藏着书本，大半是小说和讨论军事的专辑，他很愿意借给人看，却从不向人讨还，一方面他借了人家的书，也始终不还的。

他唯一的运动，是练习手枪。他房间中的四壁全是弹孔，好像蜂窠一样。所收藏的手枪，也着实不少，算是他那所土屋中最奢侈的东西了。他用手枪射击，非常神妙，要是他自愿一试其技，在那一个军帽上放着个梨子，放枪射去，便没一个摇头不答应的。

我们谈话，常谈到决斗的事情，而薛威欧（我们将此称他）却从不插口。倘问他先前可曾和人决斗过没有，他很简单地回说，决斗过的，并不说出碎细的情形。这种问题分明是使他不快意的。据我们推想起来，定有什么不幸的人，死在他那种可怕的神技之下，所以使他的天良不安。

然而我们的头脑中，从不想到他有懦怯的事情，谁知却有一件出于意料的事，使我们甚是诧异。

一天，我们约有十个人和薛威欧在一起用餐，又照常喝了不少的酒。餐后我们要求打纸牌，请主人坐庄，他再三推却，因为他是难得赌的。只是末后他仍唤下人取出纸牌来，倒了约莫五十个金币在桌子上，就开始赌了。我们围住了他，赌得很热闹。薛威欧赌时，往往静默着，从不和人争论或有所辩白。打牌的算钱时偶然弄错了，他总得付钱贴补，或记了下来。我们原知道他的特性，从不去打搅他。

但我们中间却有一个新来的军官，在赌时神志不属似的转下了一角，照例就得加倍下注。其实他的本意并不要如此，薛威欧哪里知道，他有意无意，当然将铅粉加上一笔。军官以为薛威欧错了，呶呶分辩，薛威欧不则一声地自管派着纸牌。军官不能再耐，便将他以为错加的数目立时抹去。薛威欧取了铅粉，重又加上。

那军官既多喝了些酒，又受了赌时的刺激，加上伙伴们的嘲笑，便认作自己受苛待了，从桌上抢了一个铜烛台，掷向薛威欧。薛威欧却避了开去，我们都呆坐着动弹不得。

薛威欧站起身来，直怒得脸色泛白，两眼注在火上，说道："先生，请离开这房间。感谢上帝，这事恰发生在我的屋中。"

我们早料到以后还有事情，瞧着我们那个新伙伴直如已死的一般。那军官离了屋子，声言准备接受对方的侮辱，决不逃免。

那赌又继续了几分钟，但我们觉得主人的心已不在赌上，于是一个个告别回去。彼此议论着说，我们营中的军官，怕要有一个空缺了。

第二天早晨，我们在练马场上，便问起我们那位新中尉还活着么。到得他上场来时，忙纷纷地去问他，他回说，没有得到薛威欧的信息。这一回事，使我们大大地诧异。

我们上薛威欧那里去时，却见他正在院子里一弹又一弹地射击那粘在大门上的一张爱司纸牌。他照常地接待我们，并不说起昨夜的事。一连三天，那中尉还没有死。我们都很奇怪地相问着，薛威欧可是真的不决斗了么？他不决斗了，分明表示很软弱的道歉了。

这件事未免使一般少年人的心中都小觑了他。因为缺少勇气，在少年人以为是万难宽恕的。而个人的英勇，在他们眼中以为是大丈夫最高的美德，足以掩盖无数的罪恶。

然而过了些时，此事渐渐地淡忘，薛威欧又渐渐地恢复了从前的潜势力。

唯有我一个人对他却不同了。平日间我原以为他性情奇特，因和他十分投契。他过去的事，是一个不可解的谜，而我瞧他却是一件秘史中的英雄。他似乎也喜欢我，对着我便不再用那种粗暴的口气，往往很简单很愉快地和我谈许多事情。只是从那不幸之夜以后，我想他的体面上已受了玷污，而自己偏又并不报复，这一念在我心中波动着，对他便不似从前了。我瞧着他的脸，就觉得羞愧。

他又聪明又有经验，当然也觉得，也不用揣测是什么原因了。他似乎很忧闷，我瞧他曾有一二次似乎要向我诉说，但我却避过他，他对我的态度也就疏远了。从此以后，只当着别人在场时才和他遇见。而我们先前那种开诚布公的谈话，也完全停止了。

大凡大城市中的居民，有种种的趣味和娱乐。想不到小镇中住民所经历的事，即如等候邮件，便是其中之一。每逢礼拜二、礼拜五两天，我们营中的办公处都聚满了军官，有的等钱，有的等信，有的等新闻纸。递来的包裹，总得当场拆开，彼此交换故乡的消息。一时办公处中便满现着活泼的气象。薛威欧的信也全都送在我们营中，由我们转交过去。

一天，有一个包裹交给他，他很不耐烦地把它拆开了。他一边看着那信，眼中霍霍地发出光来。那时军官们正各自忙着，并不注意他。

他却对他们说道："列位，有些意外的事情，使我不得不立时动身了。我决定今夜离此，在我未去之前，很希望你们同我一块儿用餐，不要拒绝我。"接着转身向我道："我希望你也来，不容拒绝的。"说了这些话，他便匆匆而去。

我们都商定在他屋中相会，就分道而去。

到了约定的时间，入到薛威欧的屋中，我见全营的军官都聚在那里。他所有的东西，一起收拾好了，除了四堵满布枪眼的空壁外，一无所留。我们坐下来用餐，见主人甚是高兴，同时便使大家都高兴起来。香槟酒瓶的塞子，啪啪地乱飞；酒樽中的酒沫，嘶嘶作声。我们兀自祝颂着老友此去，一路平安，凡百如意。我们从桌子上立起身来时，时候已晏了，我们各自取着帽子，薛威欧一一道别。

我正要跨出门去，他却握住我的手将我留下，低声向我说道："我要和你说句话。"我便留下了。

大家去后，我们俩相对坐着，静静地点上了烟斗。薛威欧像有心事似的，他那惨白而沉郁的脸色、血红而火热的眼睛、口中喷出来的烟雾，直使他完全变作一个魔鬼模样。过了好几分钟，他才打破了静默，开口说道："我们怕不再相见了。在我们分手之先，须得把事情表白一下。你总也瞧到，我平日对于别人对我的意见，不大在意。但我很喜欢你，而使你心上印着我一个不良的印象，那是很让我伤心的。"

他停住了，又在烟斗中装上了烟。我默默不语，低垂了眼等着。

他便又说道："你定然很奇怪，我并不为难那酗醉的傻子。你要知道，我倘和他决斗，他的性命就握在我手中，我自己却是非常安全的。我临时原不妨宽恕他，以博慷慨之名。但我又不愿说谎，因为我惩罚他而自己一无危险，我就决不可宽恕他啊。"

我很诧异地瞧着薛威欧，他这种话着实使我激动。

他又接下去说道："这是实在的，我也没有以性命冒险的权利。六年以前，我被人劈面打了一下，而我的仇人至今还活着。"

我忙道："你不和他决斗么？可是为环境所阻么？"

薛威欧答道："我曾和他决斗的，且给你瞧一件决斗的纪念品。"

他立起身来，从一只纸板匣中取出一顶红缨金边的红色帽来。这种帽子，法兰西人称为警帽。他戴在头上，却见在头额上面一寸的位置，被枪弹洞穿了一个窟窿。

他重又说道："你总也知道，我曾在轻骑兵营中服务过的。你总也知道我的性情，如今是专横对人的。而在我少年时代，更热烈得多咧。在我那个时代，打架争吵，要算是时髦的事。我在军中，便是一个最会淘气的人。我们往往以豪饮自夸，我曾超过那著名的酒人B君。他是军中诗人D君酒曲中时加咏叹的英雄。至于决斗一事，也是我们营中天天有的，我总是做当事或者给伙伴们做证人。我同伍的军官，人人爱我，而上面统带的官长不时调换，却都瞧我是个害群之马。"

"我正很冷静地享着这盛名，谁知却有一个少年加入我们的伙儿。他是富贵之家的后裔，我且隐去他的姓名。我一辈子从没有遇见过这样漂亮而得天独厚的人物！试想他又年轻，又美秀，又聪明，又愉快，又勇敢而无畏，又有一个富贵的姓氏，又有好多的钱可以命令一切。试想这样一个模范人物，现身在我们的中间，那结果可想而知。我这最高的地位，可就岌岌欲危了。他因为我在军中有名，最初就和我结交。我却只是冷冷地相待，而他不以为意，奉身而退，我心中甚是恨他。

"他在军营中和妇女们中间大告成功，简直是使我要发疯了。我于是等候机会和他闹翻，给他讽刺小诗，他却很和善地作答。而我读他的诗，似乎比我的更自然、更漂亮，也更为愉快。可是我在这里发怒，他却在那里开玩笑。末后在一位波兰贵族的跳舞会中，眼见他成了许多太太的注意之点。我正在很热烈地爱着那女主人，而那女主人偏格外地注意于他。我恨极了，便就着他耳边说了几句侮辱他的话。他红着脸转过身来，劈面打了我一下。两下都立时赶去取佩刀，太太们吓得晕过去了，当下便有人把我们拉开。这夜双方约着到远些的地方去，一决雌雄。

"这一天是春朝的天明时候，我同着三个证人立在那约定的所在，好生不耐烦地等着我那仇人。太阳升起来了，我便远远望见了那仇人，他正在步行着，只有一个证人做伴，一件短军褂挂在他腰间的佩刀上。我们一行人走上前去和他们相会。他走过来，执着一顶帽子，帽中盛满了樱桃。证人们量过距离，相去共十二步。我本该先放枪的，只为怒极之余，心神错乱，怕不能瞄准，因将第一枪让给他放。这回事他却不答应，只索拈阄决定。

"不过他交了好运，处处顺利，他瞄准了我，在我帽上打出一个窟窿来。接着便轮到我了，他的性命已在我手中。我饥渴似的瞧着他，瞧他脸上有没有一丝不安之象。他立在我那举起的手枪下，从帽中取了最熟的樱桃，自管嚼吃，吐出一个个核来，有的竟吐到我这边。他这冷静的态度又使我恼了。

"我心中想：'他既把性命看得不值钱，那我取他的性命，又有什么意思呢？'

"那时便有一个恶念，霍地掠过我的脑中。于是把我的手枪放了下来，我对他说：'我瞧你此刻志不在死，正忙着吃东西，我也不敢来打扰你。'

"他答道：'你并不打扰我什么，快快开枪，一切随你的便。这一枪原是

属于你的，随时听你处分就是。'

"我转向证人们说：'我此刻不预备开枪，这决斗就算终止咧。'

"后来我从军中退休，住在这偏僻之地，没一天不想到复仇，而复仇的时刻终于来了。"

薛威欧从衣袋里取出今天早上接到的一封信，递给我读。原来有人从莫斯科来信，说"他所知道的那人"将娶一个绮年玉貌的美人儿。

薛威欧又开言道："你总可猜到这'我所知道的那人'是谁了。我如今便上莫斯科去，我们且瞧着，瞧他在结婚的前一夜死时，可还像当时吃樱桃时一般的冷静么？"

他说了这话，立起身来，把那击破的帽子掷在地上，一边在室中往来踱步，直好像一头槛中的猛虎一般。我一动不动地听着，心中起了许多奇怪而矛盾的感想。

不多一会儿，有一个下人进来，报道马已等着了。薛威欧很亲热地和我握手，我们彼此拥抱。他入到一辆轻马车中，车中早放着两只箱子，一箱是手枪，一箱中是他个人的钱物。我们重又说了声"再见"，那马便泼刺刺地赶去了。

二

几年以后，我为了家庭中的事，不得不住在一个幽僻的小村中。每天忙着家务和田事，往往怀念先前那种很热闹而又无忧无虑的生活。最难受的是每逢春夏的黄昏，总得在寂寞中过去。

在晚餐以前，我还能设法挨过时光和当地的保正谈谈，或去看看工厂中的工作，但是一近黄昏可就坐立不安，不知道怎样才好。我那橱中和木料间中的几本书，早已读得烂熟、了然于心了。那女管家老箕利洛那所讲的故事，也已听得厌了，但仍唤伊讲了再讲。有时我借着没甜味的果子酒消遣，只是喝了之后，我又头痛，而我又不愿冷清清地一个人喝闷酒，只索罢了。

我并无近邻，即使有二三个宝贝，也语言乏味，一开口便是打噎和长叹。这寂寞委实耐不住了。末后我就决意提早上床，便可将夜间的时光缩短，而延长日间的时光。我照此一试，觉得这主意倒是很好的。

去我住处约四俄里的所在，有一处豪富的采地，是一位伯爵夫人的。她在做新嫁娘时曾来过一次，却没有住过一月就去。但在我隐居后的第二个春季，忽传言伊要同着丈夫来此避暑了。在六月初上，伊们果然来了。

来了一个富邻，要算是乡人生活中一件大事。那些乡人家，主仆上下在两个月前早就说起，便到了三年以后还在谈讲。便是我自己，委实说也被这消息吸引住了，急着要去瞧瞧我那高邻女主人。据说是年少而貌美的，所以在伊到后的第一个礼拜日，我就在餐后赶去，想致敬礼于伊，并给自己介绍，算是伊家最近的邻居，可有什么效劳之处没有。

一个下人导我到了伯爵的书室中，自去通报。这书室布置得甚是奢华，四壁都是书橱，每一具橱上都放着一个半身铜像。火炉架上，挂着一面挺大的明镜。地上罩有绿布，再加上地毯，真考究极了。可是我惯常住在那可怜的陋屋之中，已完全没有奢华之想，而又好久不到别人的屋中去，所以此刻等着那伯爵很觉羞涩，仿佛是一个乡下律师候谒当朝的首相一般。

那时一扇门开了，有一个三十二岁左右、面貌极清秀的少年人到室中。伯爵掬着一副很和善的面容，走近我来。我鼓起了勇气，预备自叙来历，他却截住了我。彼此坐下了，伯爵谈吐俊爽，毫无拘束，便使我去除了羞怯之心，渐渐恢复平时的态度。

正在这当儿，那伯爵夫人却突然进来了。我心中更觉麻乱，不能自制。夫人确是一个美人，伯爵忙给我介绍了。我表面上竭力要做出安闲的模样，谁知越是如此，越是不行。他们俩也瞧破了这个，有意要使我恢复常态，像在自己家里一样。因此两下里谈起话来，当我是一个很密切的邻人，所以不拘礼数似的。

我于是在室中往来踱着，看看书本和图画。我本来不识画的，然而有一幅画却引起了我的注意。看那画中分明是瑞士的风景，上面有两个枪弹的窟窿，恰恰叠在一起。

我瞧了，止不住转身向伯爵道："好神奇的枪法啊！"

伯爵答道："是的，这不是很神奇么！但你自己也是一个好枪手么？"

我乐于把话头引到这上边去，因便答道："还过得去，在三十步的距离击一张纸牌，不会不中。我当然也是识得手枪的。"

那伯爵夫人也似乎很有兴味地说道："真的么？"又问伊丈夫道："吾爱，你也能三十步击中一张纸牌么？"

伯爵道："有时可中，我们且试一下子。先前我原也是个好枪手，但是四年以来没有动过手枪了。"

我道："既是如此，那我敢打赌，任是在二十步上，也击不中一张纸牌。手枪这东西是要天天练习的，这是我的经验之谈。在我们的军营中，我也算得是一个最好的枪手了。然而我的手枪常须修理，要是一个月不动，你们以为怎样？我第一次试击时，便在二十步上一连四次击一个瓶子，也没有击中。我们有一位大佐，是军中的智多星，他很会开玩笑的。那时恰也在场，便对我说道：'兄弟，你分明不能和一个瓶子抵敌了。'不行不行，伯爵，你万不可疏于练习，要是一松下来，那你不知不觉地要完全生疏了。我先前很幸运，曾遇见过一个最好的枪手，他天天练习，餐前至少练习三次，这是他的日课，好像他每天喝一杯威士忌酒一般。"

伯爵和他夫人递了个眼色，伯爵问道："他打枪是如何的好法呢？"

我道："我和你说，他倘看见了墙上有一个蝇……伯爵夫人，你笑么？我对你说，这是实在的事……他一见那蝇，便嚷着道：'谷士麦，我的手枪。'他那下人谷士麦忙把一支实弹的手枪递给他。'砰'的一声，那蝇便贴死在墙上了。"

伯爵道："这真是神奇了！他的名字唤作什么？"

我道："薛威欧。"

伯爵大呼道："薛威欧，你也认识薛威欧么？"

我道："怎样不认识？我们是好朋友。我们军中待他好像同营的军官，但已五年没有知道他的消息了。如此你也认识他么？"

伯爵道："是的，我曾认识他。他难道没有告诉你一件很奇怪的旧事么？"

我道："你可是指当时有一个无赖的汉子劈面打他的事？"

伯爵道："但他曾把这无赖汉子的名字告知你么？"

我道："他并没说……呀！我的……"我停住了口，心中陡地猜到了三分，便接着说道："请恕我……我并不知道……不要就是你老人家么？"

伯爵很不安地答道："正是我。这幅画便是当年的纪念品啊！"

伯爵夫人忙插口道："呀！吾爱，瞧在上帝的分上，不要再提起这回事，我听了就得发疯咧。"

伯爵答道"不！我定要说的，他知道我曾侮辱他的朋友，此刻给他知道，薛威欧怎样地报复我。"

他移了一只圈椅给我坐了，我便很着意地听着以下的一段故事：

"五年以前，我结婚了，在这里采地上度过了蜜月。这屋中我既过了一辈子最快乐的时光，也留下了最苦痛的纪念。一天黄昏时，我们俩骑着马一同出去，吾妻的马似乎发起性子来，伊惊了，忙把马缰交给了我，随后徒步回来。我到得院子里，见有一辆轻便的旅行马车停着，下人们报知我，说有一位绅士坐在书室中，不肯自道姓名，也不说来意。我进了书室，在半明的天光中，瞧见一个尘埃满身的人立在壁炉旁边，已长了一抹几尺长的须子。

"我走上前去，想看出他的面貌来。他放着不稳定的声音说道：'伯爵，你不认识我了么？'

"我大呼道：'薛威欧！'委实说，我这时毛发都竖起来了。

"他答道：'正是，先前你曾欠我一弹，我此来便要把手枪撒空了，你可准备了没有？'说时那手枪已从胸口袋中露了出来，我量了十二步距离，在那边壁角里立住了，要求他趁着吾妻回来之前，立刻开枪。他嫌室中太暗，我便把烛火取来了，关上了门，吩咐不许一人进来，便又要求他开枪。他取出那手枪，瞄准起来……我只一秒钟一秒钟地数着……

"一分钟可怕的时光已过去了，薛威欧放下臂来说道：'对不起，这手枪里并不是装着樱桃的核子，那弹儿是重重的。况且我有一种印象，这一回事不像决斗，倒像是我犯谋杀来的。我可不惯击死一个手无寸铁的人，不如让我们重新来过，拈一个阄儿决定谁先开枪。'

"这当儿我头中正在打旋子，反对他的新主张，末了却答应了。另外在一柄手枪中装了子弹，又卷了两个纸卷，他放在一顶先前给我一枪打穿的软帽中。彼此各拈一个，这回我仍拈得了个首先开枪的阄。当下他对我说道：'伯爵，你好幸运啊。'说时微微一笑，这一笑是我所永永不能忘怀的。

"接着我也不知道是什么一回事，他有没有逼迫我，我又首先开枪了……这一枪就击在那幅画上……"

伯爵指着那幅弹穿的风景画，脸色绯红如火，而伯爵夫人的娇脸却白白的像伊手帕子一样。我禁不住脱口低呼了一声，伯爵却又说道："我开了枪，感谢上帝，又没有中……于是薛威欧（这时他很为失惊）缓缓地擎起手枪来向着我，不道那门陡地撞开了。玛丽惊呼着飞奔进来，将两臂挽住了我的脖子。

"吾妻一来，倒使我神志清明了，即忙说道：'吾爱，你不见我们正在这里打赌开玩笑么？怎的你竟如此吃惊！快去喝一口水再来，我介绍你见我的一个老朋友老伙伴。'

"玛丽不很相信我的话，转身向着那兀立不动的薛威欧道：'请和我说，我丈夫的话可是真的，你们正在这里开玩笑么？'

"薛威欧答道：'夫人，他原是常开玩笑的。有一次他在玩笑中劈面打了我一下，接着又在玩笑中开枪打穿了我的帽子，刚才又在玩笑中向我开了一枪。此刻我可也要开一个小小玩笑了……'当下他便又擎起臂来，当着伊眼前……当真瞄准我。

"伊急忙投身在他的脚下，我怒呼道：'起来，玛丽，太可耻了！'我又向薛威欧道：'先生，你能不再捉弄一个可怜的妇人么？你究竟要开枪不开枪呢？'

　　"薛威欧道：'我不开枪了。我心中已满足，我已瞧见你的困乱、你的畏缩，我已逼着你向我开枪，我再也没有别的要求了。以后你总能记得我，我让你扪着良心想想。'说完，走向门去。在门口立住了，旋过身来，眼望着那幅画，差不多并不瞄准，砰地开了一枪，立时走了。

　　"吾妻晕倒在地，下人们不敢阻止他，只害怕得向他呆瞧。他到了廊下，唤过车夫，一会儿便去远了。"

　　伯爵说完了这一席话后，便默默无语。这晚，我知道的那段动人故事，总算得以结束。这故事中的英雄，我却不能再见。传闻薛威欧在亚历山大・叶西朗蒂氏叛乱时，统带了一支队兵士，在史古立南将军麾下战死了。

奴 爱

〔法〕莫泊桑

　　每天四点钟时，亚历山大总照着医生的命令，把轮椅推着他老病的主妇麦拉培夫人出去，到六点钟时才回来。这一天他照常把那轮椅推到门前，在阶石上稳稳地搁住了，自己便入到屋中去，接着就听得里头起了斥骂之声，是一个老军人正在那里嘶声发誓，十分可怕。这老军人就是他主人约瑟·麦拉培，是步兵营中一个乞休的大佐。

　　末后又听得一阵很响的开门声、椅子绊倒声和急促的脚步声，接着却寂静了，没有什么声息。停了一会儿，亚历山大才又在前门的门槛上出现，用足了全身的气力，扶他主妇麦拉培夫人坐到那轮椅中去。夫人的身材是胖胖的，一路从楼梯上下来，早已乏极了。

　　夫人好容易在那轮椅中坐定了，亚历山大便转到后边去，挽着那板，缓缓地向着河滨推去。

　　他们俩每天总是这样经过镇中，镇中人见了，都很尊敬似的向他们行礼，不替他们分出主仆的界限来。因为麦拉培夫人是大佐的夫人，亚历山大也是个老兵士，一部白须，模样儿很觉庄严，并且大家也都知道他是一个模范的下人。

七月的阳光很猛烈地照在街上，一般低屋子被高屋遮住了，转觉暗暗地没有亮光。那些狗怕着烈日，便都躲在墙阴的砌道上睡觉。亚历山大气呼呼地喘息着，加快了脚步，想早点儿赶到那通往水边的荫路中去。

那时麦拉培夫人早在他的白伞子下边睡过去了，伞子的尖角时时触着亚历山大那个沉定的面庞。他们既到了那菩提树荫路中，夫人忽然醒了，柔声说道："我的可怜人，慢点儿走罢！这样火热的阳光中，你又跑得飞快，可真要灼死你了。"

这荫路的上边，都遮盖着一株株的老菩提树，修剪得整整的，好像一个窖子一样。近边是一条拉纳丸溪，在两行碧柳中流出，水过石上，泮泮有声，旋涡中水花急旋，和水流的曲折都做出一种清婉的声音来。这一派水的妙乐和新鲜的空气，真够使人心旷神怡咧！

麦拉培夫人领略了一会儿清趣，低声说道："咦，我如今觉得好些了，但他今天早上从床上起来，又恼得什么似的，分明是身中又觉不舒服呢。"亚历山大答道："正是，夫人。大佐很不舒服呢。"

亚历山大在麦拉培大佐家服役已有三十五年了，起先是做大佐传令的兵士，后来大佐乞休，他不忍抛弃旧主，就自愿做大佐家里的下人。六年以来，每天午后，他总得用轮椅推着主妇，穿过那镇中的几条街道。因了他多年的服役，至忠不贰，主仆之间不知不觉起了一种深厚的感情。他们谈到家事时，两下里直好似处于平等的地位。

他们每回的谈话，大半是讲起大佐的劣性，怎样躁急，怎样着恼。可是大佐先前在军中时本抱着大志，想一步步扶摇直上，达到了大将军的地位，哪知从军多年，并没升迁。乞休回乡时，也无声无息的，毫无光荣。因此心中时感不快，动不动要生气了。

当下麦拉培夫人又道："今天他起床就恼，自从当年退伍以来，几乎常常如此了。"亚历山大道："咦，夫人，他天天如此的，就在退伍以前，也是如此。"

夫人道："是的，他这人命运甚是不济。他在二十岁时，因为勇敢有功，得了个十字勋章。从二十岁到五十岁，却老守着个大佐的地位，再也升不上去。平日间他以为至少总能升到参将之职，然后乞休。谁知这一个希望也没有达到呢。"亚历山大道："夫人，委实说，这也是主人自己的不是，他要是性情和顺一些，上官们可就和他合得上来，升迁自然有望了，只因性情太坏，就吃了一辈子的亏。大家都恨他呢。"

麦拉培夫人听到这里，便悄悄地沉思，她这样沉思已好多年了。想起她丈夫的凶猛躁急，甚是难受。往年嫁给他，原为他那时是个美貌的少年军官，早年立了功勋，前途分明是很有希望的。谁知一生碌碌，只不过一个大佐罢了。人生在世，简直是自骗呢。

那时麦拉培夫人又悄悄地说道："亚历山大，我们在这里停一下子，你也好在那板凳上歇歇了。"

原来那荫路的转角，有一只小板凳在着，一半儿已腐烂，是放在那边专给礼拜日那些散步的人坐的。他们每回到这里来时，亚历山大总得在这板凳上小坐几分钟，接接气。如今他坐着，做出一种很自大的态度，将着他那扇子模样的白须，在胸前捺住了一会儿，好像想什么似的。

麦拉培夫人又道："我既已嫁了他，自然只索忍受他的薄待。但我很不明白的，就是你为什么也忍受下去呢？"亚历山大把肩胛动了一动，嗫嚅着道："呀！夫人我——我……"

麦拉培夫人又接着说道："可是我常在这里想，当初我嫁时，你正充着他传令的兵士，除了忍受他外，没法可想。但你以后却又投到我们家里来，他付你的工资既少，待你又刻薄，你为什么牢守着不去？我以为你也尽可像旁人般娶一个妻，组织起家庭来呢。"

亚历山大忙道："呀！夫人，我的情形是和旁人不同的。"说了这话，他忽然停住了，不住地拉他须子，两眼又睁得大大的，做出一种很忸怩的样子。

麦拉培夫人默想了半晌，说道："你不是个农夫，似乎也曾受过教育的。"

亚历山大忙道："夫人，我原曾受过教育，当初预备做测量师呢。"

麦拉培夫人道："如此你为什么厮守着吾家，抛弃你一生的事业？"亚历山大低声答道："是这么一回事，这是我天性如此。"

麦拉培夫人道："怎么说？这是你天性上的关系么？"亚历山大道："是的，我倘依恋了一个人，就得依恋到底。"

麦拉培夫人撑不住笑道："难道密司忒麦拉培的薄待你，竟能使你依恋到底么？"亚历山大很不安似的在板凳上动弹着，挣扎了好一会儿，才从长须中吐出一句话来道："我不是依恋他，我依恋的是——你。"

麦拉培夫人虽已老了，还生着一张很美丽的脸，她那头额和头巾之间露着白发，天天卷得光光的，像天鹅的柔羽一样。这当儿她在轮椅中振了振身子，张大了两眼，很诧异地向亚历山大瞧着道："我可怜的亚历山大，你却依恋着我，这是怎么一回事？"

亚历山大望着天，把他的头向左右转动，仿佛是一个人道穿了他心头的秘密，害羞得什么似的。末后才像兵士得了冲锋的命令，鼓足勇气说道："是这样的，那时大佐还在中尉的时代，我第一回送他的信来给你，你给我一法郎，对我微笑，于是我的运命就决定了。"

麦拉培夫人还不明白这话，说道："怎样？怎样？请你详细说给我听。"到此亚历山大可不得不揭破他的秘密了，便像罪犯招供一般，很直截地说道："我委实是爱着夫人。"

麦拉培夫人不说什么话，也不再向亚历山大瞧了，只是低了头默默地想，她性格很和善，也充满着理性和情感。

一会儿她已明白这可怜人用情的深切，竟愿意抛弃了一辈子的事业和幸福，守在她身边，偏又一声儿不响，自管挨苦。她想到这里，几乎要呜呜地哭了。稍停，才庄容说道："我们且回家去吧！"

亚历山大怎敢怠慢，忙起身到那轮椅背后，推着前去。进村时，他们瞧见麦拉培大佐正迎面走来。

大佐一见了夫人，又像要动怒似的，大声问道："我们晚膳时吃些什么菜?"夫人答道："一只小鸡，和着腰子豆。"

大佐嚷道："一只小鸡，又是一只小鸡! 常常总是那些小鸡呀，我的上帝! 我挨受你的小鸡可也挨得够了! 你难道不想想，每天总是给我吃这个劳什子么?"

麦拉培夫人柔声道："亲爱的，你须知道，这是医生吩咐你吃的。还是这些小鸡，最对你的胃。倘你不害那不消化病时，我早就把旁的许多东西给你吃了。此刻可不敢啊! "

那麦拉培大佐立在亚历山大跟前怒声道："我的胃病全是被这畜生害出来的! 三十五年来，他兀自把那万恶的烹调毒害我呢! "

这时麦拉培夫人忽然回头向着亚历山大，他们的老眼彼此便都接触了，里头似乎含着两个很简单的字——"谢你"。

洪　水

〔法〕爱弥儿·左拉

（一）

老夫名唤路易罗卜，行年七十，生在圣郁莱村中。这村去都路士不过数里，位置恰在耶泷河边。十四年来，我手胼足胝地和田亩搏战，挣一点儿面包，赡养一家。多谢上天厚我，福星高照，一个月前，居然给我做了全村中第一个富翁，我们一家自然得意。

那一片欢云乐雾，笼罩在我们屋顶之下。就那一轮红日，也好似和我们结了深交。以前的田荒岁歉，早忘了个干净，再也记不起来。我们田屋中一家人口，差不多有一打之数，一块儿熙熙攘攘，同享安乐。我虽老了，身体却还健旺。时时指天画地，教儿孙们怎样工作。

我有一个阿弟，名唤庞亚尔，是个信仰独身主义的老鳏夫。从前曾在军中当过军曹，如今却归老故乡了。又有一个弱妹，名唤阿加珊，是个治理家政的老靳轮手。身强壮，性和善。从她丈夫过世以后，就来和我们住在一起。平素很喜欢笑，长笑一声，直能从村头达到村尾。除了他们俩，都是些小辈咧。我儿子唤作耶克,媳妇唤作罗丝,相亲相爱,彼此很合得来,膝下有三个女孩子,叫作哀美、佛绿尼克、玛丽。那长的已出阁了,她丈夫唤作西泊林·包桑,是个趄趄桓桓的少年。一块儿已生了两个孩子,一个两岁,一个还只十个月。佛绿尼克刚和村中一个很有出息的孩子唤作亚斯伯·拉布都的订婚,心中煞是满意。玛丽娇小玲珑,玉雪可念,瞧去简直是镇中的女郎,哪里像什么农家女!

我们全家合住一起,可巧十人。我既是老祖父,又是外曾祖。瞧着这一堂儿孙,心花怒放。

每逢晚膳时,我总居中坐着,唤阿妹阿加珊坐在右边、阿弟庇亚尔坐在左边。其余孩子们都轮着年岁,围桌而坐。从我儿子耶克起,到那十个月的外曾孙止,并着我们三个老的,恰恰成了个圆形。大家相对大嚼,兴高百倍。我每吃一口东西,心也觉得一喜。有时那些孩子一个个伸着手向我,齐着那几串呖呖珠喉,嚷道:"祖父,再给点儿面包我吃,要一块大些的。"我听了这种声音,血管中一时充塞了无限的骄气乐意,连个嘴也咧开了合不拢来。

这几年来,委实好算是我一辈子得意之秋。窗牖帘椸间,荡满了一片娇歌声。到了红窗灯上,庇亚尔便发明了种种新游戏,和孩子们一块儿玩着。或者眉飞色舞,讲他军中的遗闻轶事。每逢来复日,阿加珊总得烘了糕饼,给孩子们吃。玛丽冰雪聪明,向来知道几阕赞美歌,便不时调着玉喉,婉转娇唱起来。瞧她正襟危坐,云发垂肩,也活像是天上神圣一般。

当着哀美和西泊林结婚的时候,我曾在屋上加了一层楼房,顿时觉得显焕了许多。所以我时常借此和孩子们调笑,说等佛绿尼克嫁亚斯伯时,便须再加一层。这样嫁一个,加一层,娶一个,加一层,眼见将来我们这屋子可要上矗霄汉和那老天接吻咧。我们一家老小,自然都很爱这屋子,简直没一个舍得下它。既然生在此中,也愿死在此中。往后我们人口繁衍起来,直能在田场后边造它一个镇,给大家厮守在一块儿呢。

这也不在话下。且说去春五月,风光十分明媚,数年来田中收获,从没像今年这样有望。一天我同着儿子耶克巡行田亩，在三点钟光景一同出发。那时我们草场上一片嫩绿，好似在耶泷河边铺了一条碧绒毯子。那草已长长的，齐到膝盖。就那去年种植的柳树林，也已有一码多长。我们一路走去，瞧那麦田和葡萄园，见它们的面积，也随着我进款年年扩张。田中麦穗摇风，满眼都像黄金铺地似的。葡萄正在作花，开得甚是烂漫。知道今年葡萄的收成也正不恶。

耶克瞧了，笑着拍我的肩道："阿父，像这个样儿，我们不忧日后没得美酒面包吃咧。我瞧阿父定然得了那万能上帝的欢心，所以把那整千整万的金钱，像雨般撒在你的地土上。"

这当儿我听了耶克的话，觉得他说得着实不错。我似乎真个得了天上神圣的欢心，种种好运都进了我家的门。村中旁的人家，哪一家及得上我这样飞黄腾达。风潮起时，雹霰乱飞，独有我田中，却仍安然无恙。好像飞到我家田边，立刻停住的一般。邻家的葡萄花开不结，我园中却分外茂盛。借着他们的架，倒像围了个屏风，保护我家葡萄似的。于是我想天公报施，毕竟不爽。可是我平日间待人不错，从不做那种损人利己的勾当。因此上天公这样相报呢。

我们一路回去时，又到村中对面的桑林杏林中瞧去。这两个树林，也是我家之物。只见这壁厢桑叶抽绿，那壁厢杏子飞黄，我们瞧了觉得此中也正有无数的金钱，在那里铿锵作响。便一路上谈笑回家去，更商量我们将来发展的大计划。打算集了一份大资本，把那些邻家的田园一起收买了来。从此教区的一角，全个儿归了我家，岂不很好。要是今年收成丰足，一到秋间，我们这好梦便能变成事实咧。

我们父子俩回到了田场，却见罗丝正在门外，忽地挥着手，向我们大呼道："快些到这里来，快些到这里来。"

我们不知就里，三脚两步地赶去，才知道牛棚中有一头母牛生了头小牛，合家欢声雷动，甚是得意。阿妹阿加珊往来奔走，更见兴头。那些女孩子瞧着小牛，兀是拍手欢笑着。我们这牛棚近来也已放大了许多，里头共有一百头牛。此外又有许多马，不计其数。

当下我便堆着笑容说道："这又是我家一件幸运的事，今夜我们可要备他一瓶美酒，尽兴一醉咧。"

这当儿罗丝忽然和我们说，佛绿尼克的情人亚斯伯曾经来过，说要商定一个结婚之日，准备一切呢。刚才曾留他在这儿用了饭，还没有去。

看官们要知，这亚斯伯是玛朗夷村一家农家的长子，年才二十，生得孔武有力。我们村中，没一个不知道他的大名。往时曾在都路士一个公宴中，和大力士玛歇儿较力。这玛歇儿向来有个南方雄狮的诨号，不道那回竟败在亚斯伯手中。

然而亚斯伯外表虽然像是莽男儿，其实心很温柔，性也和善，见了女孩子总是羞羞涩涩的，连话都几乎说不出来。有时遇了佛绿尼克的眼波，便窘得什么似的。两个颊霎时涨得绯红。像这种赳赳如猛龙、恂恂如处女的孩子，委实使人又敬又爱呢。那时，我们就唤罗丝去招他来，他正在天井中忙着，助婢女们晾布。一听得罗丝呼唤，即忙赶进厅事来。

耶克轻轻地向我说道："阿父，你向他说吧。"

我便启口道："我的孩子，你可是定吉日来的么？"

亚斯伯红着脸答道："正是。小子正为了这事来的。"

我道："孩子，你不用害羞，脸涨得红红的算什么来？我们就指定七月十号圣菲利堆的生日，做他们吉期，可好么？今天是六月二十八号，算来不上半个月，你可也无须心痒痒地老等着咧。况且我老妻的名字可巧也唤着菲利堆，倒给你们一个吉兆。如此事定了么？"

亚斯伯答道："很好，就指定这圣菲利堆生日成礼吧。"于是赶到我和耶克跟前，和我们握手。两手压在我们手掌上，力大如牛，几乎使我们嚷起痛来。接着便和罗丝接吻，称她做阿母。又说我们倘若不把佛绿尼克相许，他便不免要害情病咧。

那时大家有一搭没一搭地闲谈了一会儿，我就放声说道："好了好了，大家就餐吧。你们赶快就座，愈快愈妙，我已饿得什么似的，直好似饿狼咧。"

这夜我们桌上一共十一人，缠着亚斯伯和佛绿尼克并肩而坐。亚斯伯眼望她情人，直已忘了酒食，心想娟娟此芗，从此已是我的人。一时又感激又欢喜，两颗又大又圆的泪珠，已在睫毛上颤动个不住。

西泊林和哀美结发三年，此时瞧着那一对情人，只是微微地笑。耶克和罗丝已成了二十五年的夫妇，态度自庄重得多，只也不时地偷眼相睐，流露出一派柔情蜜意来。

我插身在这几个少年情人中，也猛觉得年光倒流，回到了少年时代。瞧着他们那么快乐，直好似把天堂的一角移到了我家。进汤时，也觉今夜的汤比平时分外地有味。

姑母阿加珊原是个最喜欢笑的人，便一行说着滑稽话，一行磔磔咯咯地傻笑。我阿弟庇亚尔也高兴起来，讲着他往时和一个利盎司妇人的情史，情致十分缠绵。

我们用罢了水果，又往酒窖里去取了两瓶甜酒来。大家斟满了喝着，祝亚斯伯和佛绿尼克两口子好运照临，祝他们将来黄金满籝、子孙满堂、一辈子没有什么不如意的事。祝罢，我们便又唱歌行乐。亚斯伯原知道几阕情歌的，当下就唱了一二支，自是沨沨动听，不落凡近。接着又唤玛丽唱一阕赞美歌，玛丽不敢怠慢，立时站起身来，开口便唱。她那银笛似的妙声，送入我们耳中，都觉得心旷神怡、如闻仙乐。

席散之后，我慢慢儿地踅到窗前。亚斯伯也走将过来，我便向他说道："近来你们那边，可没有什么新鲜话听听么？"

亚斯伯道："没有什么新鲜话。不过他们都在那里说前几天的大雨，怕是个不祥之兆呢。这话确也是实情，前几天中曾下过六十点钟的大雨，耶泷河水已大涨，然而我们仍很信托它，因为那河中的水，从没有过泛滥上岸的事。瞧它平日宛宛而流，很温柔似的，谁也不当它是个危险的朋友。就是那些农人也断不肯丢了屋子田地，轻易出走呢。”

那时我便回答亚斯伯道：“怎么叫作不祥之兆，怕是无稽之谈吧。河中水涨，也是年年常有的事，未必就有什么意外。一时虽像发怒似的，只消过了一夜，早又温和柔顺，好似一头绵羊咧。我的孩子，你记着我的话，这种水涨，不过像人家闹个玩意儿，没有什么大不了事的。你抬眼望那窗外，不见天气很可爱呢。”说时，我便把手指着天。

这当儿正在七点钟光景，斜阳已下，暮色渐起。天上一片蔚蓝，留着些儿斜阳的余光，似乎在一幅浅蓝色的蛮笺上，撒着金屑的一般。屋檐下边系着的猩红一线，已渐渐淡去。四下里的晚景，直能进得画图，我委实从没见过村中有这样婉媚悦目的景光。我望了一会儿，还听得我们对面路曲处邻人的笑声，和小孩子们絮语呢喃的声音。此外又有牧人们策着牛羊归来，咩咩声从远而近，隐约可闻。

这时耶泷河中水声澎湃，也正响个不住。只我早已听惯了，倒不大在意。心想这会儿水声越响，恰是沉寂的先兆。抬眼望那天上，已从蔚蓝色泛作了鱼肚白色，全村似乎都要沉沉入睡一般。这一天风光明媚之日，到此便已闭幕。一时猛觉得我们一家的幸福咧，田园中的好收成咧，佛绿尼克和亚斯伯的良缘咧，都从九天阊阖上和着那清明的残日余光，冉冉地飘荡下来。就那万能上帝，便也在这日光和大地告别的当儿，把无穷的福泽加被我们呢。停了一会儿，我才回到室中，掬着个笑脸，听那女孩子们在那里闲谈，鹦鹉调舌似的，煞是好听。

猛可里却听得一片惨呼之声，破万寂而起道：“耶泷河，耶泷河！”

（二）

我们一听得这呼声，急忙飞似的赶到天井里，抬头望时，奈何给那草地上一行行的凤尾松遮断了视线，再也瞧不见什么。但听得那惨呼之声兀是续续而起，依旧在那里嚷道："耶泷河，耶泷河！"一会儿欻见前边路上来了两个男子和三个妇人，内中有一个妇人还抱着个孩子。他们一路奔来，一路在那里呐喊，脸上都现着慌张之色，时时回过头去瞧，仿佛被一群豺狼追赶一般。

当下西泊林开口问我道："到底是出了怎么一回事？祖父，你可瞧见什么没有？"

我答道："不见什么，便是那凤尾松上的叶子也一动都不动呢。"

我正这样说着，却又听得一派尖锐悲惨的呼声接连地起来。到此我们才见那一行行的凤尾松中间，有一群灰色带黄、野兽似的东西，跳过了那长长的草冲将过来。定睛一瞧，方知是水。见它波波相续，滚滚而来。浪花白沫，跳珠般向四下里乱飞。

一霎时间，那种汹涌之声震得地土也好似颤了起来。于是我们也不知不觉放着失望的声音，一齐喊将起来道："耶泷河，耶泷河！"

此时那两个男子和三个妇人依旧沿着路没命地奔着，只那一卷卷的白浪也依旧紧紧地跟在他们后边。霎时间已并作了一大堆，好像千军万马冲锋杀敌似的，做出一片惊天动地的大声，当下就有三棵凤尾松冲倒在水中，叶子只打了几个旋子，便倏地不见。接着有一间茅屋也被水吞没，墙壁轰地塌了下来。更有许多小车，像稻草般随波逐流而去。

谁知那浪花却像有意追赶那几个逃人一般，到了路曲处，陡地送过一个小山般的大浪来，把他们的进行霎时截住，可怜他们却还在水中支撑着，没命地向前爬去。接着又刮来一个大浪，先把那个抱着小孩子的妇人卷了去。不一会儿那旁的四人也就遭了灭顶，连影子都没有了。

我瞧了这情景，急忙放声嚷道："快些儿到里面来，快些儿到里面来。我们的屋子甚是坚固，大家不用害怕。"于是我们一窝蜂赶到屋中，唤那女孩子们在前，我做了殿后，一块儿到了第一层楼上。

我们的屋子原造在河岸，这时见那水已涌到天井里，起了些细浪微波，在那里动着。我们瞧了，倒还不甚着慌。耶克一点儿也不吃惊地说道："不打紧，不打紧，这个断没有什么危险。阿父不记得〇〇五五^①年间，不是也有水涌到天井里来么。只到了一尺光景，就停住了。"

西泊林半提着嗓子，喃喃说道："不论怎样，我们的收获可绝望咧。"

当下我见那些女孩子正把眼睛怔怔地望着我，便现着托大的样子，悄然说道："不打紧，这个委实算不得什么。"

这当儿哀美正把她两个孩子眠在床上，和佛绿尼克、玛丽并坐着。姑母阿加珊上楼时原带着些酒，便说要烫热了，给我们喝着取乐。耶克和罗丝两口儿立在一扇窗前，向外边痴望。我同着阿弟庇亚尔和西泊林、亚斯伯靠了旁的一扇窗站着，也目不转睛望着外边。

此时恰见我们两个婢女在天井里涉水趄着，我忙喊道："喂，你们可能到上边来，没的使水浸湿了腿子呢。"

她们俩答道："但是那些牲口怪可怜的，兀在棚里慌着，怕要溺死咧。"

我道："不打紧，你们自管上来，停一会儿再去瞧那些牲口，也来得及。"

我口中虽说着这话，心中却想，那水要是不住地涌进来，怕也救不得那些牛马。然而我很不愿使大家吃惊，兀是装着镇静之状，靠着窗槛瞧时，却见那水汩汩而来，益发加高。

原来那耶泷河水上岸以后，就一泻千里，泛滥全村，连那最狭的小巷里也满着水。刚才怒涛澎湃，自带着急进之势。此刻已变作缓进，我们天井里的水早有三尺来高。

我眼瞧着它渐渐升涨，却还装着没事人似的，向亚斯伯道："我的孩子，你今夜就宿在这里，料那街上的水总须几点钟后才能退尽呢。"

亚斯伯向我瞧着，脸白白的，煞是难看。接着我见他的眼睛已转向佛绿尼克，流露出两道悲痛的光来。

这时天已渐渐入晚，正在八点半钟的光景。门外还有着亮光，一半儿是

---

① 原译文如此。

天光，一半儿是水光。两光合在一起，一样的黯淡可怜。那两个婢女便带了两盏灯上来，点上了火。

姑母阿加珊忽地收拾了一张桌子，说我们弄副纸牌来玩玩吧。这一个心灵解事的妇人，真使人又敬又爱。她那两道眼光，时时和我的眼光相接，似是约我合伙使那些女孩子快乐的意思。当下她就鼓起勇气，满现着那种兴高采烈的神情，又不时放着欢笑之声，排去大家心中的害怕。

一会儿赌局已开场了，阿加珊逼着哀美、佛绿尼克、玛丽姊妹三个在桌边坐定，又把那纸牌塞在她们柔弱无力的纤指之间。一行说着笑着，几乎把那外边沸泪潺湲的水声也压了下去。奈何她们的心都不注在纸牌上，只是白着脸，颤着手，侧着头，听着那外边。

赌了一会儿，她们三人中总有一人开口问道："祖父，水可依旧在那里升涨起来么？"

我很大意地答道："你们尽玩着你们的，这里没有什么危险呢。"

只我虽是这么说，其实那水已愈涨愈高，正滔滔不绝地涌将上来。我们几个男的只把身子竖在窗前，掩盖那外边凄惨可怕的景象，不使那些女孩子瞧见。我们的脸向着里边，也勉强做出一种安闲沉着的神气。这时我瞧那两盏灯放着一个圆光，照在桌上，顿使我记起往时残冬风雪之夜，我们也团坐在这桌子的四边，谈笑晏晏，何等快乐。就这一幅甜美安逸的家庭行乐图，此刻也并没改变。不过里边虽是甜美安逸，外边的水声却兀是龙吟虎啸般响着。这么一来，直把我们的甜美安逸打了个对折。

停了一会儿，我阿弟庇亚尔忽地低声向我说道："路易，洪水去窗不过三尺咧，我们该想个法儿才是。"

我急忙把他臂一扯，不许他声张。只要掩盖过去，也已来不及。那牛棚里的牛和马房里的马都发了疯似的，一起狂叫怒嘶起来。

哀美不住地抖着，巍颤颤立起身来，握着两个拳，压着太阳穴，一边悲声说道："呀，我的上帝，我的上帝！"于是那些女孩子也就一齐起立，赶到窗前，我们哪里还有法子阻止，只得听她们瞧去。她们直挺挺地立在窗前，秀发如云，都被那可怕的风吹得乱飞乱舞。

白日早去，黄昏已近。一片白茫茫的水光，兀是晃动个不住。天上也白白的，活像个白色的棺套，套住这世界的一般。远处裹着几丝微烟，一会儿却和旁的东西同归乌有。这当儿即是这可怖之日的收局，即是那寂灭之夜的开场。四下里冷冷清清的，没一点人声。但听得水声澎湃，夹着那些牛马狂叫之声，接连着起来。

女孩子们仍然兀立窗前，一动都不动，只从那急促的呼吸中透出微声来，忐愣愣地说道："呀，上帝呀，上帝。"

正说着，猛听得天崩地塌的一声，原来那些牛已冲破了牛棚赶将出来，卷入那黄色的急流之中。那些马也逐流而来，好似落叶漂荡池塘中的样子，一会儿就不见了。一时但见无数的牛马攒动水中，渐渐沉没。最后唯有我们的一匹大灰色马，似还不愿意就死，伸长了个头颈，像那煅铁场中风箱似的，气吁吁地喘着。只又哪里禁得起那一卷卷的怒浪，不住地冲激，临了也只打了个旋子，冉冉而没。

到此我们才破题儿第一回放声号呼起来，又不约而同地各自伸着手，向那些亲爱的牲口挥着，一边哭一边哀叹，觉得有千万种的悲痛塞满了我们的胸脯。因为这么一来，简直是替我们宣告破产。田中收获，即全个儿毁了，牲口又全个儿溺死了。单在这一二点钟中，就把我好几十年血汗挣来的产业，全盘荡尽。

唉，上帝呀上帝，怎么如此不公！我们并没冒犯你，你却把往时赐给我们的，又一股脑儿夺了回去。当下我便握了个拳，向天摇着，心坎中思潮溢涌，压抑不住。霎时间记起我们午后散步时的情景，又记起那草场，记起那稻田，记起那葡萄园，它们刚才何等茂盛，简直都在那里撒谎。我们的一切幸福一切好运，也都在那里撒谎。就那薄暮时一抹斜阳，又温柔又沉静的，瞧它慢慢落去，也在那里撒谎。

此时那天井里的水刻刻怒涨，愈涨愈高。我阿弟庇亚尔正在窗前望着，猛可地听得他破口嚷将起来道："路易，你快瞧，水已到了窗下，我们可不能再留在这里。"他这几句话，越发使我们失望。

我却若无其事地耸了耸肩，悄然道："事到如今，钱是没有的了，只消保全了我们的身体，大家厮守在一起，那就没有什么悲痛。我们一息尚存，以后尽能重新造起这一家来呢。"

儿子耶克接着说道："阿父，你说得一点儿也不错。我们都不用灰心，这里的墙壁又很坚固，也不致有什么危险。此刻我们索性到屋顶上去吧。"

到此我们去路已穷，唯有那屋顶是个最后的避难之所。外边的水早已上了扶梯，汩汩地流进门来。我们都着了慌，急忙开了天窗一个个爬到屋顶上去，检点众人，却少了个西泊林。我便提着嗓子喊了一声，才见他从隔室中匆匆而出，脸泛得白纸似的，一丝血色都没有。

霎时间，我又记起了那两个婢女，就站住等她们来。西泊林眼中却放出两道奇光，瞧着我低声说道："死咧，她们的房间恰恰被水冲去。"我听了这话，便料到她们俩一定是不放心那藏着的私蓄，所以回房去取，不道连她们的身子也同归于尽。

西泊林又颤声和我说："她们俩去时，还用了一乘扶梯架到她们卧房的窗上，当它是桥一般渡过去的。"我截住了他，背脊上顿觉得冷森森的，心想那无情的死神，已进了我家的门咧。

当下我和西泊林便也一先一后地到了屋顶上，灯仍亮着，桌上纸牌也仍散着，原来此时室中的水已有一尺深了。

（三）

我们的屋顶，亏得非常广阔，且也不甚欹斜，所以大家躲在上边，并没危险。女孩子们都坐了下来，我却靠在天窗口上，把眼望着四天，勉强抱着乐观，悄然说道："我们不用害怕，一会儿便得救咧。那山汀村中有几艘小船，总须经过这里。咦，快瞧快瞧，那边水上不是有着灯光么？"

我这样说，却没有人回答。庇亚尔点上了个烟斗吸着，只是喷一口烟时，总吐出些木屑来。原来那烟斗的杆，已被他寸寸咬断。耶克和西泊林哭丧着脸，望着远处。亚斯伯握着两个拳，不住地在那里往来踱着，似乎要在这屋顶上找个出路一般。女孩子们蹲在我们脚边，兀是瑟瑟地发抖，又把手掩着两眼，不敢瞧那下边一派可怕的气象。

霎时间罗丝忽地抬起头来，向四下里望了一望，开口问道："我们的婢女呢，为什么不上来？"我装着没有听到，给她个不理会。不道她却抬着两个锐利的眸子，怔怔地专注着我，又问道："那两个女孩子呢？"

我不愿意向她撒谎，只旋过身去，仍是不理会。但我已觉那一股怕死的冷意，已传达到了那些女孩子身上。她们原不是呆子，瞧了我的情景，心中早已明白。当下玛丽便立起身来，叹了一大口气，接着红泪双抛，又扑地坐了下去。哀美把衣兜兜着她两个爱子的头，分明是保护着他们似的。佛绿尼克痴立不动，但把手掩着娇脸。姑母阿加珊也已泛白了脸，时时向空中画着十字，祷告上帝默佑。

此时天已完全入夜。因在初夏，天色还很明朗。空中月还未出，却点缀着无数的明星。其余一片蔚蓝，清光四映。天末的界线，也罗罗清楚。下边便横着这无边无际的大水，映天现着银光。就那一波一浪，也晃得如翻白雪。至于平原大地，都已渺渺茫茫，不知所往。

记得往时我在马赛近边的海滨上，放眼望海，也有这样的奇景。当时我神驰海天风涛之间，心中得意得什么似的。

不道我正在这里流连景光，追念往事，却平地闻雷似的，猛听得我阿弟庇亚尔大声嚷道："水又高了，水又高了，水又高了！"一边嚷着，一边还吸着那个烟消火灭的烟斗，只把那杆咬得粉碎。

我低头瞧时，果然见那水已涨高了许多，去我们屋顶不过一码光景。沿边水花飞溅，不住地起着白沫。不到一点钟，水势更像发了疯的样子，乱冲乱激。人家的屋子，纷纷塌倒。凤尾松也被洪水折作两段，倒了下去。远处汹涌之声，还兀是传将过来，和那几个女的哭声叹声互相应和。

耶克到此，再也不能忍耐，很恳切地向我说道："我们可不能再留在这里，该想个法子才是。阿父，孩儿求你，听我们冒险一试。"

我嗫嚅道："很好很好，我们自该想个法子，冒险一试。"

但我们虽是这样说着，可也想不出什么法子。亚斯伯说他愿意驮着佛绿尼克，游泳而去。庇亚尔说须得弄一个木筏，渡登彼岸。然而这些话无非是疯话，休想实行。末后还是西泊林说，我们倘能到那礼拜堂中，才能平安。他这句话，却有些意思。原来那礼拜堂和顶上的小方塔，果然还高高地矗在水上，和我们相去不过七个门面。我们倘能过了隔邻的屋顶，逐渐过去，一到礼拜堂，便是安乐乡咧。村人们也已躲在那里避难，因为那钟塔上边似乎有着人语之声，隐隐约约地被风吹渡过来。但要渡过那七个屋顶，实是非常危险的事。

当下庇亚尔便说道："这事很不容易呢！隔壁蓝姆卜家的屋子太高了些，没有梯子，怎能过去？"

西泊林道："别管他，待我先去瞧一下子。倘是当真不能过去，我就退了回来。倘能过去时，我们男的便带了女的，一起过去。"

我自然没得话说，只得听他瞧去。

西泊林用了个铁夹板，搁在对面烟囱上，爬将过去。

这当儿他老婆哀美恰抬起眼来，一见他去，便颤声呼道："呀，他到哪里去？怎么丢我在这里？我们夫妇实是两人一体的，我们一块儿生，也该一块儿死。"说着，竟抱了她孩子，直赶到屋顶的边上，一边喘着道："西泊林，等我一会儿，我也来咧。我们两口子，该一块儿死的。"

她丈夫苦苦求她留着，说停会儿就须回来，不用着急呢。奈何哀美却不肯依从，不住地摇着头，眼中射出两道野光，注在她丈夫身上，又喃喃地说道:"我也来咧,我们两口子该一块儿死的。"

西泊林没奈何,只得依她,先来抱了两个孩子,然后助她老婆过去。不一会儿,已见他们在对面屋顶上走着。哀美仍抱着孩子们,西泊林在前,却时时回身扶他老婆。

我提高了嗓子,向着他大呼道:"你安排好了哀美,再回来助我们。"

这时涛声汹涌,并不听得回答。但见他举着手,向我们挥着。少停,早出了我们视线。原来已到了第二个屋顶上,比这第一个低些,所以不见。五分钟后,才见他们在第三个屋顶上出现。多半是为了欹斜过甚,两口子却在那里趴着。

我瞧了,心坎里忽地充满了恐怖,把手放在口边,尽了我的力,向他们大声嚷道:"快回来,快回来。"一时庇亚尔、耶克和亚斯伯,也都嚷着唤他们回来。他们听了我们的声音,似乎停了一停,一会儿却又膝行而前,只做没有听得似的,就到了一边的角上。这所在比邻近的屋顶,足足高出九尺。瞧他们两口子,有些摇摇欲坠之势,于是西泊林便像猫儿般很着意地攀到一个烟囱上边,哀美却还挺立在近边屋上的乱瓦之间。我们张眼瞧去,甚是清楚。见她把那两个孩子紧紧地搂在胸前,抬头向着那一片清明的天空,动都不动,瞧去好似比平日长了许多的一般。

可怜那一场大祸,也就在这时发生咧。原来那蓝姆卜家的屋子,造得虽很高大,质料却极脆薄。加着前部不住地被那洪水冲击,早已岌岌欲危。我瞧它全体,仿佛正在那里发抖。一边眼瞧着西泊林上去,一边连呼吸都几乎停住了。猛可里却听得嘶的一声,分外响朗。这当儿明月刚升,朗悬中天,像是水月电灯似的,放着它万道清光,照得下界灿然一白。就在这明月光中,便一眼望见蓝姆卜家的屋顶已塌了下去,连那西泊林也翻坠而下。

我们瞧了,禁不住脱口惊呼起来。接着也瞧不见什么,但见那木石入水,浪花飞溅。少停,水面上却又平了。但见那无数的断木,乱乱地横在水上。就这乱木之间,瞥见有人在那里动着。我便大呼道:"他还生着,他还生着。"

我们该感谢上帝，那一轮明月正照在水上，瞧去很清楚呢。当下里我们便碌碌咯咯地狂笑着，又拍着手，快乐得跟什么似的，倒像我们已经出险咧。

庇亚尔瞧着那边，说道："他定能爬起来的。"

亚斯伯道："正是正是，瞧他正要抱住那左边的一根断橡呢。"

一刹那间，他们的笑声忽地停了，大家都变作了哑巴，眼睁睁地瞧着西泊林着急。可怜他栽下去时，脚正夹在那乱木中，动弹不得。他那头去水已只几寸，使尽了气力，也总不能起来。那时他心中的苦闷，也就可想而知。哀美仍抱着两个孩子，立在那隔壁的屋顶上，从头到脚兀在那里发抖。眼瞧着丈夫危机一发，去死已近，好不难堪。一边把两只眼睛盯在水上，一边从那僵木的嘴唇中不住地发出一种惨呼声来，活像是狗吃了什么大惊，嘶声狂叫的一般。

耶克很烦闷地说道："我们不能袖手旁观，瞧他这样惨死，该去救他才是。"

庇亚尔道："我们须得爬到那乱木上边，撇开了那些梗着他的断木，使他手脚自由了，才能保全他的性命。"

一时大家都自告奋勇，预备去救他。谁知刚要过去，这里最近的一个屋顶，也陡地塌了下来。于是去路顿时断了，我们回血管中的血好似都结了冰。彼此只紧紧地把着手，相对发颤。我们的眼睛，却依旧瞧着那悲惨的景象。

西泊林挣扎了好久，气力已尽了，伸着两臂，在水上乱动乱舞，似乎要抓住什么东西。奈何抓不到什么，他的头已一半儿沉在水中。瞧那无情的死神，早步步和他接近。停了会儿，他那一头秀发几已着水，一会儿却又浮了起来，便停着不动了。斜刺里却刮过一个浪来，沾湿了他的额角。第二浪来时，闭了他的眼。不到一分钟光景，早已慢慢地下了水面，渐渐不见。

那些女的都蹲在我们脚边，把手掩着脸。我们便也伸着两臂，跪将下去。一行喃喃地祷告上帝，一行哀哀地哭着。瞧那哀美时，依旧直立在那边屋顶上，紧抱着两个孩子。那种惨呼之声，冲破了一天夜气，分外的响朗。

（四）

我们受了这么一个刺激，失魂落魄似的，不知道经了多少时候。及至我知觉回复时，只见那洪水益发涨高了许多，已浸没到了瓦上。我们的屋顶，就像汪洋大海中一个弹丸黑子的小岛，一会儿怕不免要被那水吞没。我们左右的屋子，已连一接二地塌倒，眼见得四面八方都在这水的势力范围之中。

半晌，罗丝忽地把手抓住了屋瓦，很吃惊似的说道："咦，我们在这里动咧。"罗丝说时，我觉得这屋顶果然微微动着，仿佛已变作了个木筏的一般。然而四下里都围着那些断椽碎木和毁坏了的东西，可也不能漂流开去。有时总有一大堆随着怒浪没命地撞来，撞得我们屋顶格格地摇动。我们禁不住都捏了一把汗，怕那死神已在头顶上盘旋咧。

亚斯伯瞧了这种情景，甚是着恼，大声嚷道："我们该设法自救，束手待毙，可不是事呢。"说着竟大着胆，走到那屋顶的边上，伸了两条有力的臂，抓住了一根椽子，从水中拽将起来。耶克也得了庇亚尔相助，抓到一根长长的竿。只是我年纪大了，像小孩子般没有什么用，只得在旁边瞧着。

他们三人便结成了联军，仗着那椽子和竿子，抵敌那些撞过来的东西。这样支架了差不多一点钟，三人都好似发了狂，猛击着那水，破口咒骂着。亚斯伯更气鹘哥哥似的，用力把椽子向水中刺去，像要搠破人家胸脯似的。然而流水汤汤，只向他冷笑，何曾有一丝伤痕、一丝血花。末后耶克和庇亚尔都已使尽了气力，软软地倒在屋顶上。亚斯伯却还一个人支架着，但是不上一会儿，那根椽子已被怒浪卷去，凭着赤手空拳，可也没了法子。

只可怜那玛丽和佛绿尼克两个小妮子，慌得什么似的，彼此拥抱着，做出一种若断若续的声音，在那里说道："我不愿意死，我不愿意死。"那一片惨怖的回声，至今还在我耳边响个不住。那时罗丝便过去拥抱她们，说了几句安慰的话。谁知临了她自己也发颤起来，仰着个惨白的脸，不知不觉地高声嚷道："我不愿意死，我不愿意死。"

就中唯有姑母阿加珊一声儿不响，不再向天祷告，也不再画那十字，只呆呆木木的，把眼睛望着前面。有时那眼光偶然和我相遇，却还勉强一笑。这当儿水已拍到瓦上，再也没有什么自救的法子。但听得那礼拜堂中人语之声，隐隐到耳。又瞧见两星火花，在远处晃动。接着声静火灭，不见不闻。但听得水声震天，浪花拍空罢咧。

此时亚斯伯仍在四下甩踱着，分明想着什么法子。半晌，猛听得他向我们喊道："快瞧，快助我，把我腰抱住了，抱得紧，抱得紧。"

原来他蓦地又抓到了一根断木，正等着一大块黑黑的东西荡将过来。近时才见是一个很结实的小屋顶，正像木筏般浮在水面。亚斯伯已把那断木拨住了，所以唤我们相助。于是我们合力抱着他腰，紧紧地死不放手。一会儿已把那小屋顶拨到前面，亚斯伯纵身一跳，已扑地跳了上去，兜了个圈子，瞧它结实不结实。耶克和庇亚尔都在我们的屋顶边上候着。

亚斯伯忽地笑了一笑，向着我欢呼道："祖父，你瞧，我们得救咧。你们几个女的快别哭了，到这里来。这里简直像一艘很稳当的小船，你们瞧我脚，干干的并没一点水花。估量这屋顶定能载着我们一家，安然远去。"我瞧它已像是我们的家庭咧，当下他又取了庇亚尔刚才带上来的几条绳子，向水中捞了几根断木，牢牢地缚在那屋顶上，使它益发坚固。正忙着束缚，有一回忽地失足落在水中，大家都吓得变了色，一齐嚷将起来。不道一转眼间，他却又爬到了屋顶，笑着说道："耶泷和我原是旧相识，我有时入水游泳，一游总是三英里呢。"接着摇了摇他的身子，又嚷道："你们快一个个过来，别再耽误时间咧。"

那几个女的一时都跪了下来。亚斯伯先抱了佛绿尼克和玛丽过去，唤她们坐在中心。罗丝和阿加珊却不等人家扶助，已溜了过去。

这时我又向礼拜堂方面瞧时，却见哀美依旧立在那边屋顶上，只靠着烟囱，高高地伸了两条臂，擎着那两个孩子，可怜她的腰早已没在水中。

亚斯伯急忙和我说道："祖父，你不用着急。我们过去时，就能救她咧。"说时，庇亚尔和耶克已到了那筏上，我便也跳了过去。瞧那筏虽是微微地侧在一边，却还稳妥结实。亚斯伯最后离那屋顶，把几根竿授给我们，当作桨用，他自己却取了根最长的撑在水中，瞧他很像是个老练的船家一般。

大家坐定，亚斯伯便发了个命令，一起把竿子抵在那顶屋上，使这筏荡将开去。谁知我们用尽了气力，没有什么效验，倒像粘着在那里似的，一动都不动。眼见怒浪滚滚，不住地打来，直要打碎我们的筏，危险自不必说。刚才我们都以为一离屋顶，便能出险。然而我们的运命，仍还系在这贪狠凶险的水中。到此我懊悔给那些女的也到这筏上来，因为我见每一个怒浪打来，似乎要把她们一口吞去。但是我倡议退回屋顶时，他们却一致反对，同声说道："不行不行，我们定要冒险一试，死在这里也愿意的。"此时亚斯伯也意兴索然，没有一丝笑容，任是大家合力撑去，休想动得分毫。

亏得后来庇亚尔忽地得了一个法子，自己回到屋顶上，用绳子缚住了筏，用力向左边一拽，拽出急流。等到他回过来时，我们果然已能脱离了屋顶，撑将开去。

只亚斯伯却还记着刚才搭救哀美的那句话，定要过去救她。可是她依旧放着那种心碎肠断的声音，不住地在那里呼喊，怪使人凄惨的。然而倘要去救她，定须经过那急流，那是很危险的事。当下亚斯伯就向我瞧了一眼，分明是问我可表同意的意思。

我听了那惨呼之声，哪里还忍反对，急忙答道："自然自然，我们自该救她，不救她，可不能安然远去呢。"亚斯伯一声儿不响，低下头去，把他手中的竿刺在水中，慢慢地过去。

不想刚到街角，我们都破口大呼起来，原来那急流早又排山倒海似的冲来，把我们筏儿逼了回去，又猛撞在那屋顶上边，顿时撞成粉碎，我们一伙人也就掉入那旋涡之中。

以后的事便一无所知。但记得我翻落水中时，见姑母阿加珊直挺挺地躺在水面上，仗着衣裙，把她留住。只是不多一会儿，头早向后一仰，渐渐沉入水底。那时我的眼睛也闭了，知觉也麻木了。及至吃了个大痛，方始张开眼来。

只见庇亚尔正拽着我的头发，沿着屋瓦爬去。接着我就躺在瓦上，动弹不得，只张着两个眸子，骨碌碌地向四下里瞧。却见庇亚尔放了我后，又扑地跳入水中去。正在这当儿，猛见亚斯伯也抱了佛绿尼克起来，放在我近边，又下去救玛丽。可怜那小妮子身僵面白，寂然不动。我瞧了，几乎当她已经死咧。亚斯伯第三回下去时，再也捞不到什么，只空了一双手上来。于是庇亚尔也来了，他们俩低低地在那里说话，无奈听不出什么。

我向四下里望了一下子，不觉呻吟起来道："呀，天哪，姑母阿加珊呢？耶克、罗丝呢？"

两人摇了摇头，眼眶里早明晶晶地来了两颗泪珠，一面断断续续地嘶声说着。我才知道耶克先就被一根断木撞在头上，破脑而死。罗丝抱着她丈夫，死也不放，竟自一块儿随波逐流而去。姑母阿加珊第一回沉下去后，并不再浮起来，或者已被那急流送到了我们屋中去，也说不定。

我起了起身，更向哀美那边望时，见那水又加高了，哀美并不再喊，只伸着两条僵僵的手臂，把她两个孩子擎在水上。不一会儿，那水已把那手臂和孩子同时淹没。但见那一轮满月，独行中天，放着那种淡淡的光，好似要入睡一般。

（五）

到此，这屋顶上，但剩我们五个人在着。那水也越涨越广，单有个屋脊没有淹没。这当儿佛绿尼克和玛丽都已晕去，便把她们抱到了屋脊上，免得被水浸湿了腿。停了好久，方始苏醒。

可怜见她们兀在那里发抖，又口口声声地说着"不愿意死"。我们竭力安慰着，说："你们放心，断断不会死的，那死神决不缠到你们身上来呢。"然而事到如今，哪能使她们相信。每一个"死"字，从她们口中喊出来时，直好似礼拜堂里打着报丧的钟，使人听了不由不惊心动魄起来。就她们编贝似的银牙，也捉对儿厮打个不住。姊妹俩到了怕极时，唯有相偎相抱、相对哭着，哪里还有什么旁的法子？

唉，天哪天哪，我们的收局到咧。放眼瞧时，但见那颓垣断瓦，标出当时有着村庄的所在。到处黯黯淡淡的，都带着死气。礼拜堂的钟塔，仍还耸在水上，人语之声也隐约可闻。想那塔中的人，总能保全他们的性命，只苦了我们，步步地和死神接近。有时想入非非，仿佛听得近边有荡桨的声音，渐渐清楚。这种声音，简直是我们希望的音乐。禁不住停了呼吸，仔细听去，又像鹭鸶般拉长了头颈，向前张望。只是听得的不过是水声，瞧见的不过是一大片黄色的水上散着无数的黑影。但这黑影也并不是什么船只，不过是断树坏墙之类，在那里晃动。我们却仍乱挥着手帕，侧耳听着那种荡桨似的声音。

一会儿，亚斯伯忽地高声嚷道："呀，我瞧见咧，一艘很大的船，正在那边。"说时，伸了一条手臂，向远处指着。我和庇亚尔都瞧不见什么，只亚斯伯却坚说是船，就那声音也响了一些。末后我们果然望见一个黑影，徐徐而来。只瞧它但在远处回旋，并不行近。于是我们真个发了疯似的，一个个伸着手臂，嚷着咒着，骂它是个懦汉。无奈任我们喊破了喉咙，可也没有什么用。瞧那船无声无息的，似乎已旋了回去。那黑影到底是船不是船，我并不知道，单知道它已去了，我们最后的希望也跟着它去了。

过后但觉我们的屋顶，已有些儿摇晃的样子。原来屋基虽很坚固，只被那些断木没命地撞来，瓦已松了，我们倘再挤在一起，定要陷将下去。

到了最后的几分钟间，我阿弟庇亚尔忽又把他的烟斗塞入嘴唇，一边撚着他两抹军人式的浓须，嘴儿里喃喃地咕哝着，额上仿佛攒着黑云，也蹙得紧紧的。可是他到了这个境界，委实已没了用武之地。一股怒气直要迸破了胸脯。有两三回唾在那洪水中，好似含着侮辱那洪水的意思。不多一会儿，我们已逼到了末路，瞧来再没什么旁的希望。

庇亚尔便竖将起来，一径蹑到那屋顶的斜面。我已知道他的意思，不觉悲声呼道："庇亚尔，庇亚尔。"

庇亚尔回过身来，悄悄地答道："路易，再会。我这样等着死，委实觉得麻烦咧。我一去，就能留些儿余地给你。"说着，把烟斗向水中一丢，自己也投身下去。一边却又回头喊道："再会，再会，我已苦得够咧。"

那时他沉了下去，再也不浮起来。他对于游水一道，原不大在行，多半已卷入旋涡。可是眼见我们一个美满的家庭，却得了这么个悲惨的结局，他那心早已寸寸迸碎，即使存在于世界，也没有什么生趣。

这当儿礼拜堂塔上的大钟，已镗镗打了两下。这个悲痛恐怖泪痕狼藉之夜，已渐渐向尽，我们脚下的一条干地，也渐渐缩小。那滔滔滚滚的急流，依旧不住地冲来。

亚斯伯立时脱了衣服，去了靴子，睁着两眼，向水中瞧着。一边扼着腕，扳着指，腕指的骨节都咯咯地响个不住。末后便忒愣愣地向我说道："祖父，你听着，我再也不能老等在这里，我须得拼了一命救她才是。"这一个她，不消说是指佛绿尼克。

当下我便和亚斯伯说，他未必有这气力，驮了那女孩子游往礼拜堂去。但是亚斯伯性子很倔强，哪肯依我的话，只口口声声地说道："我爱她，我须救她。"

我听了，也不能多说什么，只把玛丽搂在胸前。他瞧了，分明疑我怨他但顾了私情，不顾旁的人，即忙嗫嚅着说道："停会儿我便须回来救玛丽，我敢立了誓去。万一在路上弄到一艘船，也说不定。祖父，愿你信我。"说完，又和佛绿尼克说了几句，那女孩子兀把眼睛注视着亚斯伯，嘶声答应着。

最后亚斯伯就把佛绿尼克缚住在背上，向空画了个十字，溜下屋顶去。佛绿尼克大呼一声，舞着四肢，一会儿已失了知觉。亚斯伯立刻用足了气力，没命地游去。我眼巴巴望着他，几乎连气都不敢透一口。不多一刻，见他已游了三分之一的路程，倒很有希望似的。谁知一转眼间，却似乎撞了什么东西，两口儿同时不见。接着却见亚斯伯一个人上来，那绳子早已断了。当下他再下去了两回，才又带着佛绿尼克浮上水面，依旧百折不回地游去。停了会儿，已和那礼拜堂渐渐接近。

我一面望着，一面颤个不停，也是他们命运不济，猛可里又有一根挺大的断木撞将过来。我待要放声喊时，早见他们已被那断木撞了开去，流水汤汤立刻把他们裹住，转眼已形消影灭，不知所往。我瞧到这里，不觉呆了，石像似的立在那里，不能动弹。

这样不知道过了多少时候，猛听得一声长笑，破空而起。此时天已大明，空气十分新鲜。那一道道的曙光，已从黯黯重云中透将出来。只那笑声却还不住地响着，回头瞧时，见是玛丽正水淋鸡似的立在我近边，兀在那里傻笑。

可怜这女孩子笼着那一天曙光，何等的温艳可爱，比了平时，分明又平添了几分姿色。那时我见她忽地俯下身去，把纤掌掬了些水，洗着娇脸。接着又把那一头艳艳的金丝发绾了起来，盘在头上。原来她又当是来复日听了晓钟、上礼拜堂去的时候，所以忙着理妆呢。她一边理着妆，一边仍是不住地傻笑，面庞上带着悦色，眸子里现着明光。

唉，可怜的孩子，可怜的孩子，她已发疯咧。然而她的疯病，仿佛传染似的，我一听了她的笑声，蓦地也碌碌咯咯地傻笑起来。瞧玛丽时，已毫无怕惧，毫无悲痛，只当作这时正是个春光明媚之晨，她正在绣阁中，对着那耶泷河卷帘梳洗，并不觉得自己的性命已陷到了死地。这多半是上帝仁慈，所以免她受那临死时一番痛苦呢。

我一行悄悄地瞧着她，一行点着头。她理罢了妆，益发扬扬得意，猛可地提着那种清脆明朗的娇声，唱了她平日最爱的一首赞美歌。唱不到一半，却截然停了，黄莺儿似的呖呖呼道："我来咧，我来咧。"于是又唱着那歌儿，下了屋顶，一步步跨到水中，很舒徐很自然地冉冉入水而没。

我依旧笑着，掬着个得意快乐的脸，目送那女孩子没去。以后的事，再也记不起来。只知道我一个人在那屋顶上边，那水已沾到了我身上。旁边有个烟囱矗起着，我就用力攀住了，像是困兽入了陷阱，还不愿意就死的一般。除此以外，我委实半点儿都不知道。心坎里空空洞洞的，只是一片漆黑呢。

<h1 style="text-align:center">（六）</h1>

咦，奇了奇了，我怎么在这里？往后才有人和我说，早上六点钟光景，那山汀村中的人荡着船到来，见我正攀住在烟囱上，已失了知觉，于是即忙把我救了来。

唉，水啊，水啊，你怎么如此忍心，不带着我跟了那些亲爱的骨肉一块儿去。我已老了，偷生世上，还有什么趣味？可怜他们都已弃我而去，那刚在襁褓中的小孩子咧，那一对柔情脉脉的多情人咧，那两双老小的好夫妻咧，都已不在这世界之上。只冷清清地剩了我一个人，像是一根干草，生住在石上的样子。

我倘有勇气时，也须步那庇亚尔的后尘，说着"再会再会，我已苦得够咧"，扑地投入耶泷河中，跟着他们同到那死路上去。如今我孑然一身，没一个孩子慰我的寂寞。况且屋子已毁了，田地也荒了。

回想当年灯红酒绿之夜，一家老小杂坐一桌，谈天说地，乐意融融，直使我血管里的血也觉得热烘烘的。又想那五谷和葡萄丰登之日，我们欢笑而归，满腔子的得意几乎塞破了胸脯。唉，世界上万事万物，我都能忘却，但总忘不了那两个玉雪可念的小孩子，和那紫碧照眼的葡萄。总忘不了那几个温柔可爱的好女儿，和那澄澄黄金色的五谷。总忘不了我得意的晚景，和我一辈子的幸福。唉，但是现在死的死、失的失了。

呀，上帝哪，你为什么还使我延着一丝残喘，留在这烦恼的世界上？从此以后，我不要人家安慰，我也不要人家相助。我所有的荒田荒地，一概都送给村中那些有儿女的人，他们才有心开垦、有心耕种。至于我们没有儿女的老物，但求荒郊一角，安顿了这副老骨，事儿就完咧。只我还有一个最后的志愿，须找到了那些亲爱的遗骸，葬在我家坟场之中。一朝我死了，便也深深地埋在里头，千百年下，和他们相依起，永远不分开咧。

过几天后，听得人家说起，都路士地方发现了无数的死尸，都是被耶泷河冲过去的。于是我就动身到那边瞧去，指望和我亲骨肉见这最后的一面。

瞧我们村中气象，也好不凄惨。差不多有两千所屋子，被那水冲毁。差不多有七百个男女老少的村人，被那水溺死。至于无家可归、挨饿挨冷的人，也不下二万之数。死尸有没人收殓的，听他们暴露着。将来怕要流行窒扶斯病①，也未可知呢。村中各处都荡着一片哭声。大街小巷中，到处在那里出丧。

我一路过村，熟视无睹，心中只想着我自己的亲骨肉，也落了这从来未有的浩劫，那真教人难堪咧。我到了都路士，人家和我说，那些死尸都已在公共的坟地上埋了，只还留着照片，给人辨认。

我在那许多悲惨动人的照片中，便一眼望见了亚斯伯和佛绿尼克。这一对多情人彼此紧紧地拥抱着，仿佛已当着死神行了婚礼。口吻着樱唇，臂环着粉颈，瞧他们粘住在一起似的，谁也不能分开他们。没法儿想，只得把他们两口子合葬在黄土之下。从此灵魂躯壳永远没有分离的日子咧。

唉，如今我一身之外，再也没有什么，所有的，不过这一幅惊心动目的遗像。像中双影，仍然是面目如生，流露出那种勇侠义烈的爱情来。我瞧了，禁不住回肠荡气，放声泣下咧。

---

① 窒扶斯病：伤寒症。

于飞乐

〔法〕莫泊桑

市长正要坐下来用早餐，却有人报上来说，那乡警同着两名罪犯，正在议事厅中等着他。他立时赶去，见那老邬希德立在那里，看守着一对中等阶级的夫妇。他脸上现出严正之色，向他们察看一下：

那男子是个红鼻子白头发而身材胖胖的老汉，模样儿十分沮丧。那妇人是个小圆身材，亮晶晶的面颊，将一双怨恨的眼睛向那拘捕伊的乡警瞧着。

市长问道："什么事？邬希德，什么事？"

那乡警便供述出来。这天早上，他按着规定的时间出去巡逻，地点由香碎欧森林远至亚金端边界。他在乡野一带，不见有什么出奇的事情，只见天日晴明，麦长得很好。一会儿却见那老白利德的儿子，从他的葡萄圃中赶过来，向他嚷道："邬希德爹爹，快去林边察看一下！在那第一堆的树丛中，你可以发现一对鸽儿，他们的年纪合起来定有一百三十岁咧！"

他照着所说的方向走去，进了树丛便听得一派人语之声，使他疑到这其间定有不道德的行为。于是像伺拿一个偷猎人似的，蛇行前去，便发现了这一对男女，立时拘捕下来。

市长很诧异地瞧着那两名罪犯，因为那男子分明有六十岁了，那妇人也至少有五十五岁。当下他便开始盘问，先从男子问起。那人放着很低弱的声音作答，几乎听不出来。

市长问："你名叫什么？"

那人答："倪谷勒·卜莱。"

问："你的职业是什么？"

答："杂货商，在巴黎殉道人街中做买卖。"

问："你在那树林中干什么？"

那人一声儿不响，两眼注着他的胖肚子，双手下垂着。

市长又问道："你可是否认这警吏所说的一番话么？"

那人忙道："先生，并不否认。"

市长道："如此你认罪了。"

答："是的，先生。"

问："你有什么话给自己辩护么？"

答："先生，没有话。"

问："你在什么地方遇见你这共同犯罪的伙伴的。"

答："先生，伊是我的妻子。"

问："是你的妻子么？"

答："正是，先生。"

问："如此——如此——你们俩并不是同居——在巴黎么？"

答："先生，求你见恕，我们俩原是同住在巴黎的。"

市长大惊道："如此说来——你定是疯了。吾亲爱的先生，你定是发了疯，才在早上十点钟到乡下去干这情人的勾当，竟被捕了。"

那老杂货商羞得似乎哭将出来，喃喃地说道："这全是伊勾引我的。我原对伊说这种事情太傻角了，但是你要知道——一个妇人既有一件事进了伊的脑袋，你就不能撵掉咧。"

市长是喜欢说笑话的，微笑着说道："要是只有伊脑袋中有这主意，那你也不会到这儿来了。怕恰恰和你所说的相反罢！"

卜莱先生怒不可遏，转身向着他的妻子说道："你瞧！你的诗意累我们到怎样的地步！像我们这般年纪，还须戴着破坏道德的罪名到法庭上去，我们少不得要关上了店，卖掉了我们好的愿望，搬移到别的地方去。这便是所得的结果。"

卜莱夫人站了起来，并不向伊的丈夫瞧，毫不困窘地给伊自己剖白。既不用无谓的谦卑，也一点儿没有迟疑的样子："自然，先生，我原知道这件事未免太可笑了。你可能许我像律师般辩护，或是像一个可怜的妇人般泣诉么？我很希望你大发慈悲，放我们回去，免得受那控告的耻辱。

"好多年以前，我还在年轻的时节，有一个礼拜日，在这里近边和卜莱先生认识了。他受雇在一家布匹店中，我也在一家衣店中充店伙，这些事情我记得还好像是昨天的一般。那时我惯常到这里来消磨那礼拜日的光阴，和一个女友露史·蓝佛克同在一起。我本来和伊同住在碧介丽街的，露史有一个情人，而我却没有。那情人往往带我们到这里来玩。有一次礼拜六，他笑着对我说，明天带一个朋友同来。我很明白他是什么意思，但回说这很不好。先生，因为我是很贞洁的。

"第二天，我在火车站上遇见了卜莱先生。当时他模样儿很美秀，但我打定主意决不逗引他，我当真如此。我们一行人到了贝崇。这一天是可爱的天气，这种天很足以打动你的心的，就到了如今，还觉得很好，和先前一样。我便不由得发起呆来，一到了乡下，简直是神魂颠倒了。那碧绿的芳草，香气袭人；燕子翩翩，很快地飞掠着；还有那红红的罂粟、白白的雏菊。这都能使我发疯的，不惯消受的人，就好似喝了香槟酒了。

"是啊！这是很可爱的天气，又暖又明媚。你眼中所瞧见的，似乎能穿透你的心，你呼吸时，便似乎经过你的嘴。露史和西盂每一分钟总得相抱接吻，这便使我起了一种奇怪的感觉。卜莱先生和我一同在他们的背后走着，不多说话，因为彼此不大熟识的人原觉得没有什么事情可以说的。末后我们到了小树林中，凉凉的好似在一个浴池中，我们四人便坐了下来。露史和伊的情人见我很严肃，便逗着我玩笑，但你该明白我不得不如此啊！当下他们俩又拥抱着接吻，仿佛我们不在面前，一点儿不知检束，接着他们又窃窃私语了一会儿，就一句话都没有，起身到丛树中去了。你想我和这初次相见的少年人独留在一起，是怎般的模样？我见他们走开去，心中觉得很乱，一面却反给了我一股勇气，开始讲话。我问他干什么职业，他说正在做一个布匹商的副手。我刚才已说起过了，我们谈讲了几分钟，使他胆大了些，竟要和我动手动脚起来；我很严厉地唤他坐在原处，不许胡为。卜莱先生，这不是实在的事么？"

卜莱先生很羞愧地看着他的脚，并不作答，接着伊又说道："那时他见我品行贞洁，便像一个有体面的绅士般，好好地用情于我。从此以后，每礼拜来瞧我，因为他委实是爱我到极点了，我也很欢喜他，非常地欢喜他，先前他原是个美貌的男子。第二年的九月中，就娶了我。我们便在殉道人街中开始做买卖了。

"先生，一连好几年，我们苦苦地奋斗，端为买卖不见发达。我们没有钱可作乡间的旅行，实在也不想到这回事了，因为一个人做了买卖，头脑中想了别的事情，兀自想着银箱，再也不想美妙的辞令了。我们渐渐地年老起来，自己也并没觉得，也像那些生性怡静的人，不大想到爱情了。大抵一个人既没有瞧见他自己丧失了什么，也就不会有什么悔恨。

"先生，接着买卖渐有起色，我们对于前途很安心。你瞧，我也不很知道自己心中想什么，委实并不知道，不过像一个学堂中的女孩子般开始梦想了。每见一辆小车装满着花朵儿，在街中拖过，直使我哭将起来。紫罗兰的妙香，吹送到我的安乐椅中，我便在那银箱的后边，心儿突突地跳了，于是我总得站起身来，出去到门槛上，瞧那屋顶中间一片蔚蓝色的天空。可是一个人在街道中抬头望天，就好像见一条河流下巴黎来，曲曲折折地流着，而那往来飞动的燕子，都活似变作鱼了。在我这般年纪，而发这种思想，确是很傻。先生，但是一个人工作了一辈子，这也是无可如何的事啊！因为一个人在一个时期间，瞧到了自己尽可做些别的事情，于是免不得要悔恨起来呀！是的，觉得非常的悔恨。试想，我在这过去的二十年间，尽可像旁的妇人模样，到树林中去接吻。我又往往想到躺在那荫荫绿树之下，和什么人言情说爱，那是何等的快乐！我日日夜夜地这般想着，我又梦想着水上的月光，直要投身到河中去自溺了。

"我先还不敢将这事告知卜莱先生，我料知他定要和我开玩笑，而逼着我上柜台去卖针线的。委实说，那时卜莱先生也不大和我说话。我向镜中照看时，才明白自己不再有动人的可能了。"

"可是我已打定了主意，便要求他到乡下去旅行一次，到我们最初相识的地方去，他并不怀疑什么，立时答应了。今天早上九点钟，便到了这里。

"我一到那麦田中间，顿觉自己重又年轻了，因为一个妇人的心是永远不会变老的。当真，那时我瞧我的丈夫也不像是现在的模样，而仍像往时一样了，先生，这个我可以向你赌得咒的。我当真是疯了，像我此刻立在这里，同是实在的事，我开始和他接吻，他却比我要谋杀他更为吃惊，不住地说道：'怎的？你定是疯了！今朝你定是疯了！你可是什么一回事啊？'我不听他的话，我只听着我自己的心，我硬要他同到树林中去。话完了，我说的都是事实，市长先生，完全是事实。"

那市长是个富于情感的人，他从椅中站起身来微笑着说道："夫人悄悄地去吧！以后你再到我们森林中来，还得小心些才是。"

意外鸳鸯

〔英〕史蒂文生

    但臬司·特蒲留年纪还不到二十二岁，他却自以为是个旋转乾坤的英雄、顶天立地的好汉。可是孩子们生在这战云漠漠、四郊不靖的时代，能打得仗、冲得锋，能堂堂皇皇杀他一两个人，能知道点人世间的权变策略，自也怪不得他要高视阔步、目空一世咧。有时夜深人静，他却还怒马独出，学那些侠客的行径。然而，这个委实不是他的幸福，像他那么一个少年，还是伏在家里火炉旁边，或者早些上床睡觉，倒是明哲保身之道。因为这当儿白根台和英吉利的兵队，混在一起，密布各地，夜中到处乱跑，很不方便呢。

    话说 1429 年 9 月中一天傍晚时候，天气十分阴沉。漫天风雨，并力地猛攻那个镇。树上枯叶，飘落满地，打着磨旋儿在那几条街上走着。人家窗中，有的都已上了灯，透出一道两道的光来。有几处似乎是驻兵的所在，兵士们正在那里晚膳，满腾着笑语之声，时时外达，只被风掩住了，不大分明。一会儿夜色已上，那塔尖上竖着的一面英国国旗，受风而翻，给飞云掩映着，淡淡地只是一个黑点，好像一羽孤燕，在那铅色的天空中飞着。到了晚上，大风忽起，豁喇喇地掠过街上。连那镇下山谷中的树也萧萧作响，似是虎啸狮吼的一般。

这时但枭司·特蒲留正急匆匆地走去访他一个朋友，预计小作勾留便回家去。不道到了那朋友家里，他们待他亲热得什么似的。留着用过晚膳，又有一搭没一搭地闲谈了好久，不觉把时候耽搁得晏了。告别出门时，早已过了夜半。一时间大风又刮了起来，四下里又黑黑的，仿佛踏进了个坟墓。

天上既没有一颗星，又没有一丝月光，只重重叠叠的，堆着那棉絮似的厚云。加着那兰屯堡近边的几条曲巷，但枭司一向不大熟悉。就在青天白日之下，也须摸索着走去，到此自然迷了路，不知道往哪里走才好。只知道他朋友的屋子，是在这兰屯堡的梢上，头上便有一所小客寓，正坐落在那礼拜堂钟塔之下。如今唯能上了小山，投往小客寓去。主意打定，就行而前。有时觉得在什么空旷的所在，头上即是天空。于是停了停脚，吸他几口新鲜的夜气。有时似乎摸到了什么峭壁之间，狭狭的几乎使人透不过气来。四下里又静悄悄的，没一点儿声响，益发使人生怕。

但枭司一路摸去，有时摸在人家窗户的铁梗上，冷得冰手，还道是摸着了什么蟾蜍，有时觉得脚下七高八低的，几乎把一颗心也颠到了口中。一会儿才又到了一处开旷的所在，仰见天光，比刚才也亮了一些。瞧那两边屋子，都现着一种奇怪的样子。但枭司也不去管他，只打叠起勇气，向前赶去。每逢到了转弯抹角，才住了脚，向四面望一下子。往后他又在一条羊肠小径里趑着，伸手便触着墙壁，狭得什么似的。

出得巷来，却见地势渐渐低下，分明不是向那小客寓去的方向。巷尽处，有一个望台，能望见那几百尺下边的山谷，黑魆魆的，仿佛是个鬼窟。但枭司低头瞧时，但见几个树梢底下又有一个白点，在那里晃动，知道是一条河流横断而过。这当儿，天上积云都已消散，天容又很明朗。那小山的边儿，约略可见。隐约中，他又瞧见左面有所大厦，上边耸着几座小小的尖塔。原来是礼拜堂的后部，有几堵扣壁突出在外。那扇后门，隐在深廊之中。廊上雕着许多石像，又有两个很长的檐溜。那几扇窗中，都有着烛光，一丝丝地透将出来，倒使那扣壁尖塔，益发觉得黝黑如漆，和天光合在一起。只那建筑自辉煌崔嵬，非常壮丽。但枭司瞧了，就记起他自己的屋子来。在保夷司岿然峙着，也正和这不相上下。他瞧了会儿，不觉已到小巷尽处。一瞧四面，并没什么支路，只得退将回来，想摸到了大道，径往小客寓去。只他预想中，哪里想到平白地却要遇一件意外的事，点缀他一生的历史呢。

原来他退回去不到一百码光景，便见前面来了红红的火光，还有一阵谈笑脚步之声，震得小巷中都有了回响。只一瞧，就知道是一队巡夜的兵士，手中各自擎着火把，照得个一巷皆红。但枭司急忙倒退了几步，料想那些人都是酒鬼，酗醉了酒，不讲道理的，落在他们手中，就有许多不便，还是躲在什么地方，逃过他们的眼睛。打定主意，往后便退。

这一退也是他合该有事，脚陡地踏着一块石子，身子一侧，直向墙上撞去，震得腰下挂着的一柄佩刀，也哪哪当当地响了起来。那些兵士一听得这刀声，就有两三个人嚷将起来。有的是英国口气，有的是法国口气，都直着嗓子，问是哪一个？但枭司给他们个不理会，一旋身仍向那小巷尽处奔去。到了平台上回头瞧时，却见他们也飞步追来，口口声声地嚷着，一边又把那火把向着两面乱照。但枭司到此急得什么似的，急忙冲到那大厦门前的廊檐下边，拔了佩刀，倚在门上等着。

说也奇怪，这一倚他竟翻身跌了进去。站起来瞧那门时，早又好好地关上。当下他在暗中伏了会儿，隐约听得门外兵士们咒骂呐喊的声音。不一会儿，却已渐渐远去，渐渐不闻，于是吐了口气，想开门出去。谁知这儿的内部，光光的连柄都一个没有，空伸着一双手，没得着处。末后把指甲沿着门罅用力扳着，更使着他搏狮的全力，一阵子撞去，只也好似一垛峭壁，休想动它分毫。

但枭司没法儿想，皱皱眉，心想：这门到底是个什么路数？刚才为什么虚掩着？一关上了，怎又开不开？倒似乎故意设着机关，借此坑人似的。然而像这么一所堂皇显焕的大厦，又不是贼巢盗窟，何必要设什么机关？但枭司越想越觉诧异，总想不出它是个什么意思。总之，已像困兽入笼，没了出路。四下里又黑黑的，张眼不见一物。侧耳听时，外面寂然无声。只听得近边隐约有微喟之声，仿佛是中宵怨女恻恻怀人的一般。

但枭司听了，好不诧怪。更向里边瞧时，见有一丝灯光在那里晃荡，似乎从什么门帘下边射将出来的。但枭司瞧着，觉得此中伏着危机，禁不住栗栗畏惧起来。转念想：困守在这里，也不是事。索性放胆前去，瞧他一瞧，也见得我但枭司可不是个没骨汉呢。想着，展开了两臂，慢慢地摸索而来。末了，猛觉得脚尖上咔的一响，分明是触在木板上似的。向下瞧时，才知道是一乘踏步，便踅上去，揭开了那门帘，闯然而入。更抬眼望时，见是一间光石的大起居室，三面都有门，一面开着一扇，都一样地遮着门帘。第四面上，却开着两扇大窗和一个挺大的火炉架。架上雕着玛莱脱劳家的军器，但枭司一见就辨别出来。室中灯火通明，四个壁角都在这明光之中。但是室中的器物却很稀少，单有一张笨大的桌子和一两把椅子。火炉中也并不生火，冷眼向人。地上杂乱地散着许多零星东西，分明已好几天没有收拾过。

那火炉架旁边一把高椅上，有个老绅士颤巍巍地坐着，脖子四周围着一个皮颈圈，手腿都交叉着，满现出那种倨骄的态度。他肘边靠墙的腕木上，放着一杯香酒，那个脸一点儿没有慈善之相。凶恶气团结眉宇，瞧去像是一头野猪，甚是怕人。上边的嘴唇，高高鼓起着，似乎吃了人家耳刮子，又似乎害着牙齿痛，所以肿成这个样子。那笑容咧，眉峰咧，和那又小又锐的鼠眼咧，处处现着恶相。满头白发，十分美秀，仿佛是神圣的头发。一部须髯，也当得上"美秀"两字。那双手又嫩又白，委实和他年纪不称。这玛莱脱劳家家人的手，原是向来有名的。瞧那指，甚是纤削。指甲也很有样，宛然是那意大利大画家利那度氏美人画中的美人手。谁会想到这样一个素手纤纤的人，却又生着个凶神的面孔？瞧他这时正像上帝般高坐着，白眼看人，一种苛刻奸诈的容色，堆满了一脸。

这人是谁？正是玛莱脱劳家主人唤作挨莱特·玛莱脱劳的便是。但枭司先在门口立了一立，一声不响地和那老头儿相觑着。一会儿，那老头儿便启口道："请到里边来，我已望了你一黄昏咧。"说时，并不起身，只皮笑肉不笑地笑了一笑，又把头微微一侧，算是和他行礼的意思。

但桌司听了那种声音，瞧了那种笑容，觉得骨髓中森森起了冷意，几乎要抖颤起来，一时间话也不知从何处说起。挣扎了半晌，才放声答道："我怕你老人家认错了人咧。听你老人家的话，分明在那里盼望什么人，只是在下以前并不和你相识，今夜还是初会呢。"

那老头儿率然道："别管他，别管他，如今既然来了，还有什么话说。我友请坐，别如此不安，停会儿我们就能勾当那件小事咧。"

但桌司知道此中定有误会，便又分辩道："今夜的事，都是你那扇门……"

那老头儿扬了扬眉，挽言道："嘎，你说我那扇门么？这不过是一些小慧，算不得什么奇事。"说时，耸了耸肩，接着又道："瞧你的样儿，似乎不喜欢和我做朋友。只我们老年人却很喜欢结交，不嫌朋友多的。今夜你虽是个不速之客，老夫也一例欢迎呢。"

但桌司道："先生，你别弄错了。在下和你老人家丝毫没有什么瓜葛，况且也不是这里近乡的人。在下名唤作但桌司，姓特蒲留。至于好端端怎么闯入尊府，实为了……"

那老头儿又截住他道："我的小友，别再絮叨了。老夫自有用意，你只悄悄地瞧着吧。"

但桌司暗暗叫着苦，想不知道多早晚的晦气，今夜无端遇了这疯子，只是身入樊笼，也无可奈何。便耸着肩，自在一把椅子上坐下，瞧那老头儿使出什么鬼蜮手段来。

停了会儿，不见动静，只隐隐听得对面的门帘中有一种低微的声音，似乎在那里祈祷。有时仿佛一个人在看，有时又仿佛来了一人，到那时便隐约听得两种声音，一种似是劝慰，一种似是恼怒。只为声细如蝇，辨不出什么话儿。那老头儿依旧一动不动地坐在椅上，微笑着抬了两个鼠眼，骨碌碌地瞧但枭司，直从头上瞧到脚尖，又不时做出一种鸟鸣鼠叫似的声音，表示他心中的满意，使但枭司益发局促不宁。

那老头儿瞧了这情景，又暗暗匿笑，笑得脸都通红了。少停，但枭司便竖将起来，戴上帽子，愤然道："先生，你倘是心志清明的，就该知道你对于我太没礼貌，不像是个上流的君子。你倘已失了心志，我自问脑子自有用处，也不愿意和疯子说话。委实说，你别当我是个孩子，尽由人玩之掌上的，如今我决不再留在这里，你倘不好好放我出去时，便把刀子扑碎你那扇牢门。"

那老头儿伸了只右手，摇着向但枭司道："我的侄儿，请坐着。"

但枭司用手指当着那老头儿的脸弹了一下，大呼道："我还是你的侄儿，好个老头儿，你简直在那里满地撒谎咧！"

那老头儿听了这话，忽地发出一种凶暴的声音，狗吠似的嚷起来道："恶徒，快坐下。你想，老夫好容易在门上做了个机关，收拾你进来，就肯轻轻放你去么？你要是喜欢缚头缚脚，缚得全身骨节都痛的，不妨起身出去。要是你愿意像小鹿般往来自由的，便该静坐着，和一个老先生好好闲谈，那就上帝也在上边呵护你呢。"

但枭司问道："如此你可是把我当作个囚犯么？"

那老头儿答道："停会儿你自己瞧着吧。"

但枭司没奈何，只得坐了。外面竭力装着镇静，其实怒火中烧已达到了沸度。想起前途危险，又禁不住战栗起来。一时间思潮迭起，搅得心中凌乱。

正在这时，猛见前面门上的门帘忽地向上一揭，趄进一个长袍披身的牧师来，张着两个鹰眼，向但枭司瞧了好久，才挨近那玛莱脱劳，低声说了几句。

玛莱脱劳扬声问道："那妮子可安静些了么？"

牧师答道："主公，她已安静得多咧。"

那老头儿又说了几句似嘲似讽的话，才向但枭司道："麦歇特蒲留，老夫介绍你去见侄女好么？她已等了你好久，比老夫更觉性急呢！"

但臬司急着要知道这事的结果，便坦然起身，鞠了一躬。那老头儿便也起身回礼，扶着牧师的手臂，一瘸一拐地向那礼拜堂门踅去。到了门前，牧师急忙掀开了门帘，三人就一同入内。

但臬司举目瞧时，见那建筑十分壮丽，四边有许多小窗，有星形的，有三叶草形的，有轮形的。窗上并不全嵌玻璃，所以堂中空气也很流通。神坛上点着四五十支蜡烛，被风吹着，光影摇晃个不定。神坛前边的阶级上，有一个妙龄女郎跽在那里，一身新嫁娘的礼服焕然照眼。但臬司瞧了，身子蓦地冷了半截，不知道怎么心中有些恐慌起来。

那老头儿又发出一种抆笛似的声音，向那女郎道："白朗希，我的小女郎，我特地带了个朋友来瞧你。你快起来，把玉手给他，敬礼上帝，果是好事。只这人世间的俗礼，可也少不了。"

那女郎听了这话，便巍颤颤地起了身，旋过柳腰，向着他们微步而来。瞧她那个娇怯香躯，满带着羞惭疲乏的样子。一路来时，把蝤首垂得低低的。但见羞红半面，绝可人怜。两道秋波，也注在地上，兀是不抬起来。只那但臬司的脚，却已被她瞧见，脚上一双光致致的黄皮靴子，十分动目。原来但臬司平素很喜欢修饰，虽在旅行时也装扮得楚楚动人。

那时那女郎一见了这黄皮靴子，很吃惊似的，忽地立定了，抬起那似嗔似怨的秋波来瞧但臬司，两下里的眼光可巧碰了个正着。霎时间，那女郎花腮上的羞红褪了，换上一派凄惶惊恐之色，连那红喷喷的一点朱唇也欻地变了白，猛可里惨呼一声，把柔荑掩着脸，扑地倒在地上，一边又悲声呼道："伯父，不是这人！不是这人！"

那老头儿又像鸟鸣般欢然说道："自然不是这人，所以我才领他到来。哼哼，你真不幸，怎么把他的名字忘了。"

那女郎又呼道："以前我委实并没见过他一面。这人是谁？并不知道，我也不愿意和他认识。"接着，又转身向但臬司道："先生，你倘然是个君子，就该可怜见我一个弱女子，凭着天良，仗义相救。以前我们俩不是并没相见过么?"

但梟司点头答道:"正是,以前在下当真没有见过姑娘的芳容,今夜冒昧得很。"一边又向那玛莱脱劳道:"先生,今夜在下才是第一回拜见令侄女,愿你别误会了。"

那玛莱脱劳耸了耸肩答道:"以前没有见过,也不打紧。此刻订起交来,正来得及。就是老夫和先室结婚以前,彼此也是泛泛之交呢。"说到这里,挤眉做眼地扮了个鬼脸,接着又道:"要知道这种临时发生的婚姻,实是夫妇间毕生的幸福。百年偕老,白首无间,那是一定的。此时新郎倘要和新娘一通款曲,老夫就给他两点钟的时限。两点钟后,'便须成礼咧'。"说完,向着外边扬长走去。那牧师也跟在他后面。

这当儿那女郎欻地立将起来,高声说道:"伯父,你别这样武断。做侄女的敢在上帝跟前立誓,倘是苦苦相逼,定要我嫁这少年,我也没得话说,唯有乞灵白刃,一死自了。伯父要知道这种婚姻,不但上帝不许,怕也辱没你一头的白发呀!伯父,愿你可怜见我,世上无论哪一个妇人,断不愿意这种强迫的婚姻。与其生着不能自由,宁可死了干净。"说着,把纤指指着但梟司,现出一种又怒又轻蔑的样子,又嗫嚅道:"伯父怎么如此固执,执意把这厮当作那个人。"

那老头儿在门口上站住了,冷然道:"正是。我原是固执的。白朗希特·玛莱脱劳,我索性和你说个明白,可听清楚了。你既是我的侄女,自然也是我玛莱脱劳家的支派。如今你却胡为妄作,不顾廉耻,想把我玛莱脱劳冰清玉洁的名字捺在泥淖,累你六十高年的老伯父,同被耻辱。试问你还有什么面目对我?就是你父亲生着,怕也要唾你的脸,撵你出去。他是个铁手腕的人,谅你总知道呢。姑娘,此刻你还该感谢上帝,遇了我这么一个天鹅绒手腕的老伯父,仍是一味容忍,并不怎样为难你,且还物色了个可意的少年郎君来,给你做夫婿。不道你不但不知感激,反而抱怨我。然而你抱怨可也没用,我的事已将成功咧。白朗希特·玛莱脱劳,到此我也没有什么旁的话，单有一句话，当着上帝和天上神圣向你说，即使你反抗我的意旨，拒绝这少年，我也决不听你嫁那贱夫。你倘知理的，就该好好待我这小友，你可记取了？"说完，就踅了出去。

那牧师也接踵而出，门帘一动，早又垂下来。

那女郎很失望地瞧他们两人去后，便回过星眸来，睁睁地瞧着但枭司，开口问道："先生，这些事到底是个什么意思？"

但枭司恨恨地答道："谁明白来？怕唯有上帝明白呢！不知道今夜多早晚的晦气，踏进了这疯人院，满屋子里似乎都是些疯人。这些事，我哪里知道，我也哪里明白？"

女郎问道："只你怎么进来的呢？"

但枭司不敢怠慢，即忙把刚才的事约略和她说了，接着又道："如今你也该把你的事见告，别兀是使人猜什么哑谜似的，摸不着头脑呢。"

那女郎含颦不语了一会儿，香樱颤动着。两个没泪的星眸中，作作^①地放着红光。少停，才把两手按在额上，凄然说道："唉，我的头痛得什么似的。那颗可怜的心，更不必说了。此刻我也不用隐讳，索性开诚和你说个明白。我名儿唤作白朗希特·玛莱脱劳，从小便没了老子娘。他们的脸，也已记不起来。总之，我的生活，实是弱女子中最不幸、最可怜的生活。三个月前，我每天在礼拜堂中，总有个少年军官立在近边，似乎很有情于我。我自己虽明知不该牵惹情丝，只想有人爱我，心中也很快乐。一天他私下授给我一封信，我就带回来读了一遍。读后心里温馨，益发充满了乐意。以后玉珰函札，便源源而来。唉，可怜的人，他竟为了我这样颠倒，急着要向我一倾积愫。那信中唤我一夜悄悄地把门开了，在扶梯上和他会面，即使不能长谈，一见也是好的。他原知道我伯父向来信托我，料想不致生疑的。"

她说到这里，做出一种似哭似叹的声音，不言语了好一会儿，才又喟然

---

① 形容光芒四射。

说道:"我伯父本是个忍心的人,性子又非常巧猾。壮年从军时,曾有好几回出奇制胜,在朝中也算是个数一数二的大人物,往时意萨卜王后很信任他的。至于他如何疑起来,我自己也不知道。今天早上,我和那人行了弥撒礼出来,他把着我手,一路读着我那小本的《圣经》,彼此并肩同行,十分浃洽。他读罢之后,就恭恭敬敬地把那书还我,又要求我夜中仍开着门,和他密会。谁知道这一个密约竟完全失败。我回到了家中,伯父就把我当作囚人般关在房里,直到晚上才放我出来,逼我穿这劳什子的吉服。你想,一个女孩家,可能搁得起他这般嘲弄么?至于那门上的机关,一定是他设着陷害那人的,不想你却做了替身,陷了进来。他又将错就错,定要逼我和你结婚。唉,我想上帝是仁慈的,决不忍使一个弱女子当着个少年人跟前受这种侮辱呢。如今我什么都告诉你了,知我罪我由你吧。"

但臬司很恭敬地弯了弯腰,说道:"马丹①,多谢你不弃下贱,垂告一切。在下自问还有些血气,断不辜负你一片盛意。此刻那麦歇特·玛莱脱劳可在这里么?"

那女郎答道:"多半在外面厅事中写什么呢。"

但臬司又满现着恭敬之状,把手递给女郎道:"马丹,我同你一块儿去瞧他,如何?"于是两下里携手同出,到那厅事中。

白朗希羞答答的,低垂着粉脖子,抬不起来,但臬司却昂头挺胸,大踏步走去。瞧他分明以侠客自居,定要救这婴婴宛宛的弱女子,不成不休似的。那时玛莱脱劳见了他们,就直挺挺地站了起来。

但臬司庄容说道:"先生,我对于这头婚事上,有几句话要说,请你老人家垂听。委实说,我虽不肖,也万不肯强逼令侄女倾心向我。要是我们彼此相爱,双方出于自愿,我见了这种花好玉洁的美人,自然求之不得,怎肯拒绝!只目前既成了这么一个局面,我为自己名誉分上、良心分上,又不得不

―――――――――
① 马丹:Madame,意为"女士"。

拒绝，还请麦歇见谅则个。"

白朗希听了这番话，把媚眼儿睐着但臬司，很感激似的。

那老头儿却自管微微地笑，直笑得但臬司寒毛都竖了起来。

一会儿，那老头儿便启口说道："麦歇特蒲留，你大概还没有明白我的意旨，请你跟我到这窗前来。"说时，趔到一扇开着的大窗前边，指着外面，向但臬司道："麦歇，你不见窗外不是有个石架么！顶上有个铁圈，穿着一根粗粗的绳子。你倘敢不依和我侄女结婚时，就在日出以前，把你吊出窗外去，那时可莫怪老夫无情。老夫也叫出于万不得已，要知老夫初心原不要你死，单要侄女振翮云霄，保全她的贞操。若要实行这保全之策，唯有逼你和她结婚。麦歇特蒲留，委实和你说，饶你本领插天，能跳出沙立曼大王的手，可也不容不和我侄女缔这同心之结。别说她出落得花儿似的一朵，尽配得上你，即使变得像那门上刻着的石兽那么可怕，也不许你说个'不'字。要知道这件事不论是你，不论是她，不论是旁的人，不论是我个人方面的感情，都不能摇动我的心。我一切都不知道，但知保全我家几世的名誉。如今你既已知道了我们的秘密，只得借重你洗净我家的污点。你若不依，便沥你的血。何去何从，还请澄心三思吧。"

这一席话发后，大家都默然不声了一会儿。但臬司先开口说道："我以为处置这种儿女的事，除了强迫手段外，定还有个万全之策。我见你老人家也佩着刀，也曾仗着这刀做过一二荣誉的事，难道竟出此下策，强人所难么？"

那玛莱脱劳给他个不理会，只向那牧师做了个手势。那牧师就悄悄地趔到第三扇门前，把个门帘掀了起来。但臬司举目瞧时，只见那里头是一条漆黑的甬道，夹道立着无数兵士模样的人，都执着明晃晃的长矛，如临大敌。

玛莱脱劳又道："麦歇特蒲留，老夫少年时，自问还能独力发付你，和你争一日的短长。只如今老了，不得不借重这些人。人老珠黄不值钱，足使人慨叹呢。瞧你们两口子似乎很喜欢我这厅室，这也很好，老夫愿意奉让，不敢不依。此刻长夜未央，还有两个钟头，尽够你们情话。"说到这里，见但臭司满面现着怒容，便扬了扬手，悄然道："不要忙，你若是不愿意上那吊架的，这两点钟中尽能跳出窗外去，坠地而死，或是死在我守卒们的长矛上，也自不恶。只这两点钟的时间，甚是可贵。你的性命，都在这其间决定。你自己可打定了主意，我瞧佃女的容色，也似乎有什么话和你说。我们对待妇人，该当有礼，你须熨帖些她呢。"

但臭司一声儿不言语，只斜着眼向白朗希瞧，见她星眸含泪，做出一种哀恳之状。

那玛莱脱劳柔和了声音，又向但臭司道："麦歇特蒲留，我们两点钟后再见吧。要是这两点钟，你能降志相从，老夫便撤去守卒，给你们两口子窃窃私语咧。"

但臭司没有什么话说，但向那女郎瞧，见她含颦无语，脉脉生怜，只那翦水双波，分明在那里唤但臭司答应她伯父。

但臭司便即忙答道："在下遵命就是，敢把名誉作保。"

玛莱脱劳鞠了一躬，在四下里一瘸一拐地踱了一会儿，一边净着嗓子，不住做出那种鸟鸣似的声音，随手把桌子上几张文件收拾好了，然后踅到那甬道入口的所在，似乎向守卒们发什么命令。末后才向但臭司先时入室的那扇门踅去。到了门口，欻地旋过身来，微笑着，又向他们两口子弯了弯腰，慢慢地踱将出去。那牧师也就掌着一盏手灯，跟着出去。

两人去后，白朗希忽地伸了她那双羊脂白玉似的纤手，掠燕般赶到但臭司跟前，花腮晕红，活像是一枚玫瑰。只是眼波溶溶的，含着泪光，又像玫瑰着露的一般。

当下她悲声说道："你可不能为了我死。最后的一法，唯有娶我。"

但臭司毅然答道："马丹，听你的话，分明当我是个偷生怕死的懦夫，这未免认错了人。"

白朗希急道："我并不说你是个懦夫，只想你一个堂堂男子，前途正无限量，怎能为了我一点小事，牺牲你的一生。"

但臬司道："马丹，你不必替我着想。我一时被义愤所激，什么都搁在脑后。你要是怜惜了我，又怎么对得起你那个心上人呢。"说时，把眼睛着在地上，不敢向白朗希瞧。料她听了这话，一定心乱如麻。要是再向她一瞧，那就使她益发难以为情咧。

那时白朗希脉脉不语了一会儿，忽地扭转柳腰，走了开去，仆地伏在她伯父椅子上，又抽抽咽咽地哭将起来。但臬司一听得那美人的哭声，便没了摆布。恰见近边有一只矮凳，便也坐了下来，弄着他佩剑的柄，兀然不动，自愿立刻死去，葬在什么垃圾堆里，免得处这为难之境，弄得左不是右不是的。用眼睛向四下里望时，也不见什么特别的东西足以惹他注意的。但见灯光晃动，带着不欢之色，夜气入窗，冷砭骨髓。外面又是黑黑的，没一丝光。

但臬司私想，入世二十年，从没见过这样一个闳深寥廓的礼拜堂，也从没见过这样一个阴森凄苦的坟墓。那白朗希一声声悲酸的哭声，又不时送进耳来，似乎数着时刻，送去这最后的两点钟。他无聊至极，只看着那壁间盾牌上的纹形，直看得眼花了才罢。接着又向那黑影沉沉的壁角里瞧去，直瞧得那边幻作了无数的怪兽，方始把眼睛移将开去。他一边这样瞧，一边慌着，想这两点钟的限时，转眼便须过去，那死神已在那里进行咧。一会儿，但臬司已把满室里所有的东西都瞧了个遍，再也没有什么瞧了，只得把眼光注在白朗希身上，见她低鬟颦黛地坐在那里，把玉手掩着素面，不住地婉转哀啼，哭得那娇躯也瑟瑟地颤动起来。然而啼后残妆，却益发娇媚动目。玉肤上不施脂粉，自然柔美。鬟发如云，更觉不同寻常。那双纤手，自然比她伯父加上几倍白嫩。任把春绵柔荑那种字面去形容她，都觉不称。又记得她刚才两道似怨似嗔似哀似媚的眼波看在自己面上时，也足使人销尽柔魂，连身子都软化了。

但臬司悄悄地瞧着，私想自有眼以来，从没见过世上有这么一个美人。他越是瞧，觉得那死神来得越快，一面又自恨刚才不该说那种撩她悲怀的话，使她这样哭个不住。当下里不知不觉地起了个怜惜之心，这怜惜心一起，顿把不怕死的心冷了许多。想世界上有这样一个花娇玉艳的美人在着，教人怎能抛开世界去呢。

正这么想，却猛听得那恼人的鸡叫声从窗下深谷中闹了起来，直送进他们的耳膜。万籁俱寂中，起了这鸡叫声，外面黑暗中，也来了一丝光，顿把他们两人的思绪打断了。

那白朗希便仰起蟒首来，瞧了但枭司一眼道："唉，我可是没有什么法子救你么？"

但枭司神志不属似的说道："马丹，我倘曾有什么话使你伤心的，要知我都为的是你，并不为我自己。"

白朗希含泪向但枭司瞧着，流露出一派感激之色。

但枭司又道："如今你的处境委实非常凶险，这种世界，真不是你的乐土。就你那个顽固的伯父，也是我们人类中的耻辱。马丹，愿你信我，我很愿意为了你死。法兰西少年人千万，可没一个像我这样死得有幸呢。"

白朗希答道："我原知道你是个侠义勇敢的好男子，心中着实钦佩。只我此刻所要知道的，却是个报恩问题。无论现在，无论将来，我总得报你的大恩。"

但枭司微笑道："你只许我坐在你身边，算是你的朋友，更使我心里无痛无苦、安乐而死。死了之后，更替我诚心祈祷，就尽够报答我咧。"

这当儿白朗希翠眉双颦，似乎蕴着满怀的愁思，掩掩抑抑地说道："你这样侠气干云，自足使人起敬。但见你白白地为了我死，总觉有些心痛。此刻你不妨走近过来，倘有什么话，尽向我说，我没有不听的。"到此忽又悲声说道："唉，麦歇特蒲留，麦歇特蒲留，教我怎能正眼瞧你的脸。"接着便又哭了起来。

但枭司把着白朗希那双纤手，说道："马丹，我在世的时间已很有限，瞧了你这样悲痛，心中如何受得？请你可怜见我，别尽着哭了。要知如今你这凄楚情景印在我眼里，死后孤魂，怕也觉得难堪呢！"

白朗希道:"我真是个自私自利的人,只顾了自己,不顾旁的人。麦歇特蒲留,我瞧你分上,从此鼓起勇气,抵死不哭咧。你倘有什么事,须我效劳的,我万万不敢规避,尽力做去。可是一身受恩既深,任是怎样重担子压在肩上,也觉很轻。况且我除了哭外,自也应当做些事呢。"

但臬司道:"我母亲已经再嫁,家中人口不多。我死后,那一份薄产,就归阿弟伊却德承袭,谅他一定得意的。至于这一个"死"字,我并不怕惧。可是性命去时,不过像轻烟过眼,没有什么大不了事。只在生气未尽的当儿,才觉顶天立地、不可一世,自以为是个惊天动地的大人物。一阵阵鼓角声中,跃马过街。人家女郎,都从红楼中探出头来,流波瞧他。一时名人杰士,纷纷和他订交。有写信来道候的,有踵门求见的。那时他高视阔步,自是大丈夫得意之秋。然而他撒手归天之后,饶是勇比赫苟儿①,智如苏罗门,人家也付之淡忘,哪一个还记得他。十年前我父亲和他手下一班健儿,在一场血战中烈烈轰轰地为国而死,到如今人家不但记不得他们,连这场血战的名字也差不多忘了。马丹,要知我们一进了坟墓,就有一扇挺大的门,啪地关上,顿时和人世隔绝。目下我朋友原也不多,死后就一个都没有咧。"

白朗希急道:"麦歇特蒲留,你怎么忘了白朗希特·玛莱脱劳?"

但臬司道:"马丹,你的兰心玉性原很柔媚,只我不过替你薄效微劳,你倒像感恩知己似的,委实使人当不起呢。"

白朗希道:"你别当我是个只顾私利的人。我说这话,实为生平遇人不少,从没见过你这么一个英雄肝胆、侠士心肠的人,心中佩服得什么似的。我以为不论是怎样一个平庸的人,倘能有了你这副肝胆、这副心肠,也就是祥麟威凤,不可多得的了。"

但臬司道:"然而祥麟威凤,却死在这鼠笼里,沉沉寂寂的,死得毫无声息。"

---

① 赫苟儿:Hercules,现译"赫拉克勒斯",宙斯与阿尔克墨涅之子,是力大无比的英雄。

白朗希花腮上边现出一种悲痛之状，闭养樱唇，不言语了一会儿。霎时间星眸霍地一亮，嫣然笑道："你别说这短气的话。大凡天下见义勇为的英雄，死了诞登天堂。那上帝天使和诸天的大神，都来和他握手相见，前途正很不寂寞呢。且慢，你瞧我可很美丽么？"说时粉靥倏地一红，连那眉梢鬓角也都晕作了玫瑰之色。

但臬司悄然答道："我瞧你不但是人间凡艳，简直是天上安琪儿呢。"

白朗希欣然道："多谢你称许我，心中甚是快乐。只我们女子所宝贵的，不但是面貌，还有那爱情，觉得这爱情直是个无价之宝，不能轻易送人。然而要报答人家的大恩，除了这个，也再没什么更可贵的东西。"

但臬司道："你一片好意，使人生感。只我但求你可怜见我，已很满足，万不敢妄想你芳心中可贵的爱情。"

白朗希低垂着粉脖子，低声说道："麦歇特蒲留，请你听我说下去。我料想你一定小觑我，我只也不敢抱怨你。可是我自问下贱，万万不值君子一顾。但为你今天便须为我而死，可不得不趁这当儿，掏心相示。要知我也很愿意嫁你，因为你是个勇敢义侠的好男子。委实说，我不但是慕你敬你，且还沥我灵魂中的诚意爱你，刚才承你助着我反抗伯父，声色俱厉的，写出你满腔侠气，已足使人感激涕零。况且你又可怜见我，并不小觑我，也怀着大君子一片恻隐之心。"

但臬司含笑着，叹了口气道："你快到这窗前来瞧，天明咧。"

这当儿，半天上果已透出一片鱼肚白色，一时云净空明，朝暾盈盈欲放。下边山谷中，还幂着灰色的影子。那林中草原和河边曲岸，也白蒙蒙地笼着些雾气。此时四下里都寂寂的，没有什么声息。但听得那农家的鸡，却又一声两声闹将起来，似乎高唱乐歌，欢迎这朝日一般。窗下树梢，被晓风刮着，一行在那里动荡，一行瑟瑟地响个不住。那白色的曙光从东方徐徐出来，渐泛渐红，渐放渐大，霎时间变作了个火球，照得大地都有了生气。但臬司瞧了，微微颤着，手中正把着白朗希那只纤手，到此不觉把得紧了一些。

白朗希颤声问道："天已明了么？伯父来时，我们该怎样回答他？"

但臬司握住了那五个玉葱尖，说道："由你怎样回答他好了。"

白朗希垂着头，低鬟不语。

但臬司放着一种急切恳挚的声音，又道："白朗希，我怕死不怕死，大概已在你洞鉴之中。要知我倘不得你檀口中一声金诺，断不敢把这指尖触一触你的玉肤，宁可投身窗外，拼了一死。但你若是可怜见我的，想必不忍袖手旁观，瞧我冤死那缢架上边。唉，白朗希，我委实爱你，那全世界的人都不及我爱你这么情切。我为了你死，原是二百四十个愿意。倘能生着，也须臣事红颜，一辈子不变初心呢。"

说罢，那晓钟已当当响了起来。那外边的甫道中，也起了一阵刀剑铿锵之声，知道两点钟的时限已满，守卒们早又回来咧。白朗希听了，那娇躯忽地向前一侧，偎向但臬司。那香馥馥的樱唇、情脉脉的眼波，全个儿向着他，曼声问道："你可听得么？"

但臬司道："我不听得什么。"

白朗希又就着他耳朵，婉婉地说道："那少年军官的名唤作莆老立莽特袅达佛。"

但臬司又道："我没有听得。"接着，忽地把白朗希一搦柳腰，抱在臂间，在她那个海棠着雨似的娇面上，一连接了无数甜甜蜜蜜的吻。

一会儿，后边倏地起一种鸟鸣似的声音，紧接上一声欢笑。原来是这玛莱脱劳家的主人麦歇挨莱特·玛莱脱劳，来向他侄婿道晨安咧。

美人之头

〔法〕大仲马

凉夜似水，冷月如银。时方十时，予自拉培伊街归。行经丢莱纳广场，至托囊街，盖予家于是也。方及家，斗闻悲惋之呼声，破空而起，似妇人求助者。

予私念斯时为时尚未晏，绿林暴客当不敢出而袭人，此声又胡为乎来？遂循其声之所在，疾驰而往，则见月明如洗中，一女郎花容无主，亭立街心。巡防壮士一小队，环立其前，为状至虎虎。

女郎见予，立如掠燕翩然而来，回其香颈顾谓诸壮士曰："是为挨尔培先生，知儿身世良谂，儿实为浣衣妇马丹勒蒂欧女，初匪贵族中人。"言时，玉躯颤甚，如风中柳丝，力把予臂以自支。

壮士长曰："吾辈不管汝为谁家女儿，脱无护照，必须随吾辈至巡防局去。"

女郎闻语，把予臂益力，状至耸惧。

予私忖个女郎似此迫切，良非得已，吾觥觥男儿，乌可置之弗顾，听若辈武夫恣为焚琴煮鹤之举。因伪为素识也者，脱口呼曰："可怜之莎朗黄，是汝耶？宵行多露，奚事仆仆也？"

女郎乃复回顾诸壮士曰："诸先生今能信儿否？此先生实为儿之素识。"

壮士长正色曰："今兹是何时代，犹故故以先生称人，当易称国民始得。"

女郎急曰："壮士长幸勿以是见责，儿母主顾多大家，曩尝训儿，谓女孩子家须知礼衷，见人必称先生，否则且令人齿冷。然而此实专制时代之称谓，自不合于自由时代，今则一例须称国民矣。奈儿已成习惯，去之良匪易易。"

女郎语时，以颤声出之，已而又谓予曰："国民挨尔培，儿当以此夜行之理由为国民告。今日儿母嘱儿以所浣衣齐至一主顾家，会女主人他适，浣资无着。儿以阿母需用急，因俟不归，不觉淹留少久，而已入晚。一至街上，便尔见执。诸壮士执法不阿，坚索儿护照，儿茫无以应，因高呼求援。幸得国民来为儿解围，国民吾女，其能保儿无他，以坚诸壮士信乎？"

予曰："此何待言，予必保汝。"

壮士长曰："个女郎得国民为担保，良佳。然则国民又以伊谁为担保者？"

予曰："丹顿如何？渠非爱国家中之铮铮者耶？"

壮士长曰："国民果能得丹顿国民为担保，予复何言。"

予曰："斯时丹顿国民方在科地利亚俱乐部中议事，吾济同往彼处一行如何？"

壮士长曰："佳。诸国民从吾往科地利亚俱乐部也可。"

科地利亚俱乐部者，在劳勃山文街科地利亚修道院左近，与托囊街相隔仅一牛鸣地，须臾已至。予乃探囊出手册，撕一页下，取铅笔作数字，授壮士争长，以呈丹顿。予则与女郎及壮士伫立门前以须。移时，壮士长偕丹顿出。

丹顿一见予，立曰："吾友，渠辈欲拘子乎？子为革命健将喀米叶国民友，素忠于共和党者，如何启诸国民疑也？"继语壮士长曰："国民，吾决保其无他。"

壮士长曰："国民既肯保斯人，彼娟娟者亦能为之担保否？"

丹顿曰："国民之言何指？"

壮士长指女郎曰："即此女郎，亦须得国民一语，方能听彼自由。职务所在，不得不尔，国民幸恕吾。"

丹顿悄然曰："予亦可为之担保，凡与此国民同行者，吾都能保其无他也。"

壮士长足恭曰："有扰国民，殊深歉仄。予只得仍以'职务所在'四字，乞国民见恕耳。"言次，与诸壮士为丹顿欢呼者三，始整队去。

予方欲向丹顿道谢，陡闻屋中呼其名，若将属以要事者。丹顿即谓予曰："吾友其见原，今日百务蝟集，弗克久羁，请暂与君别。"遂匆匆入。

予目送其行，小语女郎曰："令娘将安往，须予作伴否？"

女郎微笑曰："君能否伴儿至马丹勒蒂欧许，马丹固儿母也。"

予曰："马丹居何许？"

女郎娇声答曰："茀洛街二十四号，即是儿家门巷。"

予曰："然则吾决伴令娘一行，俾途中不至再遭意外，惊碎芳魂。"

途中吾二人初不交语，但各匆匆而前。时中天月色至皎洁，似新磨之宝镜。予于月光中微睨女郎，芳纪可二十一二，玉颜微作棕色。横波蔚蓝，樱唇嫣红，媚妙直无俦匹。巴黎城中，有女如云，端推此女可以冠冕群芳。时身上虽御浣衣女之服，而举止雅类贵族中人。彼巡防壮士疑之，宜也。

吾侪既至茀洛街二十四号屋前，遽木立门次，相视无语。

半晌，女郎乃嫣然笑曰："吾亲爱之挨尔培，君木木然作么，生心中果何思也？"

予曰："吾至爱之莎朗黄令娘，吾侪把臂未久，遽尔判袂，能不令人恻恻。"

女郎曰："今夕得君援手，感激靡已。微君力，儿必捉将官里去。若辈一知儿匪马丹勒蒂欧女，而为贵族中人者，则此头且不为儿有矣。"

予矍然曰："噫，令娘殆亦自承为贵族中人乎？"

女郎曼声答曰："儿亦不自知也。"

予曰："令娘是否贵族中人，姑置之。特吾二人萍水相逢，遇合至奇，令娘尚未以芳名见告。行别矣，曷语吾。"

女郎含笑答曰："儿何名者，儿名莎朗黄也。"

予曰："予与令娘初非相识之燕，兹以尔时适处万困，姑娘生命，危如累卵，脱不相助，何名为男子。因不揣冒昧，妄以此名称令娘。令娘真名果云何者？"

女郎娇嗔曰："君何絮絮，莎朗黄亦不恶，儿颇好之。儿为君故，当永名此也。"

予曰："今夕吾二人且作分飞燕子，后此未必相逢。令娘芳名，胡事靳不吾告？"

女郎曰："即后此或有相逢之日，儿仍挨尔培君，君仍莎朗黄儿，可耳。"

予嗒然若丧，怏怏言曰："令娘既讳莫如深，予亦不事苛求。唯当此把别之顷，尚有一言，令娘幸谛听。"

女郎曰："挨尔培趣言之。"

予曰："令娘果贵族中人乎？"

女郎微哂曰："儿即不自承，君亦必疑儿。"

予曰："令娘既为贵族，后此乌能出共和党人手？"

女郎曰："用是儿亦颇惴惴。"

予曰："今令娘殆匿迹平民家中，以避人耳目乎？"

女郎曰："良然，儿即匿莆洛街二十四号马丹勒蒂欧许。乃夫固儿父御人，故儿可无恙。今兹儿之秘密已尽宣于君前矣，生死唯命。"

予又询曰："然则君父今在何许？"

女郎曰："吾至爱之挨尔培，是则弗能告君。总之儿父今亦匿一平民家，将乘机去法兰西他适，为终老计。儿可告君者，已尽于是，其他幸勿问。"

予曰："令娘意将安适？"

女郎曰："儿拟即随老父出亡，毕此生作他乡之客。设不克同逸，即请老人先行，儿再别图他策。"

予少止，旋曰："令娘今日宵行，殆从老父许归耶?"

女郎答曰："然。"

予慨然曰："吾至爱之莎朗荑，其听吾言。"

女曰："趣言之。"

予曰："适者予脱令娘于险，殆在令娘洞鉴中矣。"

女曰："儿已灼知君必匪庸人，故能救儿如反掌。"

予曰："谢令娘奖借。予自问碌碌无所长，然朋友孔多，都能助吾一臂。"

女曰："君友之一，儿业于科地利亚俱乐部前识荆矣。"

予曰："令娘当知其人初匪庸碌者流，赫赫雄名，直满于法兰西全土。并世英豪，殆无其匹。"

女曰："然则君能得彼奥援，拯儿及儿父出此恐怖之窟乎?"

予沉吟曰："今兹只能为令娘画策，君父须徐图之。"

女娇呼曰："脱不先脱阿父，儿宁死弗行。"

予亟曰："令娘其毋恐，予自有他策在。"

女坚把予手，欢然呼曰："果尔，儿当以君大德，永永篆诸胸臆，没齿不敢或忘。"

予曰："如得玉人时时念吾，置吾于心坎，于意已足。"

女郎恳切言曰："郎君洵仁人，乃能拯儿一家，儿谨为阿父道谢。设天不相，儿竟上断头之台，弗能出巴黎一步者，而儿感君之心，仍不渝也。"

予乱之曰："莎朗荑，勿喋喋作感激语。吾二人不审何时复能把臂?"

女微睇予，答曰："君谓何时能与儿把臂者，儿必如约。"

予曰："明日予当将得好消息来，复与令娘相见于是。"

女郎雀跃曰："良佳良佳，此间幽僻甚，不虞有人属耳。今夕吾辈絮语殆已半小时，初未见一人影也。"

予曰："明日予当携一戚婉之护照来，以授令娘。"

女掉首曰："设儿或见絷者，不将累君戚畹亦上断头台耶？"

予曰："是亦意中事，予当筹一万全之策。唯令娘明日何时始能见吾？"

女郎曰："仍夜中十时可也。"

予曰："诺。但如何方能把臂？"

女略一沉思，答曰："君以九时五十五分来，俟于门外。十时儿必下楼出见。"

予遂曰："吾至爱之莎朗薆，明晚十时再见，今且小别。"

女亦曰："至爱之挨尔培，明晚幸届时至，毋使儿久盼。"

予颔之，俯首将吻其柔薆，女则以莲额就吾，玉软香温，令人意远。此时踏月归去，宛然若梦，而彼姝婉媚之态，似犹在眼。一番心上温馨过，兜率甘迟十劫生矣。

翌晚九时半，予已徘徊于莽洛街头，目注绿窗帘影，俟玉楼人下。阅十五分钟，莎朗薆已夺户而出，予如见明月出云，立一跃趋至其侧。

莎朗薆急问曰："君果以好消息来未？"

予曰："消息颇不恶。予已将得一护照来，令娘不日可去法兰西矣。"

女曰："君必先脱儿父，儿然后行。不尔，儿宁死断头台上，万万不愿弃生吾之人，泰然自去。"

予曰："君父如能信予，予必竭力营救。"

莎朗薆曰："郎君侠气干云，儿父乌得不信。"

予曰："今日令娘已见老人未？"

莎朗薆曰："已见之矣。儿语以昨夕君救儿事，并谓阿父不日亦能脱险也。"

予点首："然，然。明日必救君父。"

莎朗薆作昵声曰："计将安出？请道其详。何幸运事皆向儿家来耶？"

予曰："唯令娘殊弗能随君父同行，须分道而驰。"

莎朗薆决然曰："儿意已决，必与阿父同行，否则誓不出巴黎一步，君当知阿父重、儿身轻耳。"

予磐折曰："谨闻命矣。令娘实孝女，令人佩畏。予亦必先为君父筹维，以如君愿。今予心中已得一人，足为吾助，其人之名，令娘当稔知之。"

莎朗黇立曰："谁也？趣告儿。"

予曰："其人为麦索，令娘想或知之。此君侠骨嶙峋，肝胆照人，决能致君父于安乐之乡。"

莎朗黇曰："殆麦索将军耶？儿固知之。"

予曰："然。即麦索将军。"

莎朗黇曰："儿知麦将军亦古之仁者，必能救吾父女。吾至爱之挨尔培，儿今夕乐乃无极，如登仙矣。然则将军将决何策，以救儿父？"

予徐徐言曰："策至简易。将军方新统西军，明晚且启行赴驻所，即携君父俱去。"

莎朗黇曰："明晚便行，得毋太趣趣，吾辈不克准备矣。"

予曰："无事准备，立上道可也。"

莎朗黇悄然曰："儿乃不解君指。"

予曰："将军决策至高，拟以君父伪为彼之秘书，同至方蒂。唯须请君父誓于上帝之前，誓后此祖国或有事，决不倒戈弗利于祖国。至方蒂后，即可安然无恙，立往白立顿奈，然后再之伦敦。数日后，令娘如一得君父平安之书，予即将一护照来，亦使令娘吸异邦空气，叙天伦乐事去也。"

莎朗黇曰："如君言，儿父明晚决行矣。"

予曰："决行决行，兹事万急，初无一分钟可以虚掷。"

莎朗黇曰："唯今夕务必往告儿父，俾得睥事准备。"

予哑曰："趣往告之，予今以一护照授令娘，庶途中不致再为巡防兵所窘。兹事急急，趣往趣往。"语既，遂出护照予之。

莎朗黇受而纳之酥胸之次，予即以臂扶之行。少选，已至丢莱纳广场，吾二人昨夕邂逅处也。

女遽伫立弗前，低声谓予曰："君其迟儿于此，毋他适。"

予鞠躬应之，女乃翩然去。去后可十五分钟，始翩然至，谓予曰："儿父颇欲见君，一道谢忱，君曷从儿来。"遂捉予臂，匆匆引予之圣奇洛姆街毛德麦小逆旅后，出钥一巨束，启一小门，直上二层楼，至一密室之前，轻叩其扉。须臾，扉辟，则见一年可五六十许之老人，危立门槛之内，身上着工人服，为状似钉书之匠。

顾甫一启口，即知其为贵族中人，见予立曰："麦歇，君此来直似上天所使，来救我可怜人者。今而后吾父女生命，属诸君矣。但麦将军以何时行乎？"

予曰："将军明日行矣。"

老人曰："然则老朽今晚须走谒将军否？"

予曰："尽可往谒，想将军亦颇欲见丈。"

莎朗黄牵乃父手曰："麦歇适在是，阿父胡不立往？"

老人曰："不省麦将军今居何所？"

予答曰："将军才与其令妹苔格兰菲麦索姑娘寓居吕尼维西堆街四十号屋中，一索可得。"

老人曰："君能否偕老朽同往？"

予曰："走当遥从丈后。"

老人曰："然老朽与麦将军素未谋面，君务必为吾先容。"

予曰："是可不必，丈第以冠上三色之带结示之，渠自会意。"

老人发为恳挚之声曰："君出老朽于死，老朽将何以为报？"

予曰："但愿丈许走亦为令爱薄效微劳足矣。"

老人冠其冠，熄灯，自月光中倥偬下梯，与女联臂同行。道出圣班尔街，遂至吕尼维西堆街。途中初未遇一人，予则徐行于后，相去可十步。

既即直达一四十号巨厦之前，予急趣至二人之次，言曰："途中无梗，是乃佳兆，但丈尚欲走作向导乎？"

老人摇首曰："君无须更为老朽鹿鹿，第俟吾于此可矣。"

予磬折，老人以手授予曰："老朽感君之忱，匪口所能宣达。唯祝上苍他日亦予吾一佳机，以报郎君大德耳。"

予无语，与之接手，老人乃蹒跚入。莎朗薰亦殷勤与予握手，返身从乃父行。阅十分钟，门复辟，女盈盈出，微笑向予曰："麦将军洵仁人，直与郎君无可轩轾。渠亦洞知儿心恋父，特允儿明日送老父行。其令妹亦温蔼可亲，一如乃兄，已为儿下榻其室，度此一宵。明晚儿父出险矣。十时许，儿仍当迟君于莆洛街头，道我谢忱。今别矣。"

予遂吻其额，惘然归去，而中心则欢喜无量。私念老人一去巴黎，彼姝无复亲故，必且倾心向予，从此情苗苗，情根固，情田获矣。转侧终宵，苦不成寐。翘盼天晓，而夜乃倍长。诘朝翘盼日落，而日偏迟迟其行。一至夜中九时，立疾驰至莆洛街。

逾半时许，始见莎朗薰款步而来，直至予侧，展玉臂双挽予颈，婉婉言曰："嘻，儿父已出兹恐怖之域，登乐土矣。挨尔培，儿感君甚，亦爱君甚也。"莲漏催人，匆匆别去。

二来复后，莎朗薰已得乃父书，谓已安抵伦敦矣。

翌日，予即以护照予莎朗薰，促之行。莎朗薰红泪双抛，泣数行下，哽咽曰："忍哉阿郎，乃不爱儿耶？"

予曰："予之爱卿，直较我爱我生命为甚。唯予已与卿父约，义不能负，卿其趣行为得。"

女曰："儿当乞阿父取消此约。郎心如铁，忍逐儿行，儿身如叶，殊弗能弃郎去也。"

呜呼诸君，情丝无赖，苦苦绊人，莎朗薰竟死心塌地不肯行矣。光阴如电，倏已三月有余，莎朗薰仍绝口不言去。予乃以莎朗薰名义赁屋一椽于丢莱纳街，并于一女学校中为觅一席地。每值来复日，我二人同坐斗室，促膝谈心，指点曩日邂逅处，话旧事以为笑乐。双影并头，印上窗纱。此三月间寸寸光阴，实似以醇醪糖蜜掺杂而成。予亦自以为此忽忽百日，实为平生美满快乐之天，初弗意不如意事之相逼而来也。

尔时巴黎城中，杀风大炽。磨牙吮血，人人如饮狂药。每日夕阳未下，断头台上已宰三四十人，血泛滥革命场上，直成小河。四围则掘壕沟，深三尺许，上覆松板，人践其上立堕。一日，有一八龄稚子堕入其中，颅破，脑汁四迸，立死。凡此种种惨酷之状，即铁石人见之，亦且泪下。

时忽有一行刑之吏，与予结识，知予为医士也，则日异尸体来，供予剖验，以克赖麦墓地一隅之小礼拜堂为解剖之场。予初弗欲事兹血腥，继念或有所得，他日于医界上不无小补，遂勉强为之。

读者诸君，当知此际之巴黎，实不名为人境。无法律，无公理，无人道，杀人如麻，流血似潮，国母沦为囚俘，上帝麾出教堂，神号鬼哭，磷飞鸱叫，此其为状，殆类鬼蜮。每晨六时，刀光已先日光而起。亭午时，头累累满巨囊，尸积车中如小丘，向克赖麦墓地来，听予遴选。予即择其怪特者，操刀剖验，余悉投诸墓穴。

此每日之解剖，几为予刻版之课程。有暇则辄与莎朗蕙把臂言欢，而个侬爱予之情，似亦日深一日。天上比翼之鸟，人间连理之树，都不足以方吾二人。唯同心之结虽缔，而鸳鸯之谱犹未填，居恒引为憾事。所幸彼姝之爱吾，直无殊于夫妇，沉溺于情海爱波之中，初不作去国之想。乃父虽时时来书相促，莎朗蕙乃一不之顾。第以吾二人婚事修书上白，求彼玉成，老人情深，慨然允诺。

1793年十月十六日，王后马丽恩·都奈德伏刑于断头台上。美人血溅，红过枫林霜叶，全欧各国君主闻之，靡不同声叹息。

是日予目击惨状，不觉忧思沉沉，来袭予心，郁伊弗能自聊。而莎朗蕙更恸哭如泪人，予百方慰藉，终不少止。是晚吾二人一切都如平昔。第中心之悲恻，较日间为尤甚。

诘朝九时，莎朗蕙须赴校授课，予颇欲尼之弗往，即渠侬亦依依不忍别。奈校务旁午，在势殊不能偷此一日之闲。不得已，乃以马车伴之往。吾二人各于车中抱持弗释，相向汍澜，亲吻不知其数十百次。似今日一别，便成永诀者。校固在植物园附近，去家颇窎远。予送之至福而圣培那街，即握别下车，目送车行，木立如痴。微闻莎朗黉尚低呼阿郎，杂以哽咽之声，依稀可闻。翘首前瞻，则见其泪痕狼藉之香腮，犹隐约现于车窗之里，似方窥予。予知此车轮碾动，直将渠侬芳心碾碎矣。悲痛撄心，掩袂归去。

竟日把笔弗辍，草一长书，以慰莎朗黉。书竟，方欲付邮，而莎朗黉之书已至。略谓今晨到校，为时已晏，校长啧有烦言，谓下来复曰不准出校。似此苛例，誓死不愿遵从。得暇定当驰归，与郎把晤。即失兹噉饭地，亦匪所恤云云。

予得书大恨，恨彼校长至于次骨。私忖吾脱一月不见个侬玉容者，且痌作矣。由是予夜夜苦念所爱，未能入睡。日中则不情不绪，神气索漠弥甚。今而后予始知相思之苦，实较长日耐寒忍饥苦也。

一日萧晨，大雨如注，似告人以冬令将至。而此凄厉之雨声中，时挟断头台上行刑吏唱名之声，久久未已。不知今日又将斫却多少好头颅，吾可不愁无剖验资料矣。

四时天暝黑，如已入晚，予蹀躞至克赖麦墓地，放眼四望，则见土馒头随在皆是，凄凉万状，雨脚复䰅䰅而下，似天公垂泪，悼此地下无数枉死之人者。四围无叶之树，摇曳风中，枝相扰作声，槭槭如鬼语，使人闻之股弁。徘徊移时，已近小礼拜堂，一坑横于前，广且深，若方仰天而笑，盖掘以待今日断头之尸者。

时地上泞滑如膏，予几失足坠入其中，不觉毛发为戴，急踉跄入剖验之室。燃桌上烛，兀坐沉思。念彼王后马丽恩·都奈德雪肤花貌，绝可人怜。讵意昨日乃使断头台上黑斧亲其蝤蛴，今后唯剩此无首之艳尸，长眠终古，安得不令人扼腕。

方叹喟间，而门外雨势益狂，雨大如拳，打窗欲破。风翦树，作声似泣。风雨声中，斗闻车声辘辘至，则行刑吏坐红色枢车从革命场上满载来也。俄而门呀然辟，二行刑吏共舁一巨革囊入。

时予身适为神坛所蔽，故不为若辈所见。旋闻一人呼曰："赖度国民，此累坠物，且委之于是，今夜无事鹿鹿，盍同向炉头买醉去也。"二人即以囊砉然掷神坛前，长笑出室去。

予默坐有顷，竟体皆颤。忽隐隐闻一幽细清切之声，似呼挨尔培，予心怦然，自忖此名世上唯有一人知之。此一人外，孰则知之者？未几而呼挨尔培之声又作，予乃起立四顾，烛光黯淡，四隅洞黑，所见殊不了了。目光一瞬，陡注于神坛前血痕斑驳之革囊上，而又闻低呼挨尔培之声，声幽细清切益甚。

予是时惊悸至于万状，全身之血，几尽凝为冰，盖此声宛然从囊中来也。子即立自镇定，徐步至神坛前，发囊探手入，觉暖香一缕，吹予手上，似有樱唇吻吾指者。

予狂呼，出手于囊，则赫然为吾莎朗薁之蠑首。星眸半掩，樱唇犹未冷，予如狂如醉，立仆椅上，抱首于胸际，大呼曰："莎朗薁，莎朗薁。"

迨呼第三声时，莎朗薁始张眸睐予，红泪两行，缘此玫瑰色未褪之粉颊而下。睐予者三，星眸乃渐渐而合，不复张矣。予跳跃如中狂疾，奋力扑桌，桌仆而烛熄，继长叹一声，蹶地而晕。

翌晨六时，掘墓者来。则见予偃卧地上，身僵如石，良久始苏。

厥后予辗转探询，遂知莎朗薁之死，实以乃父来书偶泄往事，书忽为共和党人所得，因立逮莎朗薁去，杀之。

如花美眷，似水流年，遽断送于断头台上。

嗟夫。玉楼人去，化鹤何年？予怅触旧事，辄复心痛。而最难堪者，则为彼英伦三岛上之白头老父，尚日日危立海滨，翘首盼爱女之至。孰知双眼望穿，不见倩影伶俜来矣。

呜乎，读者诸君志之。彼风雨萧条之夕，扬其最后之声，声声唤予。张其垂暝之星眸，频频睐予者，即吾至爱之莎朗薁，即吾莎朗薁之蠑首也。

辑三 ◎ 秋

欲

〔法〕伏尔泰

梅姆朗一日心忽立决，决为一聪明慎密之人，俾得昂首天外、不入欲海之横流。世之人有时固亦萌此一念，奋动于脑府之中，特未有如梅姆朗之坚决者。

梅姆朗尝自语曰："欲为智者常去情障，欲求真乐当斩情丝，其事行之滋易，但以毅力为后盾，无弗成焉者。第一步，吾必不为妇人所蛊，推情网于千里之外，即有一人，天绝艳之姝，亭亭现于吾前，吾必自警，曰彼春花之靥，他日且界皱纹秋水之眸，他日且缘红丝凝酥之胸，他日且弗隆而平而如云之发，他日亦且去其螓首。吾第以他日之眼光视此现在之美人，则且立回吾首，不屑加以一睐矣；第二步，吾当为一谨严端肃之人，纵有醇酒如渑，弗足诱吾。即彼交际场中极乐之事，吾亦熟视而无睹，从此力排万欲，但图养生，体既健旺，心复洞明，所有种种之思想，遂亦明净无瑕，有同中天之月，凡此诸事措行匪艰，终必抵于成功。"

梅姆朗言至此少止，已而又曰："舍是则当少，少致力于家人生产事。吾心知足，不求暴富，脱能资吾自立，已为莫大之幸福。举凡小人卑躬诌佞之事，吾均不为长，日自舒其心，陶然自得，既不嫉忌他人，则人亦必不吾忌，吾有朋友永永，敦其睦谊，不尚意气，不事争哄，吾既如是，他人必且就而亲吾，此等事亦易为也。"

梅姆朗筹维既竟，探首于窗外，则见二妇人同步于左近枫杨树下，其一已髦中心似空洞无一物者；其一则为少艾娟娟如春葩韡黛，若有深思，时喟时泣而泪华被靥，益增其媚。吾圣人见状，心乃不期而动，此一动也，爱怜相半，于是倥偬下楼，奔越至于树下，发为温语，以慰彼美。彼美意亦微动，委婉诉其冤抑。谓有季父狨暴人也，欺其孤弱，行诈尽夺其产，今兹一身以外，初无所有。而季父凶焰，尚复咄咄逼人，述已则又言曰："侬观君允为一恺恻仁慈之君子，识见卓荦，持心亦公，决能为纤弱判其曲直，今曷辱临寒舍加以审察。世之足以救侬出此樊笼者，唯君一人耳。"

梅姆朗初不踌躇，毅然从之，意将审察其事，进以温慰彼美，导之立行，入一香花芬馥之琼闺，肃之同坐于一温榻之上，面既相对，足复交错，彼美语时往往垂其秀睫，而泪颗如珠，辄复涌出，少仰则波眸中发为媚光，时与吾圣人梅姆朗之目光。娇音呖呖，固已珠圆玉润，迨此目光两两相值时，则益曼妙如啼莺，梅姆朗关心彼美之事，诚挚无匹私念，如此温淑娟好之姝，宁能坐视弗救，吾即以身为牺，亦所匪恤。至是二人盘谈益洽，情亦益热，适犹面对，今则已相偎弗舍。

梅姆朗既进忠告，复加温慰，卒乃不复言此拂意之事，顾而言他。一时二人均为情网所绊，脉脉不知所可。迨情魂少定，则同心之结缔矣。讵于斯时，季父忽闯然而至，使刃而挟枪，狞恶有如魔王。其第一语则诟，此来初无他事，但欲杀圣人。梅姆朗及其侄女顾能以重金来者，亦可赎死。梅姆朗惶恐无措，允尽出其产，为季父寿，遂署约而别。

梅姆朗归时心既怀惭，且杌陧而弗宁，乃忽得一柬，为其至友辈所予，盖邀往饮宴者。梅姆朗自语曰：吾倘独处家中，息息念此不幸之事，食饮必且弗能下咽，而病亦由是抵隙，而入得与朋辈周旋，樽俎之间宁不甚佳，而晨间之事，自可渐次淡忘。念次遂决然赴宴。

朋辈见其精神颓敝，劝酒甚殷，谓非此物不足以祛烦忧。吾圣人私念，少饮亦佳身心，两得其益，遂又坦然继饮，至于洪醉而罢。

宴毕，有以博请者。吾圣人复念，借此消遣，亦无不可，且朋友情谊，在势万不可却，遂又坦然入局。卒乃倾其囊金，而所欠之逋，负尚四倍于所失之见金。心既郁勃，怒气立滋。初犹龃龉，已乃用武。中有一至友竟取骰盒投诸圣人之首，中一目立眇。

吾圣人踉跄而归，为状至窘，既醉且失其金，而一目复眇。后此且无以贡媚于美人。归后立睡，脑思始觉少清，因即遣其臧获[1]，往面密纳佛司库之人，取存款以偿博资，没多久臧获归报，谓彼司库之人已于今晨宣告破产，百余家之存款均归乌有。

梅姆朗既忧且愤，中心麻乱，亟草一禀，控彼司库之人，将上之国王，以求伸雪，草已遂以硬膏封其眇目，怀禀赴朝，于前室中遇贵妇人无数，各御长裙，曳地可二十余尺。

中一妇似曾相识，见梅姆朗则侧目微睨，作惶怖之声，曰是殆魔鬼，令人见之生怖。又有一妇与梅姆朗相知较深者，则冷然言曰："梅姆朗先生，愿先生晚安，吾得见先生，心乃滋悦。特先生奈何忽失一目，仪观不无少损。"语既，则不俟梅姆朗作答，纡徐自去。梅姆朗隐身室陬，几于不敢面人。

但俟国王至时，即上禀诉其冤抑，移时国王已呵殿而至。梅姆朗则立跽于地，吻地者三，出禀上诸国王。王遇之，颇有恩意，即以禀交其侍臣。

此侍臣忽拉梅姆朗于侧，沉声语之曰："独眼之骏人，乃敢掬此可笑之状，朝吾大王陛下，且敢肆无忌惮攻讦彼司库之人。须知彼人实为吾夫人侍女之侄，由吾为之翼卫。足下脱欲留此一眼者，尚宜嘿尔而息，否则此幸存之眼，亦且无幸。"

---

[1] 臧获：古代对奴婢的贱称。

至是梅姆朗悔心立萌，自悔心无定力，卒为美人颜色所蛊，身陷欲海，莫能自拔，今兹财产既丧一目，复眇朋友，既情断而意绝，且为女流所嘲谑，足甫逾阈，腾笑满市。

　　后来日月，正不知如何自聊，梅姆朗中心抑塞，益以悲愤，蹀足返其寓所，则见夫役无数，方捆载其家具以去，以索逋者不得资，故取物为代也。

　　梅姆朗见状几晕，兀坐枫杨树下，心已寸裂，此树下犹为晨间遇艳之所，而今则美人已远，己身亦成丧家之狗，茫茫大地归宿无方，思之能无心腐？适于斯时，彼美人者忽与其季父联臂而过，见梅姆朗硬膏封其眇目，则纵声而笑，笑声朗若银钟，声声刺入梅姆朗心坎。

　　入晚，即屋外墙次借草而卧，疟疾侵寻，旋即入睡，梦中乃见一天神危立于前，明光焕奕，匝其一身，有金翅六，美乃无艺，顾首尾手足，一一都无。似此怪神，实为梅姆朗前者所未见，因发物问曰："尔为谁也？"

　　神答曰："吾为尔智慧之神，足为尔助。"

　　梅姆朗曰："然则还吾目，还吾体质，还吾屋宇，还吾财产，并还吾慎密之心、平旦之气。"言已，即以一日中事告之智慧之神。

　　神曰："吾辈所居世界中，实未尝有此等事。"

　　梅姆朗亟曰："敢问大神，所居是何世界？"

　　神曰："吾家去太阳可十五万万英里，在一小星之中，与天狼星迩尔，或仰首向天，即能见之。"

　　梅姆朗曰："美哉！君家之土，至足令人艳羡，特吾尚有数语奉问，贵处殆亦无蛾眉曼睩之姝，愚弄一可怜之人乎？殆亦无推心置腹之良友，攫其资而挥曈其目乎？殆亦无罔利之徒，借破产而吞噬其财资乎？殆亦无轻薄之妇流，幸其灾而加以嘲谑乎？"

　　神立答曰："无之，无之。吾所居星中，初无此等事，吾人未尝见弄于女子，因吾星中初无女子也。吾人未尝轰饮纵博，因吾星中初无酒食，并亡博具也。吾人未尝以人破产而遂丧资，因吾星中初无金银钱币也。吾人未尝目而失明，因吾星中之人初无四肢百体也。吾人亦未尝为人所嘲谑，因吾星中百凡都取平等，不以阴刻相尚也。"

梅姆朗立曰："嗟夫！吾神贵处既无美人，又亡饮博尔，曹将何以遣此悠悠之光阴？"神曰："吾人但视他世界中所为已足消遣，而他世界者实亦受庇于吾人，凡吾星光所及，匪不加以保障，今吾此来实将有以慰尔。"

梅姆朗曰："嗟夫！天尔何不以昨夕来力窒，吾欲则此种种至愚大拙之事，今日均可幸免。"

神曰："昨夕吾方在尔长兄哈山许，渠之所遇，较尔尤觉可怜。哈山在印度国王朝中，偶以细故忤王，立曘其目，且见幽于地窖，手足都加关械，行动之自由失矣！"

梅姆朗微喟曰："一家之中，自不可无智慧之神，试思今兹兄曘双眸，弟眇一目，一则呻吟于狱中，一则辗转于草间，果得大神昭示于前者，安复有此？"

神曰："然尔之厄运，亦能一转而为嘉运，一目既眇，自难再明，然尔前途正有无限之康乐，不为愚拙之事，便成智慧之人，而处理百事，自亦能渐次达于慎密之轨。"

梅姆朗曰："然则，吾人讵不能一蹴即几耶！"

神曰："然。即欲成一大智慧极康乐之完人，事亦滋难，即吾星中之人，亦尚不足臻此一境。以吾观之相去犹远，虽此三千大千世界，事事都由渐进，前途茫茫，正无限量。顾吾或抱悲观时，则颇省省焉。虞其不渐进而渐退，第二度之智慧康乐，较第一度少替，而第三度之智慧康乐，又较第二度少替。迨及末度，则此宇宙之间必且人人皆成拙鸠。是非至足寒心之事耶。"

梅姆朗曰："吾亦云然，未来事姑不之道，即以目前言之，尔曹中人殆亦视吾世界为疯人院矣！"

神曰："平心而论，尔世界固亦与疯人院为近，世上万事亦都停滞而弗进。"

梅姆朗曰:"然。则彼诗人及哲学家所谓世上万事节节进化者,不既有误耶!"

神曰:"语固诚是,唯世界众生脱不制情窒欲,一以廓清世界为念者,则尚不足以语此。"

梅姆朗喟然曰:"吾滋弗解神旨俟,吾眇目重明,旷观世界,当再寻绎此中妙谛也!"

面 包

〔法〕莫泊桑

　　他名儿唤作耶克·朗特尔,年纪二十七岁,职业是个木工,为人很正直,很稳健,在兄弟中最长。只为一时失业,不得不在家中坐吃了两月,整日价对着屋檐,兀是长吁短叹。一个月来,他往来奔走,想寻个事儿做做,奈何踏破铁鞋,却没有觅处。没法儿想,只索离了他维叶阿佛来故乡,踽踽凉凉地出去。想自己年富力强,不该夺取家人们的面包,眼瞧着天涯地角,到处好挣饭吃,怎能辜负这昂藏六尺,老坐在家中?况且家境也不好,他两个妹子只在人家做散工,挥着血汗,换它有限的几个苦钱,兄弟们也都是穷光棍,万不能养他。于是打定主意,出门寻生活去了。

　　离乡之先,先到市政厅中,问有什么事给他做没有,那市长的秘书一口回绝,唤他到邻村工程经理处找去。他见本乡委实没有事,只得带了护照证书,合着一双靴子、两条裤子和一件衬衫,用蓝帕子打了个裹,挂在杖头,慢慢儿向镇外走去。

　　他沿着几条长长的路,没命地走,日也不停,夜也不停,日中犯风犯雨犯烈日,夜中带星带月带冷露,但他自管熬着苦,勇气百倍地走去,奈何那邻村倒像在天尽头地角里似的，总走不到。他本想寻了本业，依旧做他的木工，哪知一路上去了几家木工店，都回他说近来生意清淡，但有歇工，并不用人。他倒抽了一口冷气，想照眼前情势瞧来，方不能限定本业，只索有什么做什么。幸而天无绝人之路，到头来给他些事做做。石匠咧，马夫咧，铁路工人咧，什么都已做到，有几天还做那砍树斩柴掘井看羊的杂差。自己忘了身价，忘了头面，单为面包的分上，苦苦地换他几个便士，就是这些零星工事，也都登门自荐，特地减了工薪向工头农家哀求得来的。要是他能够长做下去倒也罢了，无奈每一件工事不过两三天的寿命，两三天后，又还他个失业之身咧。

这一天他闷闷地在街上踅着，已一礼拜没得事做，袋里钱空了，但有一片面包，是他最后的粮食，倒比了万方玉食更觉名贵。就这面包来处也很不容易，是沿街向几家慈善的妇人求来的。

那时他走了一程，天已入晚，最后的一丝斜阳已和大地告别，可怜这耶克·朗特尔疲乏得什么似的，两条腿几乎敬谢不敏，再也没有力载他前去。万种失望塞满了心窝，加着又赤了那双脚，在路边乱草中走着，先前那双靴子早为了欢迎面包，和他告别而去，杖头虽还备着一双，却心痛着不忍使用。

这一天正是礼拜六，在秋末冬初时候，一抹灰色的云阵，黑压压地腾在半天，被大风刮着，千军万马般向天尽头推去，瞧那模样，似乎已有雨意，只这雨却像美人姗姗来迟，一时还不肯下来。这当儿四下里都静悄悄的，并没一丝人影，因为是礼拜六，农人们都休息去了。瞧那田中堆着一堆堆的柴，活像是许多挺大的黄香菌一般，四面田陌除了这柴堆以外，并没稻麦，因为这时刚已播种，须待来年才有收成咧。

朗特尔一边走，一边挨着饿。他这时直好似一头极贪嘴的野兽，却空着肚子，没东西吃。这一种饿，任是豺狼可也禁受不起，怕要磨着牙，出来寻人做点心吃了。他既饿又乏，全身已没了气力，却还挣扎着大踏步走去，头重重的，好像戴着一座山，血像沸汤似的，在太阳穴里乱跳。一面撑着那双红眼，张着那只血口，紧紧地挨住了行杖，想找一个回去吃夜饭的人，生生地扑杀他。借着出他腔子里一口怨气、回眼向路边瞧时，却陡地起了个幻象，仿佛见无数番薯刚从地中掘将起来，仰天躺在地上，向着他笑。恨不得抓它三四个，拾些枯枝在沟里生个火，煨好了医他肚子，借着又能沾光烘暖这一双冰冷的手，岂不是一举两得的事？奈何这时秋尽冬初，哪里还有番薯？除非像昨天一个样，向田中去掘一个甜菜根，尽着生嚼罢了。

这两天以来，朗特尔兀是挨着饿，一面走，一面想种种图食之法。他在平日，但有很简单的思想，也整个儿放在他工事上面，欣然自得。但到了现在，思想却反觉复杂起来，可是往来漂泊，不能常常找到工事，挨着饿挨着疲乏，日中两脚不停地赶路，夜中但能在冷空气中露宿，最难堪的还须受人家白眼。一般人但知自己安居乐业，不知道漂泊无家的苦况，问他们要点东西吃时，他们却白瞪着眼问道："你为什么不好好留在家里，到外边来做甚？"

朗特尔受了这种种磨折，简直心灰意懒。从前他那双臂儿挽强破坚，很有膂力，到此不知怎么却渐渐软了下来。接着又记起家里兄弟姊妹，怕也一样的艰辛困苦，连一个便士都没有。他想到这里，又怒又恨，这怒气恨意，一秒一分一点钟一日逐渐积在心中，险些胀破胸脯，一时没处发泄，便一个人破口大骂起来。

那时他走了一程，忽地在一块石上绊了一绊，于是把那石块骂了一阵，又恨恨地向空中骂道："天杀的，万恶的，你们都不是人，是一群野猪！竟横着心饿死一个木匠，饿死一个没有罪的好人！好一群野猪，连两个铜币都不肯给我，如今天又下雨了，好一群野猪，好一群野猪！"

他这时为了自己命运不济，直把全世界的人都已恨到，不但恨人，还恨那造物的主宰，骂他不公，骂他苛刻，又骂他是个没眼睛的瞎子。一会儿又咬着牙齿，向四面大呼道："好一群野猪！好一群野猪！"一边喊着，一边又抬起头来，却见人家屋顶上正袅着一丝丝的灰色烟，像游丝般袅入碧空。知道这时正是人家烹鱼炙肉烧夜饭的时候，只是没有他的份。一时怒极恨极，几乎忘了人格，忘了法律，直要闯进人家去把全家的人一个个杀死，然后狂吞大嚼，吃他一个饱。

当下他又自语道："算了，算了，这世界上已没有我做人的份儿，我愿意挥着血汗求些事做，他们却兀是不肯给我，偏要瞧我生生饿死了方才快意。天杀的，天杀的，好一群野猪！"这时他猛觉得四肢都刺刺作痛，心中也像被什么虫在那里咬似的，直从心房痛到脑壳，霎时间昏昏沉沉像喝醉了酒，幸而一阵夜风吹将过来才清醒了些。于是又勃然自语道："但是人家虽要我死，我却偏要活在世上，因为空气是公产，人人都能享受的，就那名贵的面包，也总有一天有我的份。"

说到这里，天上恰下起雨来，这雨又大又凉，倒使他好似服了一贴清凉散，当下便住了脚，说道："这么下了雨，我可不能多走路了，须再走他一个月，才能回到家里。"到此他已打定主意，一心想回家去。可是出门多时，并没找到什么工事，在故乡人地都熟，总能设法寻一件事，即使不能做他木匠的本业，也不妨去做石匠、沟匠和泥水匠的下手。每天倘能赚到一法郎，总能买点东西吃，比了这样漂泊外乡、瞧人家的嘴脸，可强得多咧。想着忙把他最后的那块蓝帕子围住了脖子，免得被冷雨溜进衣领，泻上胸背去。然而不多一会儿，他那薄薄的衣服早被雨水湿透。抬眼向四面瞧时，又没处藏他的身子，就瞧这偌大的世界，也似乎没有尺寸之地给他容身托脚。

不多一刻，天上早已笼上黑幕，四边田野都昏黑如漆，隐隐却见远处一片草场上有一个黑影，不是一头母牛是什么？他一见了这牛，暗中却像有人驱使他似的，不知不觉跳过了路边小沟，直到那草场上。见那牛十分壮硕，正在地上吃草，他走近时，便陡地抬起头来向他，分明有欢迎之意。

他暗暗想道："我手头倘有个瓶在着，就有牛乳吃咧！"一边想一边瞧那牛，那牛也闪着两个大眼睛，向着他呆瞧。他忽地不耐烦起来，照准着牛腿上踢了一下，大声叱道："畜生，快站起来！"

那牛不敢怠慢，慢慢儿撑着起来，那挺大的乳房便重沉沉地向下垂着，朗特尔见了那乳房，好不快乐，立时蹲在那牛两腿中间，把两手握着乳房凑上嘴去尽着乱吸，直等到吸干了，方始放手。

这当儿雨势更大，雨点像拳头般大，不住地掷将下来，瞧那荒田平原都在雨中，可没一个躲雨的地方。身上虽冰冷，也只得挨着，眼见得树丛中的屋子，灯光在窗，总不愿意前去求宿，明知去也没用的。

那牛见他已吸罢了乳，就一骨碌在地上眠下。朗特尔自知没处投宿，便也在那牛的身边坐下，轻轻地抚着牛头，甚是感激。觉得那牛乳又香又甜，好似琼浆玉液一般。那牛吐着气，热腾腾地吹在朗特尔脸上，两个鼻孔仿佛喷气的气管似的，分外温暖。

朗特尔便又抚着它说道："你倒是个热血的动物，不比那一群野猪，都是冷血动物呢。"说着，又把他那双冷冷的手放在那牛胸肚下边，温他的手，心中决意傍着这多情多义的牛，度他一宵，于是把他头偎着牛肚，躺在地上，只为疲乏已极，一会儿就呼呼入睡了。夜中有好几回醒来，觉得背很冷，即忙翻了个身，把背贴在牛肚子上，一连翻了几回身，依旧做他的好梦，梦中却安居乐业，并没漂泊之苦。

一觉醒来，已听得荒鸡乱啼，曙光已透，雨点早停了，天上一碧如海，分外明媚。那牛把嘴凑着地，也像在那里瞌睡的样子。朗特尔低下头去亲了亲牛鼻，说道："再会，再会，我的美人儿！下回有缘，我们再能相见咧！再会！再会！"说完穿了靴子，起身上道。这样走了两点钟光景，又觉得全身疲乏，忙在路边草堆中坐了下来。

这时天已大明，礼拜堂大钟镗镗响着，见有许多男子穿着蓝裤，许多妇人戴着白帽，有的步行，有的坐了小车，断断续续在路中走过，多半是趁着今天礼拜日，大家往邻村探望亲戚朋友去的。不一会儿有一个农夫模样的大汉，赶着一二十头绵羊大踏步走来，还携着一头狗，甚是灵警。

朗特尔起身掀了掀帽子，颤声说道："你老人家可有什么工事给小可做么？请可怜见我，我快要饿死了。"那大汉恶狠狠地瞅了他一眼，大声答道：

“我有工事，可不能给路边花子做的。”

朗特尔呆了一呆，依旧回到草堆上坐下。一连等了好久，想找一个慈善的脸前去央求，或有几分效力。末后便见了个绅士模样的人慢慢走来，肚子上挂着很粗的金链，光彩闪闪地乱射。

朗特尔即忙走上一步，悲声说道：“两个月来，小可正找着工事，奈何找来找去总找不到。如今袋里空空的，连一个铜币都没有咧。”

那绅士勃然道：“你不见这村中入口处，不是挂着一块牌，牌上不是明明写着‘村中禁止行乞’六个大字么？你别认错了人，我就是这里的市长。你倘不快快离开这里，可要捉将官里去了。”

朗特尔一听这话，也生了气，回他说道：“任你捉我到官里去，我可一百二十个情愿，不论怎样，官中总有东西给我吃，万不致饿死在路中呢。”

那绅士给他个不理会，自管掉头走了。

朗特尔叹了口气，仍回到原处，正在这当儿，见有两个警察并肩走来，那帽上的铜徽章和衣上的铜纽扣都给阳光照着，一闪一闪地放着光，似乎能够吓退盗贼，只消在远处一见这铜光，就脚底明白，一溜烟地逃了。朗特尔明知他们要来盘问他，只还一动不动地坐在那里，心中很想和他们挑战，索性捉将官里去，将来一朝得意再报仇也不迟。

那两个警察一路过来，一步步像天鹅走似的，先还没有瞧见他，直到了他面前才瞧见了。两人都住了脚，向朗特尔从头到脚打量了一会儿，内中一个便走上来问道：“你在这里做什么？”

朗特尔冷冷地答道：“在这里休息。”

那警察又道：“你从哪里来的？”

朗特尔道：“你倘要我说出来处，不是一点钟可不能说得明白。”

警察道：“如今你要到哪里去？”

朗特尔道：“到维叶阿佛来去。”

警察道：“你可是住在那里的？”

朗特尔道："正是，那边是我故乡。"

警察道："但你为什么离了故乡，到外边来？"

朗特尔道："因为没有事做，到外边找工事来的。"

那警察一声儿不言语，想了半晌，才向他同伴道："我瞧这厮很靠不住，那些流氓无赖都是这么说的。"当下便又问朗特尔道："如此你可有什么证书护照之类么？"

朗特尔忙说："有，有。"探怀取出那七零八落的几张纸来。

那警察好容易拼在一起，瞧了好一会儿，待要呵斥他，却没有什么不合之处，就满面现着不满意的神情，仍然还给朗特尔，一边又问道："你身上可带着钱？"

朗特尔道："并没带钱。"

警察道："难道一个铜币都没有么？"

朗特尔道："正是，连半个铜币都没有。"

警察忙道："如此你怎么过日子？"

朗特尔道："全仗人家解囊相助。"

那警察愣了一愣，很着惊似的说道："这么说来，你是行乞了？"

朗特尔冷然道："除了行乞，还有什么法子？"

那警察挺了挺身，怒声说道："你这人没有事，没有钱，敢明目张胆在大道上行乞，这是哪里说起，快跟我到官里去才是。"

朗特尔跳起身来，插在那两个警察中间，很得意似的说道："很好很好，不论哪里，我都愿去。就把我关在黑牢里，下雨时也总有个屋顶遮在我头上，可不至整夜地露宿在雨中咧。"

警察们不理会他，只扶着他向市中走去。这所在去市不到一里光景，秃树上没了叶，能瞧见那红瓦嶙嶙，高高地几乎和白云接在一起。过市时，礼拜堂正要行弥撒礼，街中站满了人，一见了朗特尔被警察扶着走来，就立时分了两行，在旁边瞧他们过去。孩子们在后边跟着，不住地鼓噪，人家男女都开出门来瞧，见是个犯人，眼中立时放着怒光，注在朗特尔身上，恨不得拾了地上石子，打破他的脑袋，或是用指爪抓破他的脸，更拽倒在地踏他一个半死。

然而大家虽是牙痒痒地恨着，却还不知道他犯的什么罪，彼此唧唧哝哝问道："这厮可是个强盗么？或者杀死了人不成？"

内中有一个屠夫，以前曾当过骑兵的，说："这人多半是军营中的逃兵。"

有一个卖烟草的说："早上曾在市外遇见他，曾给他半个铅质的法郎。"

那时又有一个铁匠斜刺里愤出来说："这人就是谋害马来德寡妇的凶手，警察们已通缉六个多月咧。"

朗特尔被警察们送到裁判所中，劈头就见市长直僵僵地坐在当中，旁边坐着个小学教师，陪审似的。市长一见了朗特尔，便笑着说道："呵呵，我的好友，我们又相会咧。刚才我不是和你说要捉将官里去，如今怎么样？"一面又问那警察们道："这人可犯的什么罪？"

警察答道："市长先生，这人没有家，没有事，没有钱，单是个光身子，胆敢在大道上行乞，所以捉将官里来。只瞧他证书护照，却很完全。"

市长道："快取来给我瞧！"

朗特尔即忙投了上去，市长瞧了好久，又向警察们道："快给我搜他身上！"

警察们搜了一遍，也搜不到什么。

市长满面怀着疑，瞧着朗特尔，朗特尔也瞧着市长，一动都不动，很像是两头不同类的野兽恰恰碰在一起，眼中都含着怒，像要斗起来似的。

半晌，市长才破口说道："如今我许你自由，不过以后望你别再到这里来。"朗特尔急道："这一个村中，我已踏穿脚底奔走得够了，很愿意给你拘禁起来。"

市长怒叱道："你不许多说。"接着向警察们道："你们快把这人押出村外二百码，仍让他上路去。"

朗特尔道："去尽去，总得给点儿东西我吃。"

市长大怒道："怎么说？我们难道没有旁的事，却喂你吃饭么？"

朗特尔大声道："你倘给我饿个半死，我可要铤而走险，去做那罪恶之事，到那时仍要烦劳你们一班肥人呢。"

那市长直竖地竖起身来，挥手大呼道："快撵他出去，不去我要生气了！"

警察们不敢怠慢，捉住了朗特尔手臂，拽将出去。朗特尔听他们拖拖扯扯地出了村，直到二百码外。那警察张牙舞爪地说道："朋友，你快走得远些，倘再落在我们手中，可要给你手段瞧咧。"

朗特尔并不作答，横冲直撞地向前赶去。

赶了一刻钟光景，并没停过脚，他那心也木木的，不能想什么念头。一会儿走过一所小屋子，窗正半开着，猛可里一阵汤香肉香把他勾引住了。这时他又饿又怒又恨，馋得像野兽一般把身体贴在墙上，再也走不开去。一面仰天呼道："天哪！天此刻可要分点东西我吃咧。"于是提起行杖来，擂鼓般向那门上敲去，又喊道："里边可有人么？快开门！快开门！"敲了一会儿，里边却并没声响，但那汤香肉香又夹着菜香宛宛地逗将出来，荡在空气中。

朗特尔再也忍耐不下，扑地跳进窗去，抬眼望时见桌边有两把椅子，却并没有人，多半是到礼拜堂行礼去的，瞧那火炉架上正放着个挺大的面包，两面有两个酒瓶，似乎盛满着酒，炉子上正烧着牛肉和菜汤，香味甚是浓烈。朗特尔先取了那面包用力掰作两段，好像扼死人一般，一连咬了几口，煞是有味，接着又来了一阵肉香，直把他引到火炉旁边，于是开了锅子，用叉叉出一块牛肉来，先用刀割作四块，和着菜子萝卜，狼吞虎咽似的一阵子大嚼。吃罢，又从火炉架上取了个酒瓶，倒了些酒在杯子里，一瞧却是白兰地，快乐得什么似的，好在身体正冷，喝了定能使血管中暖热起来。他凑在嘴上喝了个干，又倒了一杯，一口喝将下去。

到此他猛觉得心坎里填满了乐意，把万种愁恨一起忘了。先前身上冷如冰块，这时却热热地好似烧着，额上更热得厉害，那回血管嘣嘣地跳个不住。

他一边还喝着酒，一边把面包浸在汤中吃着。正吃得高兴，蓦地听得礼拜堂钟声铿铿响了，知道弥撒礼已完毕，主人快要回来，倘见自己这样放肆，有所未便。想到这里，忙把吃残的面包纳在一边袋中，又把那白兰地酒瓶也藏好了，赶到窗前望时，见街上并没有人，当下便纵身一个虎跳，跳出窗外。

这回他却并不走大路，穿过了一片田，径向一带树林赶去。一时觉得心儿很轻，身体很强壮，手脚也比先前活泼了许多，只一跳就跳过了田边竹篱，飞也似的入到树林深处。又掏出那白兰地酒瓶来，喝了一大口。只不知怎么眼睛却模糊了，神思也昏乱了，那两条腿又像装了弹簧似的，非常轻快，一面跳，一面却提着嗓子高唱道："撷野草莓于芳春兮，吾心跃跃兮乐未央。"他唱的原是一首古歌，只唱了这两句却唱不下去。一路跳跳纵纵地到了一片绿苔上边，软软地衬在脚下，好似铺着天鹅绒毯子。

他心中越发快乐，恨不得时光倒流，回到幼稚时代，就着地上打滚，好不有趣。接着他便跑了几十步，打了个筋斗，又连打了几个，一边又高唱道："撷野草莓于芳春兮，吾心跃跃兮乐未央。"

出了树林，便是一条官路，猛见一个玉树亭亭的女孩子，提着两桶牛乳花枝招展般走将过来。朗特尔一见这牛乳，好像狗见了肉骨，分外眼明。

那女孩子也见了他，抬起头来，娇声问道："你可是在那里唱歌么？"

朗特尔一声不响，跳到她面前，这当儿他早有了醉意，抱住了那女孩子，一块儿滚在地上。这么一来，那两桶牛乳便全个儿泼了个干净。那女孩子挣扎着起来，见泼翻了牛乳，好不着恼，一边哭，一边拾了石子掷朗特尔。

朗特尔拔脚飞奔，背上早吃了几下，奔了好久，觉得全身又疲乏了，腿软软的已没了气力，脑中也昏昏沉沉的，记不起什么事来。那时他便在一棵树下坐下，不到五分钟，早已睡熟。

这样不知睡了多少时候，陡觉有人摇他肩胛，张眼瞧时，先就见那两顶铜光闪闪的三角帽，瞧他们脸不是刚才的两个警察是谁？内中一个把绳子缚住了他手臂，笑着说道："呵呵，朋友，我原知道你仍要掉在我手中的。"朗特尔并不作声，颤巍巍抬起身来，跟着警察们，又向市中走去。

这时天色将晚，斜阳一线，照在朗特尔身上，像在那里嘲笑他似的。半点钟后，已到市中，人家早又开了门，男的女的老的小的，都挤满在门前瞧着，见了朗特尔，人人动怒，似乎他们的面包也都被朗特尔吃了去，他们的牛乳也都被朗特尔泼翻了一般。朗特尔一路走去，一路但听得冷嘲热骂的声音。

到维叶大旅馆时，那市长正在里边等着，一见朗特尔进去，又冷笑着说道："呵呵，我的好友，我们又相会了，你一切可好？我第一回见你时，早说你总要捉将官里来的。"说着不住地搓着手，活现出一派得意的神情。

朗特尔悲声说道："我没有罪，我要吃面包。"

那市长怒呼道："恶徒，你这醒醒的恶徒，二十年坐监，你可逃不了咧。"

复仇者

〔俄罗斯〕契诃夫

福道洛维支·薛甘甫发现他夫人有和人暧昧的事，一会儿他就立在那施木克枪店中，挑选一柄合用的手枪。他的面容上展现着愤怒、忧闷和不可改移的决心。

他心中正在想着道："我自己原知道这事该怎么办的。家庭的尊严已被破坏了，名誉已被踏在污泥中了，而罪恶反志得意满，占得了胜利。我既是国民一分子，又是一个很有体面的人，那么我定须做他们的复仇者。第一步，我先杀死了伊和伊的情夫，然后自杀。"

他还没有选定一柄手枪，也还不曾杀死过什么人。但他的幻想中，早已瞧见三具血迹模糊的尸身，脑壳已破碎了，脑汁正漏将出来。又瞧见四下里的骚动，无数看热闹的闲人，和验尸时的一番情景……他处于受辱人的地位，怀着一种恶毒的乐意，推想到亲戚们和社会中的惊惶和奸妇的苦痛，精神上正读着新闻纸中关于家庭破毁的重要论文。

那店伙是个短小活泼而法兰西化的人物，圆圆的肚子，白白的半臂袖。他把各种手枪都陈列出来，很恭敬地微微笑着。他那一双小小的脚，轻踏着地，说道："……先生，我劝你买这一柄精美的手枪，是史密斯和惠生公司的牌子。要知枪械学中最近的术语，便是三响头，有放射的机括，六百步外杀人，视线集中。先生，请你注意这种手枪的美观。先生，这实在是最最时新的，我们每天总得卖去一打。可以杀盗贼，杀豺狼，杀情夫，动作很正确而有力，远远地便可击中。只需一个弹子，尽能致奸夫淫妇的死命了。至于用以自杀，那么除却这种手枪，我也不知道再有更好的货色。"

那店伙将枪机拨着扳着，在枪管上呵着气，又瞄准了，看他甚是快乐，几乎透不过气来。瞧了他那种扬扬得意的模样，仿佛是有了这史密斯惠生的好手枪在手，尽不妨放个弹子到脑袋中去的一般。

薛甘甫问道："是什么价钱？"

店伙道："先生，四十五个卢布。"

薛甘甫道："咦……这价钱在我以为太贵了！"

店伙道："先生，既是如此，待我另外给你看一个牌子，价钱便宜些。请你自己来看，这儿各种货色都有，价钱也贵贱不一……譬如这一柄手枪，是赖福九牌子的，只需十八个卢布，但是……"店伙很鄙夷地坡着他的脸："……但是，先生，这枪是旧式的了，来买的无非是那些发疯的妇人和神经错乱的人。用一支赖福九手枪自杀或杀妻，在近来要说是不时髦了。唯有史密斯惠生才是最合用的牌子。"

薛甘甫很不耐烦地撒了个谎道："我并不要自杀或杀死什么人。我买这手枪去，不过是放在乡间的住宅中……吓退盗贼罢了……"

店伙微微一笑，很聪明地低垂着眼说道："你老买去做什么用，这是不干我们的事的。先生，要是每做一件买卖，都须查究人家的用处，那我们只索关店了。至于吓退盗贼的话，先生，赖福九牌子也是不合用的，因为放时只有一种低弱而沉浊的声响。我以为毛铁茂的牌子才对，这种牌子就叫作决斗手枪……"

薛甘甫心中一动，暗暗想道："我可要挑动他和他决斗么？这未免太给他面子了……像他这样的畜生，该像杀狗般杀死他才是……"

那店伙很温文地摆动着身体，一双小小的脚往来移动，一面仍是含着笑，拿出一堆手枪来，陈列在面前。而最为触目最为动心的，还是那柄史密斯惠生牌子的手枪。薛甘甫捡取了一支拿在手中，呆呆地望着，心中的思潮便又波动起来。他在幻想中，瞧到他怎样击破了他们的脑袋，那血像流水似的流将出来，流满在地毯上和木镶的地板上。那恶妇在最后感觉痛苦的当儿，两条腿怎样地抽搐着……

但他那充满着怒火的灵魂中，还觉得不满足。这一幅流血哀号和恐怖的图画，还不能满足他的心。他定须想些更可怕的事情。

他想道："我知道了。我该杀死了自己，再杀死他，却故意让伊活着，饱受了良心上的刺激和伊四下里旁人的轻蔑，便得忧伤憔悴而死。因为像伊那么善感的天性，比了死更觉苦痛咧。"

他又幻想到自己殡殓的情景。他是一个被辱的丈夫，嘴唇上带着温和的微笑，躺在棺中。而伊脸色白白的，因悔悟而挨着痛苦，垂头丧气地跟随在棺后。那些愤愤不平的群众，把严厉和轻蔑的眼光齐注在伊的身上。伊竟不知道该躲到哪里去才是。

那店伙打断他的思绪道："先生，我瞧你分明喜欢这史密斯惠生的牌子。你要是以为太贵的，那么我给你减去五卢布……但我们还有别的牌子，价钱可以便宜些。"

这短小精悍而法兰西化的店伙，仪态万方地转过身去，从木架上又取下一打手枪来，说道："先生，这里的一柄，只需三十个卢布。这价钱不算贵，况且目前汇价大落，而关税却一点钟高似一点钟呢。先生，我敢赌得咒，我是守旧的，然而也不由得要鸣起不平来。为什么呢？因了汇价和关税的关系，只有富人可以买武器了。所留给穷人的，只有那种都拉手枪和磷头火柴了。而都拉手枪尤其是不堪一用，你倘取了一柄都拉手枪，瞄准着尊夫人，而机括一扳，反击穿了你的肩胛骨。"

薛甘甫忽又觉得烦闷抑郁起来。心想，他要是死了，可就不能瞧那恶妇挨受痛苦。复仇之所以甜蜜，全在乎自己能瞧见那所结的果，而尝其美味。要是直僵僵地躺在棺中，什么都不知道，那又有什么意思呢？

他想道："我不这样做好么？我杀死了他，更去参与她殡殓之礼，悄悄地站在一旁看着。殡殓之后，我才自杀。然而在殡殓之前，他们就得拿下我来，取去了我的手枪……因此我杀死了他，仍使伊活着。暂时我也并不自杀，由他们捉将官里去。好在我随时可以自杀的，捉拿了去，反于事实上很有利益。在初审的当儿，我便有机会将伊的丑行告知官长和社会群众。我倘自杀了，那么仗着伊的性情反复和寡廉鲜耻，把一切罪恶都推在我身上，于是社会中就得原谅伊的行为，反要笑我咧……我要是活着，如此……"

一分钟后，他又想道："是啊！我倘自杀了，便要招人疑怪，说我的器量太小……况且我又为什么自杀，这是一件事。另一件事，自杀是卑怯的。所以我杀死她后，就让她活着，我却到官中去受审。我受审时，伊也得带到法庭中来做一名见证……我可以料到，伊被我律师盘问时，定然是神色慌张，受尽耻辱。所有法官的舆论和社会的群众，当然是都表同情于我的。"

他正在这样想着，那店伙自管把他的货品逐一贡献出来，觉得招待这一主雇，原是他的分内事。当下便又唠唠叨叨地说道："这里是英国的出品，是一种新牌子，还是刚才运到的。先生，但我要警告你，这些手枪一放在史密斯惠生旁边，可就黯然无色了。前一天，我敢说你曾在报纸上见过，有一位军官从我们这里买了一支史密斯惠生去，击死他夫人的情夫——你可相信么——那弹子穿过了他的身体，更穿过了一盏铜灯，着在一座钢琴上。当下又从钢琴上跳回来，击死了一头小狗，擦伤了他的夫人。这真是一个伟大的记录，足以传布我们的荣誉。那军官现在已被拿住了，不用说他得定了罪名，送去执行终身惩役。第一层，我们的刑律已不合时宜了。第二层，先生，法堂上往往是表同情于那情夫的。为什么如此呢？先生，这事很简单，因为那法官啊，陪审官啊，公家和私家的律师啊，都是和别人的妻子共同生活的。

俄罗斯少一个丈夫，便使他们多享些安乐。所以政府要是将国内所有的丈夫一起放逐到萨海林去，社会中可就大为快意咧。"

"呀，先生，你不知道我眼瞧着近来道德的腐败，怎样地引起我愤怒来咧。爱上别人的妻子，如今已成了很普通的事，好似吸别人的纸烟，看别人的书本一样。我们的营业一年坏似一年，并不是为了一般做妻子的忠于丈夫，实在为了做丈夫的生怕那法律和终身惩役，所以都屈服下来，随随便便地完了。"

说到这里，那店伙向四下里张望了一下，低声说道："先生，这是谁的不是？是政府的。"

薛甘甫心中想道："为了那猪猡的分上，放逐到萨海林去，那也太没意思了。我要是去做终身惩役，恰恰给我妻子得一个再嫁的机会，可以再欺骗第二个丈夫。伊又占胜利了……所以我还是让伊活着，我不必自杀，也不必杀他……我一个都不杀了。我须得想些更有意思更有效果的事情出来。我不如将我的轻蔑之心去责罚他们。我可以进行离婚的手续，让大家知道这么一件丑事。"

那店伙又从木架上取下一打手枪来，说道："先生，这里又是一种出品，请你留意着那枪机的构造。"

薛甘甫见自己已立定了决心，这手枪已没有用了。但那店伙却益发热心起来，将店中所有的货物都贡献在他面前了。他暗中很觉惭愧，想那店伙如此辛苦，却一无所得。他那么笑着，说着，殷勤招待着，全是白忙一场罢了。

他嗫嚅着道："算了，我往后再来……或是派人前来。"

他并没瞧见那店伙的面容，为了免除这尴尬的地位起见，他想总得买些东西去才是，但他买什么好呢？他向四面墙上瞧了一下，挑选那价钱便宜的东西。

他的两眼陡地注在近门处一张绿色的网上。

他问道："这个……这是什么？"

"这是一张捉鹌鹑的网。"

"价钱是多少？"

"先生，八个卢布。"

"给我包将起来。"

这含怒的丈夫付了八个卢布，取了那网，觉得益发愤怒了，匆匆出店而去。

伞

〔法〕莫泊桑

马丹乌利尔是个最有俭德的妇人。人家瞧着半便士，以为区区无几，她瞧去却好似几千万的金镑。她的下人们，平日间自然要牛马似的用力做事，才能领取工钱。然而要使马丹乌利尔伸手到她袋里去，直是千难万难的大难事。

她膝下并没一男半女，只同她丈夫两口儿度日，倒很过得去。马丹心中，原也不希望生育什么儿女。因为有了儿女，她的经济上不免要受影响。旁的不必说，每天的面包先要加添了。现在她白瞧着金光照眼的钱不时从手指缝里漏去，精神上受了无限痛苦，仿佛剜了她一角心。有时倘为了万不能省的费用，付出一注钱，夜中总在床上翻她十七八个身，再也不能安睡。

她丈夫瞧了，总向她说道："你何苦如此节省，不妨把手放宽一些，也不至于把我们每月的进款花尽呢。"

马丹听了这话，也总答道："世界上的事，谁也不能预先知道。到急难时，有了钱，什么都不怕。手头多一些，总比少一些好得多呢。"

马丹乌利尔四十岁了，她身材生得很短，活像一只矮脚老母鸡。面上额上满堆着皱纹，好似地图上所画的山脉。衣服却很清洁，为了省钱起见，分外地当心。她的性子，喜动不喜静。一天到晚，兀是忙着。旁的人也不知道她到底忙些什么，单见她苍蝇杀了头似的，只在屋子里乱撞。

她对于丈夫，纯用严厉的手段，什么事都要干涉。财政权又操在她一人手里，一点儿不肯放松。她丈夫蜷伏在这专制政府之下，不住地在那里暗暗叫苦。加着他又是个喜欢虚荣的人，免不得要在衣饰上注意一些，撑撑场面，奈何自己都不能做主，为了这一层，心里就受了许多痛苦。

他天天在军事部里办事，充当一个头等书记，薪水倒还不薄。他也安心守职，不想更动，但知道听他老婆的命令。他虽然这样服从，仍然不能得老婆的优待。两年中每天上部去时，只带一柄七补八缀的旧伞。同事们不知道他的苦衷，只当他悭吝，时时把这伞做玩笑的资料。

乌利尔起先还忍耐着，只算自己是个聋子，由他们说笑去。末后却忍不住了，就拼命放大了鼠胆，硬着头皮回去，要求老婆替他买一柄新伞。马丹乌利尔吃他聒噪不过，居然也大发慈悲，勉强出了六先令八便士，向一家大店中买了一柄市上最贱最普通的伞。

乌利尔的同事们见了这新伞，益发讥笑个不住。乌利尔听了好不难堪，想从前为了那劳什子的旧伞，已饱受了无数的热嘲冷讽。如今好容易打动了夫人的铁心，买到了这柄新伞，依旧关不住他们的利嘴，真也无可如何了。

三个月后，乌利尔的那柄伞，已腾笑全部。有人还做了一支歌，大家从早上唱到晚上、楼上唱彻楼下。乌利尔被同事们这样嘲弄，只恨得牙痒痒，心中满装了恨意，倒把满腔子的恐怖驱逐出境。回去竟严词厉色地吩咐他老婆，再去买一柄上品的新罗伞，至少须出十六先令的代价，回来时须把店家的收条交出，作为凭据。

马丹也没奈何，明天出去，忍着心痛，竟把十四先令七便士买了一柄回来，怒勃勃地授给她丈夫道："这一柄伞至少须用五年，你可听仔细了。"

乌利尔得了这柄伞，快乐得了不得。到部后，同事们嘲笑的声浪，果然静了下来。这天晚上，他擎着伞，得意扬扬回到家中。

马丹接着，先向伞瞧了一眼，现出十分不放心的样子，忙嘱咐道："照你这样卷着，仔细那宽紧带擦破了绸面子，可不是玩的。目前你第一要着，须得当心这伞。我已买了两柄，决不替你买第三柄了。"说着，郑郑重重取过伞，撑将开来。不道就这一撑里头，马丹乌利尔顿时化了一尊石像，目瞪口呆，动弹不得。

原来那伞的中央早有一个法郎般大的圆洞，分明是被雪茄烟烧破的。乌利尔还不知道，一见了这个洞，也登时变色。

马丹颤声问道："这是什么？"

乌利尔嗫嚅答道："我……自己也不知道。"

马丹气极，几乎停了呼吸，一时说不出话来。挣扎了好一会儿，才大声喝道："你好……你好大胆，把这伞烧破了，你……你可是发了疯，要使我家破产么？"

乌利尔旋了一个身，脸上青一阵白一阵，没有一丝血色，颤着说道："你说些什么？"

马丹大呼道："你还装作聋子，我说你把这伞烧破了，你瞧，你自己瞧。"说时一个虎跳，早跳到乌利尔跟前，把那伞上的破洞，直凑在他鼻子下边。

乌利尔吓得什么似的，期期艾艾地说道："你……你说这个破洞么？我……我也不知道。这并不是我烧破的，我可以当着你面立一个誓。"

马丹厉声道："该死的贼，我知道你到了部里，一定把这伞献宝似的献给人家瞧，什么人都已瞧过了。"

乌利尔道："我不过撑开得一回，给大家瞧瞧，好教他们知道我夫人正法眼藏，拣的东西好不美丽。我撑了这一回以后并没动过一动，你若不信，我可以立誓。"

马丹听了，怒气不但丝毫未减，血管中的怒血早已到了沸点，全身不住地颤着，直从头顶颤到脚尖。停了会儿，这火炉旁边尺寸之地，已变做了一片大战场。两方面相持不下了好久，方始宣告停战。末后究竟瞧在"夫妻"两字的分上，和平了结。马丹乌利尔便从旧伞上剪了一块下来，补了破洞。只是颜色不同，很不雅观。

第二天，乌利尔只得取了破伞上部去。到了部中，随手插在伞架里。忙着做事，也不把它放在心上。做完了事，便取了伞回家去，心早又怦怦怦地乱跳。脚还没有跨进门槛，他老婆已赶将出来，伸手把伞抢过去，撑开一瞧，早又化了尊石像。原来这柄伞仿佛上过战场，借给兵士们做了盾牌，上面穿了无数的小洞，连补缀都不能补缀了。瞧来多半是有人刚吸了烟，把那一烟斗的灰，都撒在这伞里，才烧做这个样。

马丹呆瞧着破伞，一声儿不响，因为怒火中烧，连喉咙里也做声不得。乌利尔也呆着不动，心中又怕又诧异。接着两口儿面面相觑了一会儿，毕竟乌利尔敌不过他夫人，便把眼光放了下来。乌利尔的眼光才放下，马丹手中的伞已飞将出来，扑地打在他面上。

那时马丹的声音也回复了，便用她全身的气力，大喊道："你这万恶的恶贼，你故意和我作对，我难道不能对付你。从此我再也不替你……"这哀的美敦书 ① 还没有宣布完结，两下里又厉兵秣马，交战起来！足足战了一点钟，方才各自退兵，收拾残军，两方面损失都很不少。

乌利尔又指天画地地立誓，说这两回的事，我半点儿也不知道，大约是同事们和我为难，或者为了一些小事，借此报仇，也说不定。马丹仍是一百个不信，坚说是她丈夫自己所做的事。于是唇枪舌剑，又继续开战。

幸而正在这当儿，蓦地来了一阵子门铃响，才把乌利尔救出了重围。停了会儿，已踅进一个朋友来。这朋友是特地来和他们夫妇俩用晚餐的，当下马丹就把这两回事，一五一十告诉了朋友。且说从此以后，不再替她丈夫买伞了。

---

① 最后通牒。

那朋友慢吞吞地说道："马丹不替他买伞，倒也不是个上策。他的衣服，不是比伞贵么。没了伞，便须晴天晒日、雨天淋雨，禁不得几回雨淋日晒，衣服就容易坏咧。"

马丹仍然怒着，生气说道："如此我许他把厨房里用的那柄伞取去。倘要我替他去买柄新伞，那是万万做不到的事。"

乌利尔听了这斩钉截铁的话，很不服气，居然放出了十多年来深藏不发的丈夫气，造起反来，提着嗓子说道："如此我立刻去提出辞职书，万万不愿意取了那厨房里用的伞上军事部去。"

那朋友又道："你们为什么不去掉了这破绸面，覆一层新的在上边，所费也不多呢。"

马丹怒呼道："要是再去覆一层新的在上边，至少须六先令六便士。六先令六便士，加上了原价十四先令七便士，便变做一镑一先令一便士。为了一柄伞，花去二十一个先令，简直是发痴咧。"

那朋友默然不语了半晌，陡地计上心来，兴兴头头地向马丹说道："据我想来，你还是到保险公司去教他们赔偿损失。他们既保了你们屋子，如今你们屋里的东西既着了火，自然也该赔偿。"

这话一发，好似火炉上泼了一大桶水，马丹的怒气霎时消了，悄悄地想了一会儿，便向她丈夫道："明天你往军事部去时，先到麦透纳尔保险公司走一趟，把这伞给他们瞧，要求他们赔偿损失十四先令七便士，可不能短少一便士呢。"

乌利尔原知道他朋友在那里说玩笑话，保险公司哪有这种章程？便掉头答道："我不去，我可不敢做这种丢老脸的事。就损失了十四先令七便士，我们未必就会死呢。"

第二天，乌利尔出去时，手中不带伞，却握了一根手杖。亏得这手杖倒很精美，到了部中，就塞住了同事们的嘴。只苦了个马丹乌利尔，独自一人在家中，总念念不忘那十四先令七便士的损失。

她把伞放在餐桌上边，兀是在四面兜圈子，一时竟委决不下，不知道怎样才好。心里很想赶到保险公司去，要求他们赔偿这十四先令七便士，但怕公司中人大都是眼睛生在额角上，非常傲慢的。他们一双双锐利的眼睛，电光也似的射将过来，先觉得不能禁受。因为马丹乌利尔平日间足不出户，从没进过交际场，所以当了稠人广众，免不得有些怯生生的。只消人家眼睛向她一溜，她脸就立时红了起来。若要去和不相识的人讲话，更是万分困难的事。只想起了那十四先令七便士，总觉心痛。

　　她原要不去想它，无奈金钱的魔鬼缠绕在她身上，时时作祟，使她日夜不能安宁。过了好几天，心里还没有决定，后来究竟为那十四先令七便士分上，立了一个决心，勇气百倍地向自己说道："我一定去，我一定去，怕些什么。"然而动身之前，先须把那伞预备妥当，使公司中人瞧了没有话说，服服帖帖地赔出钞来才好。便从火炉架上取了一支火柴，在伞上骨子中间，烧了个手掌般大的洞。接着卷了起来，扣上宽紧带。不一会儿，已戴了帽子，披了肩褂，三脚两步地跑出大门，向着那保险公司所在屈利伏利街赶去。

　　到了那边，先瞧那一间间屋子上的门牌，知道到保险公司还有二十八号，心想这倒很好，一路走去，还能把这件事仔细想一想，到底去的好、不去的好。想着，生怕踏死地上蚂蚁似的，慢慢儿踅向前去。踅了一会儿，陡觉眼前霍地一亮，瞧见麦透纳尔专保火险几个大大的金字，原来已到了保险公司门前。她呆立了半晌，很觉得刺促不宁的，走上了三步，却退后了四步。跨进了门槛，又退下了阶石。这样进退维谷了好久，方才发一个狠，向自己说道："既到了这里，哪有不进去的道理？只消钱到手，何必顾什么体面。快进去，愈快愈妙。"

　　然而她虽是这么说，两脚跨进门时，那颗心却在腔子里跳舞起来。她先闯进了一间很大的办公室，只见四面又有无数的小耳门，门后露着一个个无数的头，都是公司里办事的人，下半身却被柜台遮着，不能瞧见。那时可巧有一个办事员执着许多纸，走将出来。马丹乌利尔就遮住他去路，放出一种低弱的声音，怯生生地问道："先生，请你恕我打扰。有一件事要动问，贵公司专管赔偿人家损失的可在哪间？"

那人高声答道："在第一层楼的左面，名字唤作重灾部。"

马丹听了这"重灾"两字，益发不安，很想牺牲了十四先令七便士，悄悄地拔腿逃回去。只一想起那十四先令七便士的大数目，一半儿的勇气，又回复了过来，竟毅然决然地赶上那扶梯去。不过呼吸猛可里加急了几倍，每走一级，总得停一停。到了第一层楼上，见一边有一扇门，便上前轻叩了一下，听得里头高呼道："请进来。"

马丹便开门走将进去，先偷眼一瞧，见是一间挺大的房间，有三个很体面的人在一块儿讲话，都沉着脸，甚是庄重。内中有一个像是总理的开口问道："马丹此来何事？"

马丹心里先一吓，一时竟想不出适当的话来，只讷讷地答道："我来……我来……为……为了一件意外的事。"

那人点点头，递过一把椅子来，说道："马丹请坐一下，停会儿小可听你的吩咐。"说着，又回过身去，和那两人讲话，似乎为了一件很重要的事。讲了一会儿，两人便告别而去。

马丹知道那两人一去，就须和自己讲话。这时的马丹活像没有演说过的人，忽地被人家拉上了演说台，暗暗捏着一把汗，恨不得插翅飞去，任是二十八先令五十六先令都不要了。

奈何不到一分钟，那总理早关上了门，回将进来，向她弯了弯腰，柔声问道："马丹，可有什么事垂告小可？"

马丹乌利尔用尽了九牛二虎之力，迸出半句话来道："我来为了这，这……"一边说着，一边把伞动了一动。那总理放下眼来，瞧着这伞，十分诧异。马丹却并没觉得，颤着手用了好些力，放开了宽紧带，陡地把那破伞撑将开来。

总理瞧了，很冷静地说道："这伞已破咧。"

马丹道："怎么不是，这伞我是费了十四个先令买来的。"

那总理还不知道她此来的用意，很诧异地说道："啊，当真么？这么一柄破伞，要费十四先令的代价。"

马丹又道："怎么不是，这柄伞原是最精致的东西。如今请先生先瞧它烧毁的情形。"

总理忙道："我已瞧见了，我已瞧见了。不知道你的破伞和我有什么关系？"

马丹听了这话，不觉有些着急，心想这公司里难道不赔小损失的么？只是十四先令七便士，可也算不得损失小呢。接着便提高了嗓子道："这伞是被火烧毁的。"

总理道："我已瞧见，早知道是被火烧毁的了。"

马丹见那总理还不懂她的意思，牙床骨顿时落了下来，想不出以下该说些什么话，一会才想起自己太疏忽了，进来时还没有替自己介绍，连忙说道："我便是马丹乌利尔，我们曾在贵公司里保过火险，此来便为了这柄伞无意中被火烧毁了，要求贵公司赔偿我的损失。"说完，怕那总理不肯答应，又急急地接下去道："我也并不想狮子大开口，要你们赔偿多少钱。你们只消替我去掉了破绸面，换上一个新绸面，就得了。"

可怜那位总理先生从没有遇见过这样绝无仅有的大主顾，只得嗫嚅着答道："但是，但是，马丹要知道，这里是保险公司，并不是伞店。马丹唤我们修这伞，只好敬谢不敏咧。"马丹乌利尔想起了那十四先令七便士，早又勇气百倍地说道："我也并不是要你们亲自替我修这伞，你们只消赔偿我那笔修理费，我自去修好了。"

总理道："马丹，这件事好算得再小没有的咧。我们这公司开了好多年，却从没有赔过这种很小很小的损失。况且我们章程上也并没说起替人家伞保火险。委实说，我们各主顾家里一切日用的东西，什么手帕咧，手套咧，扫帚咧，睡鞋咧，一天到晚不知烧掉多少。要是人人像夫人这样来要求赔偿，敝公司可没有这大资本，只索预备破产。就是我们办事的人，可也不要麻烦死么！"

马丹听了这一番话，两颊通红，一腔怒火早从丹田里起来，直要冒穿了天灵盖，把这保险公司烧成一片白地，寸草不留，连这总理也活活烧死在里头。那时她默然不语了好久，才大声说道："啊，我记起来了。去年十二月中，我们的烟囱里起了火，差不多损失了二十金镑。那时我们的麦歇乌利尔，并不来要求贵公司赔偿。这回无论怎样，须得赔我这柄伞。"

总理知道她在那里撒谎，便微笑着说道："马丹，这个我可有点儿不信。麦歇乌利尔损失了二十镑，不来要求我们赔偿。如今为了修这伞四五先令的事，难道倒要我们赔偿么？"

马丹道："不是这般说。二十镑的损失，是麦歇乌利尔方面的事。这十四先令七便士的损失，却完全是马丹乌利尔方面的事。两方面划清界限，可不能混在一块儿呢。"

总理见没法打发她去，不免要把宝贵的光阴白白丢掉，就很勉强地说道："如此请夫人且把这伞遇灾的情形告知小可。"

马丹乌利尔一听这话，自觉这回大战已占了胜着，便得意扬扬地说道："先生，你听着。我们大厅里原有一个青铜的架子，专给我们插伞和手杖用的。前天我出去了回来，自然把这伞插在那架中。此刻我须得和你说明，这插架的上面是一个小小的庋阁。凡是火柴和蜡烛一类东西，都放在那里。到了上灯时分，我赶去点火，谁知一连擦了四根火柴，都没有着。第一根擦了不燃，第二第三根燃了又熄。"

总理笑着插口道："这多半是国造的火柴，所以这样不好。"

马丹乌利尔哪里知道这句是和她说笑的话，忙点头答道："不错不错，大概如此。末后擦第四根时，方才着火。我就点了一支蜡烛，到房里去睡觉。谁知道过了一刻钟光景，忽觉得有一股焦气，送进我的鼻孔，不由得大大地吃了一惊。可是我一辈子最怕火灾，去年经了烟囱里那回事以后，竟变作了惊弓之鸟。见了火，吓得什么似的。当下我即忙跳下床去，像猎狗般向四下里嗅着。后来才瞧见我这伞已着了火，大约先前的四支火柴，定有一支掉在里头呢。这便是失火的大略情形，你可听明白了没有？”

那总理已打定主意，不和她计较这种小事，接着又问道：“但这伞的损失，一共是多少钱？”

马丹默默半晌，不敢说定那数目，外面还装着落落大方的样子，坦然说道：“我不愿取什么赔偿金，你替我把伞去修好就是了。”

总理摇头道：“这个小可却不能从命。你只把那数目说来，到底要多少？”

马丹乌利尔道：“修费要多少？我哪里知道。我又是个很公道很正直的妇人，也不愿意多取你一个便士。我瞧还是先把这伞唤伞店里修去，替我换上一重上好的绸面。修了之后，我便把他们修费的收条取来给你瞧，你认为如何？”

总理答道：“马丹此言正合小可的意思。此刻你收着这名片，修后要多少钱，尽管向我们会计处领去。”说着，掏出一张名片来授给马丹乌利尔。

马丹忙受了，谢了一声，起身出室，飞也似的逃出门去，怕那总理忽地变了心，向她收回那张名片咧。

出了公司，大踏步在街上走着。这时她兴高采烈，仿佛拿破仑克服了埃及，奏凯而归。一边走，一边把眼睛骨碌碌地向左右乱望，找那最时新的伞店。后来找到了一家，便高视阔步地走将进去，朗声说道：“我要把这伞换上一个绸面，用你们所有最上好的东西，价钱就贵些，我可不计较的。”

欧梅夫人

〔法〕莫泊桑

    我很喜欢发狂的人，这些人住在怪梦的境地中，蒙在颠倒错乱的云雾里，凡是他们见过的景物、爱过的人、做过的事，又重新在他们幻想中温理一遍。最快意的，就是立在那管理事务、指挥思想的法律外边，不受法律的拘束。

    在他们狂人中间，再也不知道有什么做不到的事。他们常有的是虚幻的理想，相熟的是神秘不可思议的意境。理论，是人生的旧界线；理性，是人生的旧墙壁；常识，是引导思想的旧栏杆。他们狂人却把它打破了，一概都不管。他们只在那无边无际的幻想界中奔跑纵跳，谁也不能阻止他们。他们平日并不要战服事实，克服敌体，铲除一切阻力。他们只消迷迷糊糊发一个心愿，自己就能做太子，做国王，做神仙；取到世界中的财产和美境；更享受种种快乐；就是要常常强健，常常美丽，常常年少，常常可爱，在他们也都做得到。世界上独有他们狂人，才能得真快乐，就因为他们心中，从没有"实际"两个字。

    我因为喜欢狂人，因此也喜欢观察他们。一天我上一处狂人院去，有一位医生领导我，向我说道："待我来给你瞧一件很有趣的事。"

他就开了一间病房的门，我瞧见里边有一个四十岁光景的妇人，面貌仍还美丽，坐在一把挺大的圈手椅上。她兀是在一面小手镜中照着她的脸，她一见了我们，立刻站起身来，赶到房间的尽头处，取一个面幕丢在椅上，很仔细地把脸蒙住了，然后回过来，把头动了一动，招呼我们。

那医生问道："好啊，你今天可觉得怎么样？"她叹了一大口气，答道："先生，不好，很不好，那窟窿已一天多似一天了。"

那医生放着很切实的声音，向她说道："并不并不，我知道你委实弄错了。"她走近过来低声道："并没有错，我是瞧得很清楚的。今天早上，我细细一数，又多了十个窟窿。三个在右颊上，四个在左颊上，更有三个在额角上。这真可怕，可怕极了。我委实不敢给人家瞧见我，就是我自己儿子，也不给他瞧。唉，我可糟了，我这脸永远不美丽了。"说完，她靠在椅背上，抽抽咽咽地哭将起来。

那医生取了一把椅子，挨近她坐了，柔声安慰她道："好了好了，你只给我瞧：我敢说这是不打紧的，一会儿就好。只须用一些医法，那窟窿就没有了。"

妇人摇着头，不信这话。医生想去揭开她的面幕，她却死命地把那幕双手握着，指甲用足了力，竟把那面幕穿透了。

医生仍安慰她道："你不用着恼，你是知道的，我每一回总给你移去那些可怕的窟窿，只等我完全医好了你，人家就瞧不出什么来了。你倘不把脸给我瞧，我就不能替你医治。"

妇人低低说道："我给你瞧原不打紧，但你同来的那位先生我可不认识的。"

医生道："这话是啊，但他也是医生，他也能给你医治，比我更好。"

到此她才把面幕揭去了，但她又怕又恨又害羞，脸和脖子都涨得通红，两眼向着地，不敢抬起，她那头也左右乱旋，分明不愿意给我们瞧见她的脸。

当下她又说道："呀！我给你们瞧我丑到这个模样，心中真挨着万分痛苦。你们瞧我怎样？不是很可怕么？”

那时我瞧了她，诧异得什么似的，因为她脸上没有什么。没一个窟窿，没一个斑点，连一个瘢痕也没有。

她却依旧眼望着地，把头回了过去，一边说道：“先生，我就为了看护我的儿子，才传染到这个可怕的病。我救了他，却毁了我的脸面。我为那可怜的孩子，竟牺牲我全副的美貌。只无论如何，我总算尽了我的天职，良心上可也安了。我挨着的痛苦，只有上帝知道。”

这当儿，那医生从她袋中取出一支画师用的水彩画笔来，向那妇人说道：“我给你医好它。”妇人听了，才把右脸回过来，医生把那画笔点了几下，倒像真的填补窟窿似的。接着又在左颊和下颔上点着，最后便点到额上。立时嚷起来道：“此刻你再瞧那镜中，那窟窿一起没有了。”

那妇人便取了镜，很着意地照她脸面。一时似乎把她的心灌注在脸上，到处都瞧仔细，末后才吐了一大口气道：“没有了，竟瞧不出什么来了。我很感谢你。”

医生从椅中站起来，我们俩向那妇人施了一礼，便离了房出来。医生把房门带上了，向我说道：“如今我再把这可怜妇人的历史说给你听。”

那医生道：“她叫作欧梅夫人。她以前出落得很美丽很风骚，很能用情，也很有做人的兴味。她是一个最爱美貌的妇人，除了保全这美貌自慰取乐外，简直一辈子没有旁的事。她平时最关怀的，就是美貌，因此很留心她的脸、手、牙齿和其余的身体各部，都须显给人家瞧的。她为了这样留心，直把她的光阴完全占去了。后来她成了寡妇，幸而还有个儿子在着。那孩子自然饱受教育，像交际社会中旁的贵妇人的儿子一样，她也很爱这儿子。孩子渐渐长大，做母亲的也渐渐老了。她自己可觉得不觉得，我不知道。她可也像旁的妇人一般，朝朝对着镜子照她通明柔嫩的玉肌，到如今眼边已起了皱纹，却一天一天地明显起来么？她可也瞧见额上已有了一条条长的小槽，又好像小蛇似的谁也不能阻住它不出来么？她可能挨着这镜中惹出来的痛苦，预知她老年已步步接近了么？她原也知道老年是总要来的，那一面无赖的镜子，正在那里笑她嘲弄她，和她说得明明白白。老年一到，各种的病便须上她身体。心中任是痛苦，也须消受到死才罢。一死，她方始得救了。她可曾哭着跪着求上帝，使她年少美貌直到末日么？她可曾知道上帝不答应，她便哭着跳着嚷着失望么？然而这些事她也只好忍受着，因为是人人逃不了的。到此她就蓦地遇了一件不幸的事。一天（她这时是三十五岁），她那十五岁的儿子病了。到底是什么病一时还诊断不出。那孩子的师父是一个牧师，一天到晚看护着他，难得离开病床。欧梅夫人也日夜来探问儿子的消息。"

每天早上，她穿着理妆衣，香喷喷地赶来，在门口含笑问道："乔治，你可觉得舒服些么？"那孩子被热病逼着，脸烧得半红，一面答道："亲爱的阿母，孩儿已觉得舒服些了。"

她在病房中盘桓半晌，一见药瓶，就很害怕，即忙说道："咦！我忘了一件很紧急的事。"说完，急忙逃出病房，只留下她一股很好的衣香。

到了黄昏时候，她又穿着一件袒胸的衣服，急匆匆地赶来问道："医生怎样说？"那牧师答道："他还不能断定。"

但是一天晚上，那医生沉着脸向欧梅夫人道："夫人，令郎实是害的天花症。"她破口惊呼了一声，就飞一般逃开去了。

第二天早上，她侍婢到她卧房中去，就闻到一股极浓烈的辟疫糖香，又见女主人白着脸，在床上发抖。她心中很害怕，一夜没有好睡。她一见侍婢，忙问道："乔治怎么样？"

侍婢道："夫人，今天更觉得不舒服。"

她到午时才起身，吃了两个鸡子，又喝一杯茶，便上化学师那里去，问有预防天花传染的药品没有。那牧师正在餐堂中等着她回来。她一见了这师父，忙又赤紧地问道："此刻他怎么样？怎么样？"

牧师答道："唉！不见有起色。那医生也正替他担忧呢。"

她开口就哭，再也不能吃什么东西，心中很觉着急。

第二天一清早，天才明，她又差人去探听消息。回来的报告，却总是没有希望。她整日价关上门，老坐在自己房中。小炉子里烧着各种名香，防他传染。她侍婢说，夜中曾听得女主人呻吟的声音。

这样过了一礼拜，她再也不做什么事，不过每天午后出去一回。一天二十四点钟，几乎每点钟使人来问儿子的病。听说病势加重，就呜呜地哭。

第十一天上，那牧师传信过去，要求一见。少停，他白着脸，很庄严地入到欧梅夫人房中。夫人请他坐，他却不坐，沉着声说道："夫人。令郎病势更重了，他要见你一面。"

夫人跪在地上，哭着喊道："呀！我的上帝，我的上帝！我终不敢去。上帝啊！请你助我。"

牧师又道："夫人，那医生说，复元的希望已很少很少，乔治正等着要见你。"说完，走了出去。

两点钟后，那孩子觉得最后的时刻快到了，又要求见他母亲，牧师便又到欧梅夫人房中去，却见夫人跪在地上，不住地嚷着道："我不愿……我不愿……我很害怕……我不愿去。"

牧师劝她安慰她，想拉她同去。但她只是狂呼，不肯起身，一连好几点钟，仍是喊个不住。晚上医生来了，牧师把这事和他说，那医生便自告奋勇，说总要劝她来见一见儿子，她要是不肯，便用武力强迫她来。奈何说了好多话，兀是劝她不动，临了便挟着她向病房来，谁知到得门口，却攀住了门死不放，谁也不能拉动她。医生放了手，她就扑地投身在地，承认自己的怯懦，求大家宽恕她。接着又放声呼道："咦！他决不会死的，我求你们告诉他，说我爱他，十分地爱他。"

那孩子临死，很觉痛苦，又要求和他母亲相见，借着话别。这时回光返照，心地清明，顿时猜到他母亲不来的缘故，便支撑着说道："她要是不敢进来，就求她到阳台的窗前，我虽不能和她亲一亲吻，也好见她一面，把这一双眼睛向她老人家告别。"

那医生和牧师就又赶去劝那欧梅夫人，向她说道："这个并没有危险，你和他两人之间，有一扇窗隔着。"好容易才把她劝得答应了，当下便裹住了头，取了一瓶闻盐，在阳台上走了几步，猛可里却又把两手捧着脸，呻吟着道："不去不去……我终不敢……我很害怕……我又很害怕……不能，这个不能。"他们俩想把她拉近窗前，她又攀住了阳台上的栏杆，不住地嚷着哭着，街上行人都立住了脚瞧热闹。

　　可怜那孩子，睁着两眼向着那窗，很恳切地等他母亲见一见面，他要这最后的一次，瞧他慈母那个美丽可爱的面庞。然而等了好久，天已入夜，于是在床上翻一个身，把脸向着墙壁，再也不说一句话。

　　天明时，他就死了。

　　第二天早上，他母亲也就发狂了。

　　瘦鹃道：妇人爱她的美貌，好似孔雀爱它的文羽。孔雀的文羽，总免不得要给人家得去；妇人的美貌，到头来也总要被无情的光阴先生毁坏的。唉！欧梅夫人啊！你何必如此爱你的美貌，竟辜负了你爱子临死时撑眼窗前，巴巴地盼望你。他死了，这一双眼可也不闭的。你只知美貌，不知爱子，你真是个没心肝的妇人。

伤心之父

〔法〕都德

话说一天晚上，铁匠洛莱不知道为什么怏怏不乐，两道浓黑的眉毛兀自蹙得紧紧的，不时摇着头，长吁短叹，好似心里怀着重忧极怒一般。若在平日斜阳西匿时，他歇了工作，坐在门外的凳子上，筋疲力尽地辛苦了一天，此时便觉得优游自在，舒服得很。面上也总微微露着笑容，有时还拉着他的伙伴们，聚在一块儿，喝几杯冷啤酒。然后瞧他们从自己的小铁厂里鱼贯而出，慢慢儿回家去。那时心中简直快乐到了二百四十分，好像做了皇帝。然而今天却老大地不高兴，沉着脸，伏在工作所中，直到晚餐时候，才悻悻而出。瞧他的样子，似乎很不愿意出来。

他老婆眼睁睁地瞧着他，心中甚是纳罕。暗想他今天这样没精打采，难道听得前敌有什么恶消息么？唉，说不定我们的克里斯勋出了什么岔子哩。想到这里，心也觉怔忡不定，只不敢启口问他，但噢咻着身边三个嘻嘻咄咄小狗似的小孩子，使他们别响。那三个小子一边嬉笑着，一边正张着小口，把红萝卜叶和乳酪饼在那里大嚼呢。

一会儿，那铁匠忽地伸手把碟子一推，怒气冲冲地暴声呼道："天杀的……龌龊的狗……"他老婆忙问道:"洛莱,你说什么?"

洛莱目眦欲裂,大呼道:"说什么来,今天一清早,有五六个畜生回到村里来,身上都穿着我们大法兰西军队的制服,却和白佛利人联臂同行,分外地亲热。唉,人家不是都说白佛利快要并入普鲁士联邦了么,亏他们倒有脸,和那不共戴天的仇敌们一起喝酒,一起说笑。你想我们若是天天瞧见这种不忠不义的阿尔萨希亚(法国省名,铁匠所居地)狗,一个个偷偷摸摸地回来,可不要气死人么!"

他老婆却有些左袒那几个军人的意思,悄然说道:"你的话原也不错,然而也何苦如此生气。因为挨尔琪利亚离这里很远,孩子们一向恋家心切,千里迢迢地出去从军,免不得犯了思乡病,动了些孝心,思亲的心热了,自然爱国的心便不知不觉淡了一半咧。"

洛莱听了这几句话,好似火上加了油,把他握拳透爪的手,在桌上嘭嘭地敲了几下,瞋目大喝道:"快住口!你们妇人家懂得什么?大半生的光阴,都消磨在噢咻小孩子的功夫里头,单知道体贴他们,姑息他们。我如今委实和你说,他们都是奸细,都是卖国奴,都是畜生,算不得是人。他们活在世土,天也不屑覆他,地也不屑载他。死了之后,狗彘也不屑吃他们的肉。"接着又咬牙切齿地说道:"不是夸口,我在我们大法国的萨威军①里,也曾烈烈轰轰地当过七年兵。要是万一不幸,我们克里斯勋也学了那种不忠不孝的畜生,和我的名字乔士洛莱一样的确时,我定把长刀搠穿他的身体。"说着,欻地立起身来,把那两道凶恶可怕的眼光,闪闪地射在墙上一把骑兵用的长腰刀上。

那刀上还挂着一个穿萨威兵制服的少年小像,满面忠诚的气概,盎然流露。不过好似被日光晒得黑了,映着那白色的制服益发分明,在明亮的灯光中兀自闪烁不住。

---

① 萨威军为法兰西最剽悍的军队。

那时老铁匠见了爱子的小像，百炼钢早化作了绕指柔，禁不住笑将起来道："我真是个呆子，何苦如此发怒，好似我们克里斯勋一定也学他们坏样的一般。其实这小子倒是个觥觥好男子，并不是没肝胆的弱虫。他匹马单枪，驰跃腥风血雨之中，不知道砍下了多少普鲁士狗的脑袋啊。"说罢，哈哈大笑。那平日以快乐的兴趣，便又充满了全身。当下就起身出门，慢慢儿踱进斯屈莱斯勃城，上酒家喝啤酒去了。

他老婆独自一人在家中，把那三个小的眠在床上之后，就取了活计，坐在小花园的门前做着。一边做，一边放声长叹。心中在那里想道：不错。他们都是军中的逃犯，他们都是不忠不义的恶徒。然而这也是应有的事，他们的慈母正倚闾望着，欢迎他们回来呢。接着又记起她那爱子从军以前，告别出门时，也在这时候，悄悄地向这小花园立着，眼里噙着泪珠。想到这里，又转眼瞧那井泉，这井泉便是当时她爱子动身时汲满水壶的所在。还记得他当日穿着的那件大褂的颜色和他一头黄金丝般艳艳的长头发。只可惜他因为要穿那轻骑兵的制服，截得短短的了。

她正寻思，忽见那通往荒场的门轻轻地开了，好似有人摸着墙壁，从密密的蜂房中间溜将过来。这举动分明是夜中的盗贼。然而好奇怪，那几只猎狗却一声儿也不响。老婆子喘息着瞧那动静，身子早如风吹落叶，簌簌价抖战起来。

正在这当儿，猛听得一声叫道："亲爱的阿母，愿你晚安。"入耳分外的清明，不一会儿早见面前立着一个惭容满面的少年，身上虽是穿着军服，却已杂乱不整。这少年是谁？兀地不是她朝思暮想的爱子克里斯勋么！那时耳旁还好似听得那亲热非常的声音，嗡嗡地响道："亲爱的阿母！亲爱的阿母！"

看官们要知道，这不幸的少年实是和几个逃兵一同逃回来的。他徘徊屋外，已有一点多钟。候他父亲出去了，才敢进来。他知道阿母虽也要责骂他，然而想她不听爱子的声音、不见爱子的笑貌、不和爱子亲吻，已好久了。如今骤然相见，欢喜不暇，哪里还舍得责骂他？果然，克里斯勋的预料竟一点儿没有错，他母亲见了他并不愤怒。那时他便伏在阿母身上，细细陈说别后的情形。说他恋母之心很切，很不耐烦远离膝下，去受那军中严厉的约束。加着同伴们因为他口齿带着阿尔萨希亚音，常唤他普鲁士人，他愈加难堪，两只脚便不由自主地溜之乎也了。他阿母听罢，眸子中早露出两道慈爱的目光，注在爱子的面上。

停了一会儿，母子俩一边喁喁讲着，一边徐徐进屋。那三个小子闻声醒来，揉了揉小眼睛，一眼瞧见了他长兄，都欢呼起来，立时一骨碌翻身下床，赤着脚，跳跳纵纵地跑过来，抢着要抱他，他母亲也即忙去取了东西来，给他吃。但是他肚子里却并不饥饿，不过从早上直到如今，在酒馆里和那几个同逃的伙伴们胡乱把白酒咧、啤酒咧灌得个烂醉，所以此刻觉得有些口渴，便鲸吞牛饮似的喝了几大杯冷水。

喝罢，忽听得庭院里橐橐地来了一阵脚步声，原来那铁匠洛莱已回家了。他阿母大吃一惊，忙低呼道："克里斯勋，你阿父回来咧，快躲起来，等我和他说明了，再见机行事吧。"说着，把他推在那大大的磁器火炉后面，然后伸出一双震颤的手，取起针线来，依旧做她的活计。百忙中，却忘了克里斯勋的一只帽子仍留在桌子上。

洛莱踏进门时，第一便瞧见这触目的东西，接着又瞧了他老婆灰白的面容、局蹐不安的神情，早已了然于心，不禁怒从心起，咆哮道："哎呀，克里斯勋也在这里么？这真气死我老子咧。"说时，早抢了那墙上雪亮的长刀，闪闪地挥着，冲到克里斯勋伏着的火炉后边。

克里斯勋一见了他父亲，好似死囚待决一般，一边哭泣着，一边巍颤颤地扶住墙壁，几乎要栽将下来。那明晃晃的刀，却早在他头上盘旋。

正在这危机一发之际，他母亲情急计生，连冲带跌地跑将过去，把身体横在他们父子中间，向她丈夫托言哀告道："洛莱，洛莱别杀他，这是我的不是。前几天我写信给他，扯了个谎，说你要他相助工作，所以他才敢回来。如今请你瞧我分上，赦了他吧。"说毕，死命攀住她丈夫铁打似的臂膊，呜咽不已。那三个小子躲在黑暗中，一听得这片叫嚣腾突、愤怒哭泣的声音，吓得都哇地哭了起来。

那时铁匠洛莱听了他老婆的话，身子早气得冷了半截，跳起来大声说道："啊，是你叫他回来的么？很好很好。今天且让他睡觉去，明天我再决定一个对付你们的办法便了。"

第二天早上，克里斯勋从睡梦中醒回来，心里怦怦地跳个不止。只为昨夜做了一夜的噩梦，此刻还觉得胆战心惊。张开眼来一瞧，只见自己躺在一间小室中，算来他从小到大，形影差不多没一天离过这小室。不过出去从军时，才别离了好几天。这时一道道和暖的阳光，已从那蛇麻草茎半掩的小玻璃窗上透入室中。楼下打铁的声浪，也已叮叮入耳。床沿的一旁，坐着他母亲。原来她怕她丈夫杀死爱子，所以一夜中只踱步不离地厮守着呢。

老铁匠那夜也没有上床睡得一睡，终夜只在室中往来踱着。一会儿长叹，一会儿大哭，一会儿开那壁橱，一会儿又把它关了。发了痴似的，两手兀是不停。这时却很庄严地踅进他儿子室中，头上戴着高冠，脚上套着很高的套鞋，手中握着那重重的爬山铁手杖。照他的样子，分明要出去旅行。

当下他走到儿子床边，厉声说道："快起来。"

克里斯勋心中煞是害怕，抖着坐了起来，把军服披在身上。

老人冷然道："别穿这一件。"

他老婆颤声答道："亲爱的，但是他单有这一件衣服呢。"

洛莱道："如此把我的给他，从今以后，我那些劳什子的衣服都没有用处咧。"

克里斯勋不敢违拗，把他父亲的衣服穿了。洛莱即忙把那军服、军裤和那小小的短后衣折叠起来，扎成了一个小包裹，又把那盛干粮的锡箱挂在颈上，然后冷冷地向他老婆和儿子道："我们一块儿下楼去吧。"

于是三人静悄悄地走下楼去，到那工作之所。只见那风箱已呼呼地响着，工人们也都在那里工作咧。克里斯勋瞧着这一所从军时梦魂萦绕的巨屋，不觉记起了儿时的影事，当时往往在那阳光灿烂的路上往来乱蹿，宛像树上的松鼠；有时伏在家里，瞧着那大冶炉中乌黑的煤炭，火星闪烁而起，甚是有趣。想着心中无限的愉快，把他的害怕也忘了。

然而那老铁匠却依旧板着脸，冷如冰雪，眼里也射出两道严冷的光。一会忽地启口说道："克里斯勋，这工作所和那许多家伙现在都是你的了。"又指着那阳光满地、游蜂飞集的小花园，说道："这园子也是你的，那蜂房、蛇麻草茎和屋子一概由你经营。总之，凡是我的东西，现在都是你的东西了。此后你便是这里的主人翁，须得尽你的本分，好好地过日子，我却要从军去咧。因为你还欠祖国五年的从军债，此刻做老子的便替你还债去。"

那可怜的老妇人哭着喊道："洛莱，洛莱，你往哪里去？"

他儿子也跪将下来，悲声呼道："阿父别去。"

但那老铁匠却抬着头，挺着胸，大踏步地竟自去了。

不上几天，做书的听说西地蓓儿亚勃地方第三队萨威军中，新编入一个白发萧萧的老志愿兵，那年纪已是五十有五咧。

这一番花残月缺[1]

〔美〕华盛顿·欧文

　　畴昔，予尝负笈游英伦，道出一静僻穷远之乡，有交叉之路作十字形，裙腰一道，直达一处，其僻为乡间冠。某日午后，予止于一小村之中，其地幽茜无艺，风光亦明媚。村民都至淳朴，绰有古人风尚，求之红尘十丈中，殊不可得，遂拟勾留一宵，然后他适。

　　是夕御晚餐特早，餐后即盘散而出。纵观左近景色，用饫吾眼，徜徉间无心至一礼拜堂，前堂去村少远，为状奇古，一塔高可凌云，长春藤络之，纵横如蛛网，疏处则辄有拱柱半截，或灰色之墙一角，自乱碧中外透。

　　是夕实为一可爱之夕，夜气袭人，如醉晨间，虽阴雨，午后天已豁然开朗，即有阴云海积空中，叠叠若鳞片，而斯时西天上则灿然作黄金之色，落日之光力劈树叶而下，烛万物作苦笑，为状大类一基督信徒，行将撒手人寰，向此世上种种之罪恶、种种之忧患，展辅而笑，并诏世人。谓渠且身被光荣，再来游戏人间也。

---

　　[1]　原名 "The Pride of Village"。

予坐于一半没蓬蒿之墓碣上，潸然而思，天下之人，每当沉静之候，辄多思绪，或忆前尘影事，或念少时朋好，行役于千里外者几人，长眠于九泉下者几人。凡此凄恻之事，细自咀嚼，苦中乃翻生乐趣。予冥思者久，时闻近塔钟声，鲸铿入耳，顾其声沉而弗扬，且悲。正与四周凄寂之景两两相称，寻乃知此悲咽之钟声，盖为欢迎墓中之新居停而发也。

须臾，即见有出殡之行列越草地而来，绕一长径徐徐行候，忽不见，倏又现于竹篱破处，后始行经予前。椁两旁以数女郎扶之，衣一白如雪。一女行于前，芳纪可十六七，荷白花圈一，知死者方在妙年，且为明珠未字之身，随于椁后者，为死者父母。观二人状类出村中小康之家，彼为父者，似欲力抑其中心之悲思，而其凝注之眼、严蹙之额，及此皱纹深刻之面，乃为之宣泄无遗，示人以强制。其妻则倚其臂踵而前，且行且纵声号哭，用写其五内之哀痛。

予随此索漠无欢之行列，以入礼拜堂，时椁已置于中央之亮道中，白花圈及白手衣二，并系一椅上。此椅盖为死者生前来堂祈祷时所坐者。诸人对此悲酸之象，心魂俱楚，亦有人则私心自幸，窃念彼身乃未随其所爱者同入窀穸①，尚得安然度此人世之光阴，不可谓非幸事。然当椁下窆时，则皆大悲。诸女郎都流泪，泪珠浪浪，沾罗袂为湿，父仍力抑其悲，强自慰藉，谓爱女此去，必往依上帝福泽，正复无量。而母独恣哭弗已，但念爱女有如田中一枝好花，方在蓓蕾送媚时，遽被横风摧残，枯瘁以死，彼则傺然一身，正类雷佶儿之悼其儿女，泪枯心碎，低回欲绝矣。

予悒悒归逆旅，始知彼死者之哀史，其事至简，且亦为平昔所常闻。彼姝者子，盖为村中之一颗明星，艳名久已藉藉，一时言美人，村民罔不举以傲他村之人。父初甚富，近则少替，所生只此一女，抚育于家，过此乡间简单之生活。

---

① 窀穸：即墓穴。

女尝从村中牧师读，亦敏慧，直为牧师小羊群中得意之绵羊，他人都不之及，而牧师亦殊注意其学问，初不草草。所造虽至有限，然于女一生已足，正不必满腹经纶作一鸣惊人之想。女父母都恂恂然，和易近人，故女亦温媚可人意，益以亭亭玉雪之姿，遂成完品。此其为状，直类名园琼葩，挺生于田间野芳乱草之中，即诸女伴亦复上以美人名号，初不嫉妒，实以其平昔温柔敦厚深得众心，人乃翕然无间。

村固僻处穷乡，尚未革英国旧俗，每值假期节日，村人辄相聚为戏，而五朔之节更为注重[①]，村中牧师提倡尤力，其人盖亦恪守旧习，且又为基督信徒，以与人同乐为主旨，特于村中草地上立一五朔之柱（柱上盛饰五色带，小儿女辈即手持此带绕柱跳舞），经年弗去。迨至节日，柱上团花簇锦，垂以五彩之带，又自村姑中抉择一至美者，为五月之后（May-queen）。是日，一切游戏均属彼出而管理，并颁发奖品以予群儿。此山明水媚之村，及其良辰佳节，每足引游人注目。

某年之五朔节日，有军一营方驻邻近，军中一少年军官来村观礼，见此村人攘攘熙熙之状，于意滋悦，而尤倾倒于彼五月之后。其人为一妙龄女郎，冠花冠衣罗衣，美乃不翅双回如玫瑰含苞，时晕嫩霞，时现浅窝，在村中允足，冠冕群芳。

此少年一见，心即怦然而动，立欲与之相识，借通款曲，女天真未凿，初犹不识世上乃有"情爱"二字，则即友此少年，居未久，已成莫逆。然少年之进行，乃取缓而不趋于急，每与女挽手时，绝口不言情爱，而其款款之情已于不言中深入女郎心坎。凡此一顾一盼一举一动一语声之少嗫，一颜色之少赤，及其音吐中之温存缠绵，都足以宣示其中情。女郎慧人，无得弗觉，芳心可可，遂尔赠诸个郎，即彼之声音笑貌，亦皆侵入脑蒂，历历不忘，偶或小别，辄复追味挽手时情状，一一咀嚼而过，心香浮动，弥觉温馨。每值

___

① 按：往时欧洲各国于五月一日举行祝典，其习惯如吾国之端午，今穷乡僻壤间犹有行之者。

绣余多暇，则时与少年流连于近左花港柳巷之中，红葩照眼，绿樾当头，一似天公故设佳景。

为此，二情人握手言欢之地，少年则复指天画地教以观玩天然之景物，一言一语都具温文尔雅之致，且又摭拾靡曼之小说，输入女耳以启其芳心之扃，而女郎一片爱情更冰清玉洁，为男女间所罕有。

彼少年情人英英之仪态，粲粲之戎服，固足悦其妙目，特其所以倾心之由，尚不在是。实以个郎心地精细缜密，绝类小说家诗人之心，每能体贴入于微处，即论其外观，亦复迥异恒流，磊落英多，以女视之，直同上界之神祇，合当供之神龛，苏苏膜拜，况平昔所见，率为牧童田父，畴能及此少年，而其深情密意更属不可多得，由是无限柔情往往无心流露，有时或闻少年纵谈则垂睫注地，花靥上每呈恳挚之色，厥状若至忻悦，闻至兴会淋漓处，辄横波微度睐少年，似相嘉许，然一睐之后立即他顾，观其意态甚娇羞，继则两颊都绛如被霞彩，且绽其红樱作微唔，意谓吾人不当与此少年郎过于亲厚也。

少年之情固亦深切，唯少涉于轻躁，不脱军人本性，居恒在军中，时闻其朋辈侈道情场得意事，若有无数美人。自唇舌间姗姗而出，少年之心本如火种，着火立燃，不能复遏迨五朔节日邂逅彼姝之后，遂死心塌地陷入情网，顾欲与女郎缔此同心之结，事亦至难。一则戎马倥偬，方事此军人之生活，二则以乌衣门第与农家联姻似不相称，三则家中老父执拗特甚，万万不肯俯就，情丝一缕或且从此而斩，亦正难必。然而视此婴婴宛宛之情人，便娟如花，纯洁如玉，温婉如绵羊，则欲排之以出心坎，亦殊非易。有时虽炼心成石，闭关拒敌，不为彼无赖之情丝所绊，乃一见个侬心，即立化为绕指之柔，又重入美人围中，竖其降幡矣。

少年之情梦方酣，军中忽得他调之命令，方寸间之痛苦胡可言宣，一时犹疑犹未决，弗敢以此噩耗告情人，碎其芳心。全军出发有日矣，始于一夕月下闲步中，衔悲以告女郎。女自入世以来，初不知天下有别离事，至是直类破其好梦，笼以愁云则大恸而号，有如稚子失乳，凄恻无极。少年亦悲甚，怀之胸际，亲其粉腮上晶莹如珠之泪颗，以唇代巾揾之使干，斯时女郎万忧内熨，则亦弗拒，牵衣揽袂，欲别频啼，凄怆至于万态。

少年视此臂间香温玉软之姝，殊难破情网而出，又恐今日一别，相见无期，心益弗能恝然，筹维许久，意乃立决，竟以偕亡为请，语甫出口，自觉孟浪莲花之面，亦立泛为深绛。女初犹惘然若弗解，继知此所谓偕亡者，须离其息息相依之乡井，背其息息相亲之父母以去，瞬息间，其皎洁如玉之心上似有所悟，不哭不嗔亦不语，但徐劈情人两臂，且颤且脱其身，为状如见蛇蝎，复流波注少年，似悲似怨，直能贯其灵魂，次则拱二柔荑于酥胸之次，翩然如惊鸿疾奔而去。

少年既痛且悔，心绪亦麻乱，奈何此鼓角声声，敦促征人上道者，正不知其悲慨将伊于胡底，后此境地一变，或足以少忘其痛，然此恨绵绵一时，又乌能遽忘，纵至鼙鼓动地、烽火连天之际，仍当忆及此水木明瑟之小村，忆及此情人所居白色之田舍。此田舍之门前，有水一泓如银带，抱曲径宛宛而流，直达一带枳篱而止，而曲径之上则有可人如玉，倚其臂，联袂同行，且行且听其语，秋水双波，时一微睐，即此微睐中。乃泄其脉脉柔情于不自觉也。

女郎自受此刺激以后，其理想中之安乐园，如受地震立成瓦砾之场。芳心中痛苦已极，初则时晕时气郁，娇怯香躯几于不克自持，继则掉身以入断肠心碎之境界，愁云万积。从此幂其娇面，永永不揭。

当全军出发之日，女犹亭立琼窗绣幕间，目送其情人远去，鼓角声悲如唱别离之曲，听之令人无欢。将弗见女犹撑其泪眼为最后之一望，时则晨旭嫣红，映彼少年之身，写其影于地上，军冠上之白羽，飘拂晓风中，若向女点首道别。

于是少年遂去，少年一去，似明光亦逝，女立坠于沉沉万黑之窟，历千万劫而莫能复拔，至以后情事亦落寻常言情小说之窠臼，幽恨填其心房，酸泪翳其明眸，拓其一年一月一日一时一分一秒之光阴，消磨于佗傺，抑塞叹唱饮泣之中，长日独往独来，不与人伍。时时彷徨于畴昔与其情人挽手谈心之曲径，间若有所觅，时复寻寂寞地，对寂寞花掩袂作无声之泣，且细绎其满腔摧心碎魂之悲思，吐之不得，茹之又不能，而悲乃益滋。

有时人于日暮后尚见彼在礼拜堂中，木坐廊下，状如圣母之石像。入晚，有乳女自田间归，则辄闻女低回悲咛于枳径之间，红棠鹃叫似亦无此凄咽，而女之皈依上帝则亦益见虔诚。礼拜堂中，时辄有其芳躅。村中年高之人，偶见女郎恒觉娟娟此豸，已无当年颜色，玉雪之曆，殆以升火，故色深绛宛类罂粟之华，且自顶至踵，似匝万重愁雾，永无消散之时。村中一见其人，如见鬼魅乍出其墟墓，恒相率让道。迨女既行远，始各遥望其玉背之影，掉首微唱，谓此女郎真可怜虫也。

女固亦自知，造物之主已宣告其死刑，撒手入地之日，为候匪遥，然以女之视彼窀穸，直目为大好之休息所，但有艳羡，初无所慑，至其人世生趣久已泯灭净尽，觉日轮之下，在在可憎，一无足恋，前此虽尚介介于个郎之孟浪，至是则亦冰泮，唯设身处地，曲为彼谅。眼泪洗面之余，遂草一小札致其情人，以为永诀语，虽简而哀音溢，惨恻动人，略谓此身去死已迩，花残月缺且在指顾之间。然侬之死，实由郎起，侬不怨郎，郎当自讼耳；中复告以别后相思之苦，语语都极酸辛；末则谓侬已恕郎罪，且祝郎福，耿耿此心，设不使郎知之，则侬死亦弗宁也。

书去后，女娇躯益赢，弗能复出门外一步，日唯踞椅临窗而坐，纵眺窗外明靓之景色，用以自遣。往往枯坐至于竟日，似忘其身之所在，樱口长日弗展，初无怨艾之语，亦未尝以此心疾告人，并个郎名字，绝口弗道。悲极则纳其蓁首于慈母怀中，咽声啜泣以为常。乃父目睹此将谢之花，忧乃无极时，或见其梨花颊上偶晕红霞，则犹以为朗日一临，此花仍能明艳如旧耳。

一日为来复日之午后，女又枯坐窗前如恒状，二纤手则为父母各把其一，抚摩弗已。绿窗方洞辟温软之空气，时挟金银花馨，徐度入室，殢人魂醉。此花盖为女平昔所手植，今花容未蔫，而人面已非，令人对之不能无感。时乃父适读圣经中之一章，言人世间事，一切都幻，归真天上，斯为极乐。女闻之，心乃滋慰，双波溶溶然，遥注远处礼拜堂，初不他瞬。寻闻钟声铿然，诏人以夜祷时至。最后至之村人，在已跰脚而入廊下。钟声既寂，大地亦一时都寂。

彼二老人视其爱女，忧心莫释，特女虽为愁病所断丧，而如花之面，翻奕奕若天人，空望移时，忽有泪珠两颗，莹然如照夜寒星，微颤于其蔚蓝色之明眸中。嗟夫，女郎，尔殆念及尔跃马天涯之情人，捐尔如秋扇耶，抑念及彼礼拜堂中之墓田，将埋尔艳骨耶。嗟夫，女郎尔其毋悲，尔情人来矣。

是时，斗闻蹄声嘚嘚，及门而止，马上郎翩然下骑，现其身于窗前，女郎嘤然作低呼，仰倚椅背，为状似晕，盖见来者其情人也。须臾，少年已翔步入室，直至椅侧，展两臂抱女于胸次，顾见其花蔫玉损之状，则大悲。投身小蛮靴前，长跽弗起，女欲起无力伸，其震颤之柔荑，以向少年唇樱微动，似欲有语，顾已弗能作声，则俯视少年，嫣然而笑。此一笑者，有如玫瑰之乍放，其瓣娇媚无伦，笑容犹未敛而波眸乃寻合，爱之花从此枯矣。

以上所述均闻之村人缀合而成，斯文事甚简赅，初无足观。今之作家，每以文之俶诡奇，诞见长。此篇平淡无奇，又无足尘大雅之目，然予伸纸拈笔时有动于中不能自已，而彼日在礼拜堂中所见之惨象，更深印吾心靡之弗去。

后此予重过是村，亦尝诣堂一视，时为冬夜，树上木叶尽脱，皮皴黛浅，墓场中更觉幽寂，新碑残碣都作悲容，向人寒风飒然，时掠枯草而过，似人咽泣。彼女郎墓上长青树环立如人，叶尚作新翠，白杨伛其干垂，垂四覆似护此一抔黄土，不为风雨霜雪所侵蚀者，时礼拜堂之门方辟。予遂漫步而入，则见花圈手衣尚系椅上，一如前状。花虽枯残而手衣仍洁白如雪，不着纤尘。予生平见墓碑多矣，彼美术家钩心斗角镌刻而成，博行人见之叹喟，顾皆未有如此女郎遗泽之足以动吾也。

辑四 ◎ 冬

杀

〔法〕埃德蒙·罗斯丹

　　神父，我已杀死一个人了。这回事早已做下，再也不能改变了。像这样的罪，任是上帝之力也无法解脱。即使可以补过或忘却，然而终于不能抹去了。这一回恐怖的动作永永存在，再也不能从上帝所写运命的碑上擦抹掉了。

　　我杀死一个人，这一件神秘奥妙的东西，叫作生命，是多忧多虑、很脆薄、很不可思议的东西，一切科学都不能维持的，仗着名誉能使它不朽，仗着情爱能将它转移，我却在一挥手间拿来毁灭了。这几百万分钟所缓缓建设起来的，我在一秒钟间破坏净尽。这凡百人类所力图保存的一件宝物，我竟在一秒钟间打消了。

　　寻常的杀人犯，总得抵偿他所犯的罪。他要是被捉拿住了，就得受罪。倘没有拿住，也得苦苦地躲藏。他在世之日，常被危险所逼吓，从此没有一丝生趣。那也就为他所做的事，受了惩罚。

　　牧师先生，然而我不像那旁的杀人犯。我杀死了一个人，却没有人恫吓我。我杀死了一个人，却自由自在地走开了。

　　我的罪是无可宽恕的。我一个人都不爱，我也不爱他，因为我是杀死他的。我并不认识他，我也并不为了嫉妒或为了情爱的事杀死他。只为有人对我说："杀！"我才杀他了，只为那礼拜堂中的钟鸣着这号令道："尔当杀。"我才杀了，你礼拜堂中的钟，也是这样鸣着。

我并不恨他，我只瞧见他一次，是第一次，也就是最后的一次。他对我瞧，也只是他最后的一瞧，很勇敢，很凶猛。我觉得他的灵魂似乎超出语言，直穿透了我的灵魂。我永永不能忘却他那最后的一瞧。我至今还没有知道他是表达哪一种意思，是表达临死时的深忧呢，还是为了见我残杀，表示深切的悲悯？

也许是把他这双垂死的眼睛，穿过了现在，瞧到未来，瞧见我未来所受的种种苦痛。每夜总教他惊醒了，不能熟睡。长长的日子中，也总被他那最后的一瞧打扰着，不能安贴。

神父，你什么都已听得了……

我记得那天，我记得那天的日期，那一张脸，在旁的许多脸中显现着，因此别的日期和那一天一比，就觉得黯淡了。那天也不过是秋季的一天，似乎没甚稀罕，然而比了别种记忆都觉得明白些。那一天是 1915 年十月二十二日。

我照常地起身了，天空中没有什么遮掩，云影像尘埃般浮动着。

先还并没有进行攻击的事，我们刚接到了邮件，然而这都没有关系的。一切事情，却凑集于半点钟中，很短促，很可怕。攻击令已下了，我们从地下的泥窟中爬出来，前去和敌军接触。于是到了那时间，我放枪了。

我瞧他跌倒下来，眼见他受着那种自己知道被杀时的惨痛，倒像他的脚边，早就掘好他的坟墓了。当下我便走到他那边去，见他躺着不动，倒在一株不动的树脚下。瞧去很像是另外一株树，连根拔起，僵卧不动了。我不知怎样，近边只有我们两人。旁的人都已赶向前云，在别处肉搏了。但他已瞧见了我，他已知道并不是牺牲在一个流弹之下……他知道是我施放这一弹的，他在去世以前，便眼睁睁地对我瞧着。

这一瞧，时间很短，他那两眼中却包含着无声的哭喊。

这回事发生得很快，很自然。一个人犯了这样最大的罪，却似乎没有什么关系的。在他跌下去的地方，我瞧见了他姓名的签条，就从他腕上卸下来，加在我的腕上。我自己也不知道为什么如此，一切事情都像是梦境中的一节，做这梦的也不知是谁。

于是我不一会儿也受伤了，失去了知觉。醒回来时，已在亚米恩的病院中。这期间空空洞洞的，我什么都不记得咧。

然而我头脑一清醒时，就想到他了。他的脸，像他临死时那么现在我面前一张脸，是他的脸，他那一双灰色的大眼珠，像雾气般嵌在那眼睫的中间，右太阳穴一条蓝色的回血管，直达到他的脑府中。

我们所爱的一人倘失去了，我们苦苦地要把他的脸记在心坎中，往往像流水般一瞥而逝。但是他的脸偏要清清楚楚地留在我眼前，也唯有他的姓名，从过去的黑影中涌现出来。此外有好多人的姓名，我所应当记得的，却都模糊不清，仿佛用没旋准的望远镜望那海中岛屿一般。而在这好多化为乌有的熟悉姓名中，唯有一个姓名，很孤寂，很惨恻，而又像归罪于我似的，突起在前。这一个姓名即是他的姓名，一刻比一刻地清晰了，就叫作：

欧孟方·胡德林

那一个日期，一个姓名，就把现在的我完全拘管住了。每分钟中，总有这姓名和这日期不住地鸣着，比一切愉快之声都响亮，比一切悲惨之声都深沉：

1915 年 10 月 22 日！
欧孟方·胡德林！

旁的杀人犯，总在事前知道他杀死的是谁，并且也知道为了什么杀的。但我事前却不知道杀的是谁，为什么要杀他。到得我一犯了这罪，就不知怎地竟不能安安静静地过活了。我总要探明他是哪一种人，他又住在哪里的。

牧师先生，你听明白了？

但我怎样去探明呢？经过了好多日、好多夜、好多年的苦痛，我就决意到德意志去，也许他的诞生之地足以助我探明一切……我是一定要知道的，可是我既知道了那死者的姓名，还记得他的声音面貌，而偏偏不知道他是怎样的人。我想到这里，觉得竟不能活着做人了。

神父，你瞧，倘若我们的枪弹、炮弹和我们的攻击，是在一次无名的混战中施放的，那么这个罪不是我们个人的罪，我们不过在国家所犯的大罪恶中，做盲从的杀人者罢了。然而我是明明瞧见他的，他的眼睛曾和我的眼睛互相接触，我曾听得他的哭喊，因此我个人就有了罪。这并不是一国利用着我服从的手臂，将他杀死，实在是一个人杀死别一个人。那时我尽可停住不放枪，免得犯这不可弥补的罪恶。然而我却不肯停住，我就犯这罪了。我杀死了人，政府虽奖励我，各国虽赞美我，礼拜堂虽祛除我的罪——我却仍是一个罪人。

我原知道他是属于一个敌国的，我也知道要是我不杀死他，他要杀死我的，我也知道我们是奉令作战，彼此像不能相容的星一般……然而我曾瞧见他最后的一瞧，永永不能忘却。我即使可以提出宽恕我罪恶的种种理由来，只是未免侮辱了他。他如今是我一切思想所专注的东西，我挨受一切苦痛，都为了他。在他更是可怜，因为他是被我杀死的啊。

我所得他的唯一线索，便是他的姓名……但我怎能从德意志全国中去探寻他出来呢？我很着力地检查各地的人名地名簿，有一个胡德林，曾在海德堡大学念过书的。可就是他么？此外纽士达也有几个胡德林，德来士屯也有几个胡德林，柏林也有几个胡德林，他又属于哪一处的呢？

一天，我决意写一封信，寄与住在柏林的一个高志方·胡德林。信中假作说，我在战前曾认识欧孟，很想再和他一见的话。

于是回信来了，那信中说道："欧孟方·胡德林是我的侄子，他是我哥哥的儿子。如今我哥哥正和他夫人住在华恩河上的奥白威士村中，他们自儿子死后，便退居乡间了。欧孟是在 1915 年 10 月间在法兰西的铁鹿附近战死的……"

这分明是他了。

这信是写给我的，写给我这个杀死他的杀人犯。他也许是一个独生子吧。他们二十多年来所爱护抚养的人，我却在一秒钟间把他毁灭了。

这话是真的，爱情无限，痛苦也不分国界。

我便往奥白威士村去了。

神父，我到那村中时，天已入夜了。那大河的两岸，似乎腾着夏季的余炎。我曾瞧见那圣威纳礼拜堂的残址，红石凿成的穹门，似是血染的一般。这里已是奥白威士村了，欧孟一定是常在这里消夏的。他在孩提时就跪在这圣坛之前，即是我此刻预备祈祷的所在。我在这礼拜堂中逗留了好久，然后走到堂院中去。但我却不能祈祷，另有一个妇人停留很晏，用面幕遮着脸，这多半是他的母亲……

我寻到他们的住屋了，是在森林近边的一带屋子中间，但比别的屋子似乎更暗些、阴森些。有一次，我曾在这屋子四周徘徊了好几个钟头。

一天黄昏六点钟时，那门开了，一个全黑的人影出来了。她离开门口，似是一大片枯叶从树上飘落下来。伊向着我这边走近，走过时几乎接触到我了。那两道眉和眼下的黑影，因着那面幕，更觉得浓黑些。瞧那脸的全部，在嘴唇边现着一种悲悯之状——这正是我那天早上在铁鹿所瞧见的那张脸，这正是他的母亲了。

伊缓缓地走着，双手捧着一本祈祷书。伊到哪里去啊？天色差不多暗了，那晚风玩着伊的面幕，瑟瑟地飘动。伊还没有从深忧中回复过来，仍是陷在无底的忧窟里，直把伊折磨得衰弱不堪了。伊正在想念他，我们俩的思想似乎正混合在一起。

这里是我们两个人。

伊是生他的，我是死他的。

伊是他的建造者，我是他的毁灭者。

那门随后关上了，伊转向镇中走去。我不知怎地跟随着伊。伊走向礼拜堂，只并不进去，一径走到坟场中。伊在那许多坟墓中间走得很快，这些坟墓好似一排阴冷的小屋，伊分明在这死城的邻近走惯了。我在伊后面跟着，蓦见伊停住了脚跪下地去，抽抽咽咽地哭将起来……

一片素净的白石，像一个瘦削的身体般平卧在那里。四下里围着白杨矮篱，此外没有什么了。单有一块大理石竖在那里，纪念这阵亡的战士欧孟方·胡德林。

我立着读那石上的字，这些字已在我灵魂中刻过一千次了：

欧孟方·胡德林

1891—1915 年

伊低头哭着，伊的眼泪流入黑夜之中。这里似乎正流着天下慈母的眼泪，不问什么地方，不问什么时期，似乎把伊们所流的眼泪都汇集在这一个慈母的眼泪中，落在这冷寂的坟墓上。时在静夜，地在僻处，又有那杀人的人在一旁瞧着。

伊先还没有瞧见我，直到转身出去时，才瞧见我了。伊的面上陡地起了一种奇怪的神情，多半是为了受苦已深，不能再有什么惊动伊了。

伊似乎向我走近了些，接着便低声问我道："你认识他么？"

我撒谎回了一声："是的。"

我便和伊结识，我直打到伊忧郁的中心了。

伊又喃喃问道："你认识他么？"

我这杀人犯便又回了一声："是的。"

我不是当真认识他么？除了他母亲以外，还有谁把他的脸刻在心坎上，比我更深呢？伊瞧他生，我瞧他死。我曾杀死一个人，撒谎又打什么紧？当下我便说，他曾到过海德堡，我也曾到过那边，就在那里遇见他的。我借着这撒谎做幌子，便入到欧孟方·胡德林的屋中。

神父，这几个礼拜中的生活，没有什么可以描写的了。我是一个生客，是一个仇人，但他们却不管，只当我是他们儿子的朋友。我是认识他们儿子的。

他们依恋着我，似乎依恋他们青年的儿子。我简直变成他们生活中的一部分了。

我从没有见过那种深刻的隐忧，像表示在他父亲脸上一样的。他的模样，很像是那文豪老贵推，蓬乱的白发，拥着他黯淡的脸面，像是加上了一个框子。我从没见他那双清明的大眼睛中，有过一滴眼泪。然而他除了诉说积忧以外，竟没有别的话可说。他屡次对我说，如何接到那噩耗的电报，但从不曾提起那死的日期，便是他夫人也绝口不提。

他们老夫妇俩似乎要隐瞒这个日期，年年此日，就由他们俩作深切的悲悼。但他们总不住地讲起欧孟，更讲起欧孟的少年时代。欧孟是很爱音乐的，喜弄繁华令①，自他死后，便没有人去动他的繁华令。他们二老也不忍再听音乐，每逢假期，总把窗子关上。

老亨士加士伯喃喃说道："你还没有知道他何等地爱音乐咧。他是何等地爱着，每天黄昏时，他母亲和我往往坐在这里，他便弄着繁华令，奏一曲穆石儿氏的乐曲，十分神妙，真足以打动人的心弦……"

神父，我永永忘不了亨士加士伯说话时的那张老脸咧。任是一切名誉、一切荣光、一切事业足以使历史增光的，比了这一张痛苦无限而不肯哭的老脸，都算不得一回事。

亨士加士伯逐渐逐渐地亲近我，端为我说是认识他的儿子，就像有一个结儿般把我们俩缚在一起了。并且我的年纪，也足以使他记起自己的儿子。

---

① 繁华令：指小提琴。

我们每在奥白威士花园中散步时，阳光照在我们背后，我的影很像是欧孟的影，我简直在他的死影中走着。

于是我便都知道他的一切事了。神父，那亨士加士伯在忧郁中虽见得很柔和，但我觉得这老人也正恨着法兰西。他那衰老的身体中，正有一种国家的骄傲心和隐忍不发的仇恨心，在那里活动着。有时往往暴露出来，即忙制抑住了。但在愤激放言时，听去很可明白。我既知道了亨士加士伯有这种敌忾之心，便料知他老人家要是在欧孟的年纪，那一定也要冷冷地荷枪出战。我所杀死的，可就是他了。

神父，我对你说，欧孟的父亲和母亲，从没有和我说起他的死日，他们兀自隐藏起来，藏在他们的心坎中。一天，正在十月之末，我到他们的屋中去。他们二老本来惯常在楼下面园的一室中会见我的，今天却不在那里。欧孟的母亲惯常坐在那大藤椅中，听伊侄女安琪丽嘉·高芙曼朗朗读书的，今天这藤椅也空着，安琪丽嘉也不在那里。伊是一个金发白脸的小女郎，瞧去很柔弱，却又很强健的。我觉得伊在这莱茵河一带梦境似的地方，很像是故事中伤心的嘉绿德女郎。

我迟疑了一会儿，不知怎样才好。在客堂中等了几分钟，却见安琪丽嘉·高芙曼出来了。

我从没有见过伊的模样是如此的，一张嫩脸，白如梨花，倒像跑得太急了。伊靠在门边的墙上，立一立稳，身上穿一件黑色的绒布衣，把伊的脸色衬托得益发白了。

伊立住了，一见我似乎很讶异，伊的态度上又似乎表示一种处女的羞涩。大凡女孩子在这快要成年的当儿，总是这样的。然而在伊的四周，却总腾着一派阴沉的死气。

我记得曾听他们二老说起过，伊快要嫁与欧孟了，伊是他的未婚妻。

如此，伊也是一个牺牲者啊。但那重重忧恨，虽像书尾一个"终"字般，把亨士加士伯夫妇俩的余年断送了。在安琪丽嘉却不是如此，因为伊正在妙年，不能常在沉郁的回想中讨生活，伊已渐渐地把那愁绮恨罗割绝了。

当下，伊似乎道歉般向我低低地说道："他们都在楼上，正在欧孟的房间中读他的信。"

伊导我上去见他们，一边说道："他们本要瞧你。"说着，把那门开了。

这是他的房间，瞧了他的坟墓，倒没有如此难受，因为坟墓不过诉说他的死罢了。这房间却诉说他的在世之日，诉说他那快乐的儿童时代，不道他刚才出了这儿童时代，就给我杀死了。那时美丽的落日，正放着一道最后的光，照在那狭小的床上，瞧上去仿佛他昨夜曾在这里睡过。我这时的感觉，真觉得那战场再恐怖没有了。

亨士加士伯正在他夫人近旁立着，中间有一张矮桌，放着几张纸。我很想偷瞧一下，因为我不知道他的字迹是怎样的。我记得他最后无声地哭喊，记得他眼中的神情，又记得他脸上的惨白色，然而我却不知道他的字迹。那哭喊之声似乎正凝注在这信纸上，还遗留着他语言的骨骼……

亨士加士伯忙把那些信纸用手遮住了，分明不给我的眼光瞧到。这当儿我第一次见他在那里哭咧。只为要掩过他的软弱，那眼泪浴着的脸上，反见得凶狠了。他平日常很柔和地对我瞧，此刻却把很暴的眼光和我接触。我走到他面前，他才唤我坐下。

他夫人说道："他要重读欧孟的遗书，因此上又伤心咧。"

亨士加士伯在房间中往来踱着，开口说道："这真难受得很。我读了他的信，仿佛他仍在这里，和我们讲话……然而什么都没有了，什么都没有了！你不能明白是怎么一回事，你可也猜想不到的。那可怕的死的感觉，常要回来。我们没有再和他见过面，也没有向他说一声再会，死神竟把他召去了。我们也不知道他死的情形，我们有一个儿子，我们都爱他的，然而不曾见他的死。"

亨士加士伯说得渐渐暴烈起来，似乎要借着这很暴的口吻，忘却他心中的忧闷。

他又说道："我们不曾见他的死，因为他好久没有信来。正在讶异，正在担心，但我们并不疑心他死了。直到后来方始知道，你可知为什么？就为了我们的儿子死在远地，我们并不知道啊。听说那天是 22 日……"

亨士加士伯先前从不提起那日期，如今正要说出来了。我却不知怎地起了一种异感，不由得喃喃说道："1915 年 10 月 22 日。"

亨士加士伯陡地现出一派惊怖之色，他夫人的脸上也变色了。

他嚷着道："你怎么知道这日期的？除了安琪丽嘉，我们并没告知旁的人。"我向四下里一望，两眼便着在安琪丽嘉脸上，颤着声音撒谎道："伊和我说的。"

安琪丽嘉垂下妙目去，表示不反对，我便觉得伊不会出卖我了。

亨士加士伯又问道："但你怎么还记得这日期？"

我答道："因为我太爱欧孟之故，所以不能忘怀。"

亨士加士伯听得我这样说明之后，便放心了些，说道："请恕我，这些信竟把过去的一切事情全都唤回来了。你虽是从那夺去我儿子的国中来的，然而你却比旁的人温柔仁厚得多。况且在这边界的那一面，也正有千万个父亲和母亲，远远望着这里无数的人面中，找寻一个德意志的杀人犯。双方父母心，都是一样……我真错误了，请恕我。如今你快要去了，待我给你些可以纪念欧孟的东西。这东西也足以表示我们的爱和感激，并足以使你瞧了记得我们的。"

他走到床边去，我瞧那床竟像是活着的一样。在这床铺上面的墙上，似是一个木制的心，挂着欧孟的那只繁华令。他在这奥白威士村中幽静的黄昏时候，往往奏着曲，他的头贴在那金黄色的木上，指儿悄悄地按在琴弦上。当下我即忙做一个手势，止住老人取下来，奈何亨士加士伯却不做理会，接着对我说道："没有什么人触动过这繁华令，我就送给你了。"

神父，我可怎么办呢？我怎能收下这个礼物，在我觉得把欧孟的心托在手中呢？这时我心中的异感已现在脸上，亨士加士伯却误会这是我感激的表示。唉，如今我竟带着他们儿子的心回法兰西去……神父，这当儿正可招供一切，掏出我的心来，使他们知道我所受的苦痛，正和他们相等。我应当跪在地上，嚷着道："请恨我，杀死我！我即是杀你们儿子的杀人犯！"

神父，但我可不敢啊！我并不是害怕，只是不敢使这被苦痛压倒的二老，再加上一重新忧新恨。这时安琪丽嘉已出室而去，我们都立近门口。亨士加士伯手中拿着灯，先走出去了。

老夫人却留住了我，将门关上，又听那亨士加士伯重重的脚步声在客堂中没去了，伊才说道："我有几句话要和你说。"

胡德林老夫人脸色白白的，似乎要做出什么很重要的事情来。我回想到我们第一次遇见时，我就仗着一句撒谎，使伊老人家推心相与。我自己原知道为了什么事来的，如今使他们这样依赖我，把我装在他们空洞的心坎中，反使我觉得又犯了一重罪，比先前更为可恶，更不可恕。可是我实是应当受他们切齿痛恨的，如今却反消受了他们无穷的推爱。

胡德林老夫人对我说道："我丈夫那么粗暴地对你说话，使我很为抱歉。"

我忙道："他并不是有意使我受不下的，但瞧他过了一会儿，又何等地加爱于我。"

老夫人道："他不过是给你一个暗证，表示我们的爱罢了。便是我，也要另外给你一个暗证。第一层，自欧孟死后，你还是第一个生客到我们的屋中来。可巧这生客偏又是欧孟的朋友，你认识他，也许你很爱他的……

"你还不知道你此来，于我们有何等的关系咧。欧孟在冥冥之中要是不以为忤的，我还得说，你简直把他的生命和青年的精神带了些回来。自你来后，我觉得这屋中也不像先前荒凉了。要是欧孟在地下瞧得见我们，那一定要感激你加惠于我们呢。

"我原知道你是属于我们所交战的外国的，但是一个人倘能掏心相示，就觉得国际之分没有什么出入。我委实很愿亲近那些失去儿子的法兰西母亲，比了没有失去儿子的本国德意志母亲，着实要亲近一些。

"我心中的忧闷很深，我只有一个意愿，就愿你爱我欧孟。我要你知道，他究竟是怎样一个人，如此便能使你益发和他亲近些了。亨士加士伯委实并不知道欧孟是怎样的感想，其实他老人家也不愿知道。他是属于上一代的人，他的思想近于激烈，欧孟却不像他。先生，我倘对你说，欧孟并不像旁的德意志人，怕你听了也要感动。委实说，欧孟方·胡德林是并不恨法兰西的。"

我心中起了一阵恐怖之念，忙问道："他并不恨法兰西么？"

老夫人接下去说道："不！欧孟并不恨法兰西或别的哪一国。当你在海德堡认识他时，他还是一个孩子，一切思想都不是他自己心中发出来的，不过接受教育指授它的意见罢了。但到了大战以前的几年中，他竟划然脱去，已知道了他自己的心。世上怕没有人比他更痛恶战争的了，对于战争的恐怖，怕也没有人比他瞧得更清楚的了。他从军出去，是因为不能不去，必须服从他的父亲。我瞧他的模样，只是怀着那悲天悯人之念，只是暗暗反对这人类相残的大罪恶。

"欧孟瞧一切人都像是兄弟一般。他以为现今那些杀人的战士，在后代一定要被人瞧得和杀戮异教时代的凶汉一般可怕。他的这种思想，不敢写信告知他父亲，因为他知道亨士加士伯的国际思想是极深的。但他在写给我的信中，却十次百次地表示他反对战争的感想，他十次百次地反抗那磨牙吮血的偶像，他十次百次地惧怕那断腘沥血的杀戮。

"瞧他对于战场上无谓的破坏，是怎样的说法。他又痛论那大家不能谅解之祸，竟使人类互相残杀，所得的是什么利益！他们却都没有知道，倘你当真要知道他的为人，当真要爱他，那你必须一读这些信。

"他战死以前的一个月光景，他信中说道：'我瞧见那边几尺地以外的那些人，正挨着痛苦——他们当真是我的敌人么？不是很像我的兄弟辈么？'又道：'那些人不知道自己为什么生，为什么死，并且也不知道他们为什么相杀。'你再读到被杀前两礼拜的这封信：'这里四面的国土，和我们的也没有什么分别。唉，最亲爱的母亲，你和我的中间都有这么一个深渊隔开着，却有这么一堵人墙遮掩着，我以为再也不能寻到你了。只需我能逃出这一座可恨的杀人机械，因为我正在这里勉强做它的傀儡。只需我能停止再做这杀人不眨眼的刽子手，因为所杀的都是些无辜的人民。'

"你瞧他再三说到'杀人的可怕''杀人的恐怖''取人的性命应负何等的责任'，有一处他还说，'我宁可被人杀死，却不愿杀人'，我不知道这样的信如何能逃过军中检查员举发的。有一次他来信说，'我要是独自一人和那一个所谓敌人的遇见了，我觉得自己决不能杀死他，我自知决不能若无其事地杀死别一个人类。'"

我听到这里，禁不住嘶哑喊了一声。可是我不但杀死一个普通的人，实是杀死了一个和我有同样精神的人了。那天早上在铁鹿杀死的，正是我自己的青春，连带把一切梦想、一切问题和一切烦恼都结束了。

胡德林夫人又接着说道："你瞧，你当真能爱他的。他不像旁的人一般，是你的仇敌。"

这句话，伊分明是安慰我的，分明把止痛的药敷在我伤口上的。然而我这痛苦更觉难受了。

不问有什么距离，不问有什么疆界，总之我已杀死了我的兄弟，杀死了我所最亲爱的人。我如今到他的房间中来，立在他的床前，本来他昨夜可以睡在这床上的。就在这个房间中，也处处觉得伊人宛在。

唉！神父，这真太使人难堪了！我把我的头埋在他那空床上时，不知他可曾听得我心中的哭声么？

我哭着道："欧孟，我的兄弟，请恕我，请恕我！请恕我为了事前没有觉悟之故，请恕我把你从日光之中、暖星之下和阳光所照的波上，生生地劫夺了去——我是一个服从命令的疯子。请恕我把你的眼睛掩上了，使你不能回眼一看。然而可没有人比我更爱你的了。亲爱的同伴，你的脸，直须等到我在世最后的一天，方始和我分开。我可没有一点钟，没有一分一秒，不是为了你挨着苦痛。自你死后，我这所过的生活，委实比死了更难受咧。"

当下我便逃了，逃出这寂静的屋子。一阵风从莱茵河上吹来，我兀自逃去，不敢回头，也不回应露易瑟方·胡德林老夫人的呼唤。我逃了，独自很恐怖地逃了，心口却紧紧地抱着那只繁华令。

　　我回到那小客寓的卧室中时，天已入晚了。末后我便独坐室中，开了窗，呼吸夜气。我这火热的头，倾向着夜风，于是我想起那繁华令，便提起来奏一曲穆石儿的乐曲。这是欧孟所爱的，一节一节地记将起来，仿佛是欧孟的灵魂寄在那里，永永不去。然而这牺牲者的繁华令，简直在杀人犯的手指下呜咽了。

　　蓦地里门开了，我很怕再见亨士加士伯的阔额和露易瑟方·胡德林那双含忧的眼睛，只是来的却是安琪丽嘉·高芙曼。伊仍是穿着黑衣，眼中仍带着悲凉之色。

　　伊说道："你为什么这样跑了？我们到处找寻你，姑母和姑丈很为不快，你定须回去……"

　　伊说得很迟缓，又似乎很诧异。伊的妙目，简直像闭着一般。这黯淡的房间中，衬托着伊那白白的脸色，倒像突然来了一道明光。那只繁华令，仍还握在我的手中。

　　我喃喃说道："安琪丽嘉，我永远——永远不回去了。"

　　于是我又像独自在室中般奏那繁华令了，仍奏着欧孟所爱的乐曲，他的灵魂似乎在里边颤动着。他的灵魂很为高洁，是反对流血，反对杀人，反对屠戮的……那时安琪丽嘉闭着眼，过去的影事仿佛涌现在眼前了。伊便向着我走近了些，一股热热的空气罩着我们两人。我陡地停手，那繁华令便瑟地掉在床上。

　　我又说道："安琪丽嘉，我永远不去了。你无论对他们怎样说都好，说我忽地召回法兰西去了，说我忽地病了，任你怎样说就是。总之我不能去。不！我不能去！我决不能再在欧孟方·胡德林的影中走着。"

　　伊觉得我的话是最后的话了。乐声停后，伊也渐渐恢复了神志，便向着那门缓步走去。瞧伊那种妙年的愁态，真好似什么繁华的省份，已被得胜之国把伊的中心占据去了。

伊快要出去时，忽又被好奇心挽了回来，柔声问道："你怎么知道他死的日期？因为我并没有告诉过你啊！"

我对伊瞧着，一声儿不言语。伊在我眼中也就知道了实情，立时把伊的妙目下注了。我最后瞧见伊的玉容之上，分明表现出一种又爱又慕又恐怖的神情。

神父，如今什么都完了。我永永不再见亨士加士伯，不再见露易瑟方·胡德林，不再见欧孟的坟墓，也不再见他坟场中的树木。

神父，请给我祈祷，求和平之神降临在我的身上。我要去杀死一个人，凡是人类都有这权利可以杀死的，便是他自己。

帷　影

〔美〕纳撒尼尔·霍桑

　　天上月明如雪，把那万道光华荡进了两扇又深又狭的窗子，照见一个花团锦簇的房间。一扇窗子受了月光，玻璃影满地里乱走，旁的那扇窗却清光微茫，带着鬼气似的照在床上。罗帷里映出一个少年人的面庞来，面色惨白，煞是难看，并且静悄悄地没有半点声息，瞧他身上裹着的被单，又活像是死人穿的寿衣。唉，不瞒看官们说，那少年确是个死人，不一会儿便须入殓咧，只见他呆滞不动的面庞，蓦地里似乎动了一动，原来是罗帷上花边的影正在月光和死脸中间荡漾着。

　　这当儿那房门陡地开了，水银泻地般溜进一个花妍玉洁的美女郎来，直到床前低下粉颈，把灼灼桃红的唇就着那冰冷的檀口亲了一个三分钟的长吻，星眸中放出两道明光，甚是得意，分明在那里和满腔的悲痛怨恨决战。再瞧那呆滞不动的面庞，又似乎动了起来，原来那沉沉半掩的罗帷，又在月光和死脸中间荡漾着。

　　说来奇怪，这当儿门又开了，又有一个玉软花娇的美女郎幽灵似的溜将进来，直到床前。当下两女郎相对而立，你瞧着我，我瞧着你，一样的蛾眉曼睩，美丽绝世，只是态度大不相同：那先入的又骄傲又威严，宛然是百炼之钢；那后入的又温媚又恇弱，仿佛是绕指之柔。

两下默然对立了一会儿。先入的便提高了一串莺啼燕叱的珠喉，呖呖呼道："你快去，他生前是你的，死后可是我的了。"后入的一阵子娇颤冷然，说道："你的么？你倒说得很好，死后便是你的么？"

先入的现出可怖的颜色，瞧着后入的脸，不一会儿那脸上忽地流露一种深悲极痛的样子，扑倒在床上，把蟮首并着死人的头，万缕金丝便也和死人的头发合在一起。

这时她那情敌又厉声喊道："哀蝶丝。"哀蝶丝呻吟了一声，从枕上仰起头来，歘地立直了娇躯，对住她情敌的眼。

她情敌又悄然说道："你可是要泄露我的秘密么？"

哀蝶丝答道："等这死的开口劝我不说时，我才不说。要是他不能开口，我免不得要宣布你的罪恶。此刻你快去，让我们俩留在这里，且去过了你几年的光阴，再回来把你经过的状况告知我，他也在这里听着。若是这几年中你所受的苦况，简直和死刑不相上下，我们才能恕你。"

那先入的女郎听了这话，心中好似有了计较，悄悄地问道："来时我把什么东西做标记？"

哀蝶丝从死人额上取起一股漆黑的鬒发来答道："就把这一股发丝做你的标记。"于是两女郎在死人胸头交了手，约定了日期钟点，预备第二回在这里会面。

那先入的女郎把眼波向死人睐了一下，就姗姗地走到门外，又回过身来，颤了半晌，似乎瞧见她那死情人向她皱眉。哀蝶丝柳腰款摆，掠燕般步入月光之中，亭亭出室而去。心想，自己过于懦弱却网开一面，便宜了那情敌。走到行廊里见一个黑奴已擎了烛台，等着一路照下楼去，把大门开了。这时那镇中的少年牧师恰正蹍上石阶来，向哀蝶丝鞠了一躬，一声不响地到里边去了。

光阴如电，一年年好容易地过去，镇中有一个孤零零的女子已断送了锦瑟华年，变做鸡皮老妇，全镇的人没一个不知道她，都唤她做"穿死衣的老处女"。可怜她又没有什么亲戚朋友，一个人冷清清地住着，深锁重门。虽得和日光见面，除非人家出殡，她才出来跟送，要是有棺材过街，不论风雪晴雨，不论丧家贫富，人家总见这孤零零的妇人跟在后面，穿着一件很长的白衣。镇中的人都称她做死衣。她送时并不杂在丧家亲友中间，只先在门前立着，静听牧师的祈祷，等送丧的都过去了，她才慢慢儿跟上前去，亲瞧那棺入了土，回到她坟墓似的屋子里去。

　　这事她已成了习惯，人家也几乎当她是出殡中一件不可少的点缀品，直和那棺套一个样，末后一般人还用她卜死人的命运。若是出殡时没有这穿死衣的老处女像鬼魅般溜在后面，便说那死的命运不好。

　　然而人家结婚，她却从不到场。有一回，她忽地到起场来，原来有一个男子死了，他的情人不到一年，早把这心上人丢在脑后，另抱琵琶嫁了一个富翁。结婚的那天，牧师正把新郎新娘的手合在一起，却见那老处女陡地闯将进来，白衣飘忽，活像是幽灵出现，把满堂观礼的宾客都吓了一跳，预料这一对新夫妇的前途定然是凶多吉少。

　　有时夜深人静，她往往踏着月光，上人家多情夫妇的鸳鸯冢和未嫁先死的女儿坟。凡是仁厚君子、有情儿女的委骨之所，都有她的踪迹，有时挽手搁在坟顶上，有时在坟前做做手势，一般人便说，她从天国中取了花种，特地在那里撒播。说也奇怪，那些经她到过的坟上，就是雪下也长新翠，从四月到十一月更开满了香花。因为墓石上的圣诗不如她片言只语地灵显。

　　她平日原没有什么事，就这样消磨她沉静抑郁的光阴，一年年去如闪电，小的、大的、老者的死了，她却依旧存在，依旧送人家的出殡。

　　一天薄暮时，镇中大街上行人如织，十分忙碌。那一抹斜阳虽还替那礼拜堂的塔尖镀着黄金，然而人家的屋顶和最高的树梢早已隐在黑影里头。当这日夜交替的时候，街中的情景却分外好看，也有便便大腹的商人戴着白色假发，穿着天鹅绒衣服，在那里憧憧往来。也有船上的船主航海回来，及时行乐，那一副紫棠色的面皮分明是航海家的招牌。余外更有西班牙的侨民咧、旧英伦的土人咧，一个个都忙着奔走，百忙中偶有一二个妇人亭亭而过，穿着锦绣衣裳，踏着高底蛮靴，瞧去好似一只孔雀遇见熟识的绅士们，向她施礼，她也殷勤回礼。

那种千娇百媚的仪态，真个使人魂销，这些琐琐屑屑的事也不在话下。

单说去这热闹处所不远，却有一所荒凉寂寞的古厦，草长不刈，绿到门前，宛然是个鬼窟。照理这所在不是开一个大银行，门前也得挂上一块"王之臂"大酒馆的招牌，把屋子里都装满了客人，何致如此荒凉？

此中也有个缘故。原来这屋中的主人死后，后人争着承袭，你争我夺。一时弄不清楚，任它空关着，倒教鼪鼬蝙蝠做了屋中主人。那屋子经了好几年的风霜雨雪，也早改了旧观，只把它庞大的影子横在热闹的市上，惹人家见了生厌。

这天暮色四合的当儿，蓦见那白衣妇人从街头缓缓而来，有一个利物浦的船主见了，便向他同伴说道："那边过来的那个白衣妇人好不奇怪。"同伴伸长了头颈，忙着向街头瞧，一见了那白衣妇人，也都咄咄称怪。一会儿，旁的人也瞧见了，大家放低了声音，唧唧哝哝地谈论那妇人。

有几个问道："难道这黄昏时候还有人家出殡么？不然她为什么突然出现？"于是一般好事的人，忙去瞧这街上专做死人营业的店家可有什么动静，却见棺材店柩车行都关着门，寂然无声。那个开坟穴的人正坐在家里吃板烟，抬眼向那礼拜堂，钟塔上的大钟也静着不动。不知道那白衣妇人好端端出现，到底做什么来？

镇中的人瞧那白衣妇人好像瞧见彗星，怕有灾祸临头，好不惶急。她却自管走着，一路慢慢地过来。她走近时，大家立时变了哑巴，沉默无声。有的慌忙让道，站在一旁，怕被她的白衣拂着身体，瞧她脸白白地毫无血色，又憔悴又衰弱，大约去死不远，只脚步还很稳健。

过了人丛，走不到一箭多路，猛可里有一个玫瑰脸的小孩子从一家门里赶将出来，张着两条雪白的小臂，似要在她灰白的嘴唇上亲一个吻。白衣妇人停了一停，睁眼瞧着那孩子。那孩子登时呆立不动，瑟瑟地颤了起来，她却直着脖子依旧向前走去。众人瞧了，又唧唧哝哝地说道："她不过是个影子罢咧，孩子的臂儿怎能抱住她呢。"

　　停了会儿，只见白衣妇人已到了那所古厦门前，踏上苔痕斑驳的石阶，取起一个铁门锤来，在门上敲了三下。大家益发诧异，想那屋子里早没人居住，她为什么上去叩门？多半是这可怜的妇人忽地记起了旧事，脑中一时麻乱，当她少年时的朋友还住在里头，所以赶来探望，或者她朋友死后幽魂尚在，她这人原很怪诞，仍能和他们会面，也未可知。

　　大家正在猜测，忽见一个老年人走上前去，脱下帽子露着一头花白的头发，很恭敬地向那白衣妇人说道："夫人，这屋中早已没人居住，当年弗维克参将死后，后人争着要这屋子，一时纠葛不清，索性任它荒废。直到如今，仍然没有主人。记得参将出殡时，夫人也在那里执绋呢。"

　　那白衣妇人慢慢回过头来，举手做了个手势，又翘着一指按在她惨白的嘴唇上，立在那黑暗如漆的门前，瞧去活像是个幽灵。一会儿她又取起那门锤来，敲了一下。只听得一阵脚步声，从里头楼梯上跫然而下，那声音又慢又弱又很清楚，似是老年人的脚步，一路直到门前，接着门鞘啪的一响，门儿开了。

　　那礼拜堂塔尖上的斜阳，可巧下去，黄金剥落又涂上了一重黑漆，那时便是镇中人末一回瞧见那白衣妇人的影子了。

　　停了好久，人丛中有许多人启口相问道："开门的是谁？"

　　奈何门内乌黑，没一个瞧得分明，所以也没一个能够作答，内中有两三个老人都说，开门的面貌很像三十年前的老黑奴西惹。

　　当下有一个少年带着一半庄重的神气放声说道："那老处女好大本领，门锤四下，竟把死人敲活咧。"又一人接口道："我们等着吧，今夜一定还有旁的客人到来叩门，但那坟场的门须得开着呢。"

说时夜色已布满了全镇，月欲上未上。那一群人正打算回家去，忽见一辆高轩华壳的四轮马车从街头徐徐而来。那车完全是旧式，绣带四垂，直到地下，车身上画着许多军器，刀枪剑戟一概都有，车后巍巍地坐着一个仆人，车前高高地坐着一个车夫。瞧了这车人，便知道车中人不是王孙公子，定是高官显爵。

车声辘辘响着，直到古厦门前，戛然而止。那车后的仆人扑地跳将下来，有几个好奇的人从旁问道："这辆华车是哪一家贵族的?"仆人不理会，只赶上石阶，把门锤在门上叩了三下，就回下来开那车门。

车旁有一个老人默默诵着贵族的名字，向人说："这车的主人去世还不久，一向在英国朝廷中，权势着实不小，只膝下并没儿女。单瞧那军器的样式，便知这华车已传给他老婆咧。"正说时，猛见一个贵妇人从车中探出头来，向他掷了一眼。老人忙住口，不敢再说。

那妇人一手提着罗裳，盈盈下车，瞧她年纪虽老，衣饰却很华贵，并且带着一半骄傲、一半忧郁的态度下了车，就倚着一支金头行杖，踅上石阶去。霎时间门又呀地开了，门中的烛光照着她的衣裳，又射在门前的柱上。那妇人回头一瞧，很有些震恐的样子，慢慢踅进门去。

那老人放胆走到石阶的末级上，一瞧顿时灰白了脸，颤着退将下来说："那门中执炬的正是往年的老西惹，他面上现着一种可怕的笑容，向着我。要是活人面上，不论是白是黑，断没这种惨状的，可怕，可怕，我到死也忘不了的。"

老人说时，那车又辘辘地响着离了古厦，向那暮色苍茫中没去。车去后，大家又纷纷议论，不多一刻，这事已惊动了全镇，古厦前的人愈聚愈多，一个个抬头望着，古厦的楼窗正被月光照着，历历分明。

有几个年长的人谈兴勃发，就把古厦的历史倾筐倒箧地说将出来，又说参将在日，屋中简直热闹到了极点，今天大宴会，明夜跳舞会，一年三百六十五天，连绵不断，所请的宾客都是当地数一数二的大人物。也有外国的贵族，不远千里而来。如今这门前虽可罗雀，当年却有无数的名公贵人、大家闺秀经过它的门槛呢。

大家听了心中都怀着鬼胎，想今夜不要是群鬼会么？有几个胆小的早勃然变色，身子像秋叶般瑟瑟地颤了，一会儿又大惊小怪地嚷将起来，说那门锤又敲了三下咧。有几个胆大的却掉头说道："哪有这种事，你不见半天明月正照门前。不过那细细的柱子后边有一道黑影，旁的地方都照得雪亮，哪里有半个人影？"

那几个胆小的里头，有一个低声说道："那门不是已经开过了么？"

同伴忙颤声问道："你可是亲眼瞧见的么？"

那人答道："怎么不是？"

于是这边胆小的人都说，有第三人上门了，来的多半是个鬼，所以不见影子，但听得叩门之声。接着又嚷说，前面大窗中有火光一闪，一定是那黑奴把烛台照着客人登楼去了。

那班胆大的人先还竭力反对，到此也不寒而栗，面上都现出恐怖之色。猛听得屋中发出一种惨呼的声音，仿佛那人已迸碎了心的样子。大家益发惊恐，有一大半早抱头鼠窜而去，有几个却想冒险进去一窥究竟。

正乱得不可开交，人丛中忽地来了一位老牧师。他老人家是合镇敬重的，一头白发长长地披在肩上，银丝似的白须直垂到胸前，只为年纪老了，形已很颓唐，走时曲着背，倚在行杖上边，两只老眼也时时注视着地，似乎在那里寻一个相当的坟，安置他一副久经世故的老骨。

那时大家见了老牧师，便立刻把这件事一五一十地诉他。老牧师耳朵聋了，听了好久方才明白，点头说道："如此，我该到莆维克参将的屋子里瞧他一瞧，怕那位真实的女信徒，他们所称为穿死衣的老处女已遭了劫数咧。"

说着，老人家就颤巍巍地趱上那石阶去，一人执了火把在后边，跟着的更有那最先和白衣妇人说话的老人，解说车上军器的那个老人，也一块儿跟着上去。他们先把门锤在门上叩了三下，等里头出来开门。谁知等了好一会儿，毫没动静。

老牧师悄然说道："老西惹怎么不出来开门？"

跟着的一个老人也道："难道里头当真出了什么岔子不成？"

老牧师道："这或者是上帝的意思，也说不定。我年虽老了，自问还有力量开这门。"说时伸出那双瘦骨如柴的手，用力推开了门，进了屋，合伙走上梯去。

老牧师一路上楼，样子甚是谨慎，有时立在一旁，似乎和人让道，有时低下头去，似乎向人行礼。瞧他的举动，倒像经过人丛的一般，到了梯顶上，他又抬头四望，满现着温和悲慨的容色，把行杖放在一边，脱下帽子像要祷告似的。

那跟着的老人又开口说道："长老，我们可要去唤外边的人和我们一向祷告么？"

老牧师放出奇怪的眼光，向四下里一望，大声呼道："你可是一个人跟着我，没有旁的人么？委实和你说过去的陈陈影事，此刻已潮上我的心头。我记得当时曾在这梯顶上，替一个死人祷告。我眼中也曾瞧见许多人去这世界，像影子般消灭。他们一个个去，我也替他们一个个祷告。那穿死衣的老处女也瞧他们一个个入墓。"一边说一边把行杖敲着地板，敲得那几间空房里头都隐隐有了回响，只没个人回答。

他两人又沿着行廊走去，一会儿便停了脚，立在那很大的窗前，望见街上无数的人，聚在那月光之中。这时老牧师的右边便是一扇房门，正开着，左边又有一扇门，却紧紧关着。

老牧师提起行杖来，指着门上橡木的镶板说道："数十年前，我替一个少年人临终祷告，就在这室中，如今回想起来恍如隔世咧。"说完忽地抢了火把，推进门去，只为用足了力，手一晃火就熄了，眼前顿时漆黑。一会儿才见月光如水，从那两扇窗外泻入室中，宛然是数十年前那夜的光景。

就这月光中一瞧，却见一把橡木高背的圈椅上，直僵僵坐着那白衣妇人，手叉在胸前，头仰靠着椅背，一动都不动。那个华服的贵妇人却长跽在地下，把额头搁着白衣妇人的膝盖，一手放在心头，手中紧握着一股头发，从前是黑的，如今已变做了浅青。

　　老牧师走进去时，那白衣妇人梨花似的面上仿佛动了一动，要宣泄这事的秘密一般，其实也不过是那床上破罗帏的影子，在月光和她死脸中间微微荡漾着。白衣妇人依旧一动都不动。

　　老牧师瞧了半晌，喟然说道："她们俩都已死了，谁还能破这秘密？"

　　看破这事的真相，虽曾在我心头一闪，也只像那老处女面上的月光帏影一般，此刻已过去咧。

酷相思

〔法〕莫泊桑

　　一行人餐后在吸烟室中闲谈。我们谈起那些意外的遗产和奇怪的嗣续，当下有一位白罗孟先生，有时被称为"名法官"，有时又被称为"名律师"的他立起身来，背了火立着说道："我正在找寻一个嗣子。他是在很难堪的境遇下突然失踪的，这也是日常生活中很简单的悲剧之一。也许天天可以发生，然而我却以为是最最惨痛的事啊！事实如下：去今约六个月以前，我被召到一个将死的妇人的床边。伊对我说：'先生，我要委托你一件极困难极烦琐的事，请你好好地注意我的遗嘱，正放在那边的桌子上。这回事你倘不能成功，我留给你五千法郎。倘能成功，那就以十万法郎为报。我要你在我死后找到我的儿子。'伊要求我助伊在床上坐了起来，说话时好方便一些，因为伊的声音已断续而带喘，而喉管中也有了嘶嘶之声。

　　"那屋子是一宅富家的大厦，富丽的房间中处处都觉得雅洁可人，所有各种坐具的垫褥都厚得像墙壁一样，那光滑的面子也似乎在那里请人坐呢。那时那将死的妇人继续说道：'你是第一人听我这一段惨痛之史，我得振作了气力从头讲完，我知道你是一个仁心的人，也是个老于世故的人，务求你尽力助我一臂。请垂听我的话。

"'我在未嫁时曾爱上一位青年，只为他家道不很富裕，求婚时便被我家庭中回绝了。不上几时我便嫁了一个富豪，我的嫁他像寻常女孩子嫁人一样，是出于无知，出于服从，完全是出于勉强的。我生了一个儿子，我丈夫不久便死了。那时我所爱的那人也已娶了妻，他见我已做了寡妇，而他却不能自由，心中忧闷已极。他赶来瞧我，只是哀哀地哭泣，直把我的心捣碎了。他最初来瞧我时，像朋友的模样。我也许是不应当接见的，然而我又怎能自制呢？可是我这时又孤单，又苦闷，又寂寞，又失望，并且我仍还爱他。我们做妇人的有时可忍受着何等的苦痛呀！

"'我在这世界中只有他一人了，可是我的父母也已去世，别无亲故。他常到我这儿来，同度黄昏的时光。我见他娶了妻，原不该许他常来，然而我却没有这决心阻止他不来。

"'教我从何说起——他做了我的情夫，如何会弄到这个地步？我又怎样说明？可有人能说明这种事么？你想这可不是两下里为了爱力所吸引以至于结合在一起么？先生，你想，我们哪有这能力绝情割爱，不为吁求和眼泪所感动，不为热爱和深情所转移么？

"'先生，总之我是他的情妇了，我心中甚是快乐，我并且还做了他夫人的朋友，这便是我最大的弱点和我的卑劣之处。

"'我们俩合力把我的儿子抚育起来，我们造就他做一个好男子，做一个完人，又聪明又富情感，又有决断力又抱着伟大的思想。这孩子骎骎长大，达到了十七岁。他也很喜欢我——我的情夫正像我自己喜欢他一样，而我们俩也一致爱这孩子，处处照顾这孩子的。这孩子惯常称他为亲爱的朋友，非常地尊敬他，从他那边领受一切智慧的教训，以忠信、正直为模范，只把他当作母亲一个忠实的老友，也是自己的义父和保护人。这个我又从何说起呢？

"'这孩子多半是自幼儿惯见他在我的屋中，所以对于他从不问起过什么话。可是他常在我的身旁，也常在那孩子的身旁，他常很关心我们母子二人的。

"'一天黄昏时候，我们三人在一块儿用晚餐——这是我唯一的乐事——我正等着他们两人。一边自问不知是谁先到，门开了却见是我的老友，我展开着两臂向他走去，他在我嘴唇上亲了个甜蜜的长吻。

　　"'蓦然之间，却听得一声微响，一种低低的衣裳窣綷声，使我们顿时觉得有人来着。我们震了一震，急忙回过身来，却见我的儿子伊盎立在那里，苍白了脸对我们呆瞧着。

　　"'那时当然很窘，窘得不知所措，我退了下去，伸手向着我的儿子做出恳求的样子来，但我却不见了他，他早已走了。我们俩——我和我的情夫——面对面立着，都是垂头丧气，说不出一句话来。末后我才倒在一把圈椅中，猛觉得起了一个志愿，一个空虚而强有力的志愿，愿意逃入深夜中，从此永永隐去。接着我的咽喉里起了断断续续的呜咽声，我不住地哭，身体像痉挛似的兀自抖颤，我的心碎了，我全身的神经都在那里牵动，心知这天大的厄运，再也没有挽救之法。而此时在我做母亲的心中更充满了无限的羞惭，难堪得什么似的。'

　　"'他也很可怕似的瞧着我，不敢再走近过来，不敢再和我说话，不敢再和我接触，因为生怕那孩子回来。末后他说道：我要跟着他去和他谈判——把事情和他说个明白。总之我定须去瞧他，让他知道——于是他急急地赶去了。

　　"'我等着，心神不定地等着，听得了一丝低弱的声响，就忐忑愣愣地打战，火炉中榾柮微爆也得发生一种说不出的奇怪感觉，直害怕得跳起身来。

　　"'我等了一点钟、二点钟，觉得我的心中涨涨地却填塞着恐怖，这是我从来没有经历过的。像这样的苦痛，任是一个罪大恶极的罪犯，我也不愿给他挨受十分钟。我的儿子在哪里，他怎么样了？

　　"'大约在夜半的时光，有一个使者从我情夫那里送了一封信来。我心中至今还记得那信中的话，他说：你的儿子已回来了没有？我没有找到他，我正在这里，此刻不愿赶来见你。我在那片纸上用铅笔写道：伊盎没有回来，你定须去找到他。

"'这一夜我便终夜地坐守在那圈椅中，等我儿子回来。我觉得自己快要发疯了，我一心想狂奔急走，在地上打滚。然而我却并不动弹，只是一点钟一点钟地等下去，不知道前途要发生出什么事情来，我苦苦地想，苦苦地猜测，但我虽是用尽了力，挨足了灵魂上的苦痛，终于想不出什么，推测不出什么来。

　　"'一会儿我又生怕他们遇见，之后又怎么样呢？我的儿子又待怎样呢？这时我的心，直被那可怕的疑团和可怕的猜测捣碎了。先生，你可能了解我那时的感想么？

　　"'我那婢女，伊是不知道什么事，也不明白什么事的，时时到我的室中来，以为我是疯了。我总是说一句话，或挥一挥手，打发伊出去。伊忙去请了个医生来，医生来时，我正在神经错乱之中，他们把我扶上床去，我竟害起脑炎来了。

　　"'到得我大病之后恢复知觉时，却见我——我的情夫正在我的床边，于是我嚷着道：我的儿子呢？我的儿子在哪里？他并不回答。我又嗫嚅着说道：死了——死了。他可是自杀的么？他忙道：决不！决不！我敢赌得咒的。但我虽是尽心竭力，总也找不到他。

　　"'一时我恨极怒极了，便像那种发怒时不可理喻的妇人一般，放声说道：你要是找不到他，我便不许你再接近我，不许你再见我一面。快去快去！他当真去了。

　　"'先生，从此以后，我既不曾见过这一个，也不曾见过那一个，我就这样悠悠忽忽地活了二十年。你可能想到我是怎样挨过来的？你可能明白这严酷的惩罚？你可能明白这一颗慈母之心正在缓缓地脔割？你可能明白这可怕而无尽期的等待？我不是说无尽期么？不，不！如今我快要咽气，便有了尽期了，但我死时，却不能见他们二人一面，既不见这一个，又不见那一个。

　　"'他——便是我所爱的那人——二十年来曾天天写信给我，但我——我总不许他再来见我，便是一秒钟也不行，因为我有一种奇怪的感想，想他倘再来时，我的儿子也许恰在这当儿回来呀！我的儿，我的儿，他可是死了么？他可还活着么？他又躲在什么地方？他也许在大洋的那边，在什么极远的国中，那国名连我都不知道的，他可再想起我么？唉，但愿他知道，做儿子的是何等的忍酷！他自己可明白已罚得我好苦，使我陷落在何等的绝望与苦痛之中。他使我辜负了月满花芳的盛年，停辛伫苦地直到如今，直到如今快要死了——我——我是他的母亲，一向用了极热烈的慈母之爱爱他的。唉！他是何等的忍酷，何等的忍酷啊！

"'先生，请你把这些话对他说，你可允许么？请你把我最后的话传达与他：我的儿，我亲爱亲爱的儿：求你不要太苛待了可怜的妇人，要知伊们的一生，已经历了千磨百折，不幸极了！我亲爱的儿，自你那天出去后你那可怜的母亲是过着何等生活！我亲爱的儿，请恕伊爱伊，如今伊已死了，伊曾受过了妇人万万受不得的酷罚。'

"伊气吁吁地吐着气，一边瑟瑟地抖颤着，好像把伊最后的话亲自说给儿子听，儿子也似乎立在伊床边似的。于是伊又说道：'先生，请你也对他说，我从没有——从没有再见过那人一面。'说到这里，伊顿住了口，一会儿又放着断续的声音说道：'请离开我，我求你，我要一个人悄悄地死去，因为他们俩都不在我身边。'"

白罗孟先生接着又说道："列位，那天我走进屋子时，竟像傻子般兀自哀哀地哭着，害得我马车上的车夫也回过头来对着我呆看。列位试想，像这样的活剧，不是天天在我们四下里搬演么？至于那儿子——伊的儿子，我竟始终没有找到，你们以为他怎么样？我却称他是个犯罪的儿子。"

薄命女

〔俄〕高尔基

这是我一个朋友有一天对我说的：

我在莫斯科读书时，住在一所小屋子里。我的邻居是个奇怪的女郎，伊是波兰人，伊的名字是戴丽珊。伊身材很长，很强壮，皮肤作棕色，眉毛很重，粗粗的面貌倒像用一柄斧头雕成的。伊的眼睛似乎很呆钝，声音也重浊，瞧她的一举一动，活像是个角斗得奖的大力士。总之，伊生着一具重大而富于肌肉的身子，以全体论，委实是丑陋极了。

我们同住在顶楼中，房间恰恰相对。我倘知道伊在家时，决不开门。有时在梯顶上或院子里遇见了伊，伊总放出一种粗悍的笑容来，向着我微笑。我又往往瞧见伊红着两眼回来，头发也蓬乱得很。在这个当儿，伊总把莽撞无礼的眼光对着我瞧，接着又得呼道："哈罗，学生。"

伊那种蠢笑是很可厌的，我本想迁移开去，避过伊，但这住处是个极好的所在，开窗能望见全城，毫无障蔽，街中又分外幽静，因此我依旧留住。

一天早上，我漱洗过后，躺在床上，门忽地开了。

戴丽珊已现在门口，放着伊重浊的声音说道："哈罗，学生。"

我忙问道："你要什么啊？"

我对伊瞧时，见伊脸上现出羞涩的模样来，这是我从来没有见过的。

伊说道："学生，我要求你一件事，请你不要推却。"

我仍躺在床上，心中想："这不过是托词罢了。"然而口中却不说出来。

伊接着说道："我想写一封信寄到家乡去。"

我又想道："伊毕竟是捣什么鬼啊？"

我于是从床上跳下来，在案前坐下取了纸笔和墨水，说道："请进来坐了，口述予我听。"

伊便入到里面，很小心地坐下了，眼睁睁地瞧了我一下。

我问道："这信是写给谁的？"

伊答道："是给蒲尔士洛·甘希普的，他住在华沙铁路上的史温齐尼镇。"

我又道："你要我怎样写呢？请说下来。"

"我亲爱的蒲尔士洛——我的甜心——我的爱人——我的灵魂儿——愿那圣母保护着你。吾爱，你为什么好久没信给你的小鸽儿戴丽珊？伊因此很忧闷啊！"

我听到这里，几乎当着伊喷出笑来。试想这"忧闷的小鸽儿"身长足足六尺，牛一般的壮健，两个拳头，活像是大力士，一张脸又是黑黑的。像这样的鸽儿，多半一辈子不做旁的事，兀自在那里扫烟囱罢。但我仍扯直了脸，很正经似的问道："谁是这蒲尔士洛啊？"

伊立时现着诧异之色，以为我不应该不知道这蒲尔士洛，因便答道："先生，你问蒲尔士洛么？蒲尔士洛是我的未婚——"

我接口道："未婚夫么？"

伊道："学生，你为什么如此惊异？像我这样的年轻女郎，难道不许有一个恋人么？"

这是何等的笑话！但我仍搭讪着道："一个年轻女郎，原是什么事都可干的。但你订婚已有多少年了？"

伊道："已十年了。"

我便给伊写了一封信，信中充满着无限的柔情蜜意。要是这寄信的不是戴丽珊而是旁的女子，那我倒也很愿处在蒲尔士洛的地位呢。

伊似乎深为感动，向我说道："学生，我掬着全个儿的心感谢你。你可有什么事要我帮忙么？"

我道："多谢，没有事。"

伊又道："学生，我能给你缝补衬衫和衣服。"

我觉得很窘，很简洁地回说，没有事需伊效劳。伊便去了。

两礼拜已过去了。一天黄昏时候，我正坐在窗前，口中呜呜地低哼着曲儿，想怎样消遣这寂寞的黄昏。外面天气很恶劣，我又不愿意出去。蓦地里门开了，我心想："再好没有，有什么人来了？"

门外有人说道："学生，你此刻可忙着么？"

原来又是戴丽珊呀！偏又是伊，我实在愿意见旁的人啊。

当下我答道："没有事，你要什么？"

伊道："我要求你再给我写一封信。"

我道："使得。可是给蒲尔士洛么？"

伊忙道："不！我要他的回信。"

我嚷起来道："什么？"

伊道："学生请恕我，我是有些呆蠢的。我不曾说个明白，这信不是我自己的，是给我一个朋友写的——不是朋友，不过彼此相识罢了。他不能写信——他也有像我一样的一个未婚妻——"

我抬起眼来对伊瞧，伊似乎很羞惭，伊的手抖颤着，分明很困窘的样子。我心中便明白了，放声说道："我的女孩子，你听着，你对我所说的蒲尔士洛等等——全是出于理想的，你是撒谎，不过托词要到我这儿来。算了，我不愿再和你有什么瓜葛了，你可明白么？"

我瞧伊很吃惊了，伊涨红了脸，挣扎着要说什么话，我觉得自己可错怪伊了。伊到我这儿来，实在并没有这意思，要引我越出道德的途径，内中另有隐情在着，但又是什么一回事啊？

伊讷讷地说道："学生——"接着却陡地挥了挥手，一旋身走了出去，砰地把门带上了。我心中很觉不安，听得伊又"砰"的一声，把伊自己的房门关上。伊分明是恼了。我默想了半晌，决意去唤伊回来。我愿意给伊写这信，我很觉对伊不起。

于是我到伊的房间里去，见伊正傍着桌子坐着把双手掩住了脸。

我开口说道："我的女孩子，你——"我讲到这里，总觉得非常感动。原来伊一听得我的声音，便跳起身来，直走到我跟前，两眼闪闪地发着光亮，把两臂搁在我的肩头，抽抽噎噎地兀自哭。伊的心似乎要碎裂了。

伊鸣咽着说着："你——你写这——这几行——字——有——有——什么——分别呀——你——似乎是一个——好——好人是啊——原没有——什么蒲尔士洛——也没——没有——戴丽珊只有我——我——一个人罢了。"

我听了这些话，呆住了，忙道："什么？如此并没，并没有蒲尔士洛这人么？"伊道："没有。"

我又道："也没有戴丽珊么？"伊道："不！我原是戴丽珊。"

这时我头脑中打着旋子，兀自很诧异地对伊瞧着，我们两人中定有一人疯了。伊回到桌旁，在抽屉中摸索着，掏出一张纸来。

伊回到我身旁，说道："这里，这里，你把代我写的这封信收回去吧。你不愿意写第二封信，好在有旁的好心的人给我写的。"

伊手中握着我代伊写给蒲尔士洛的那封信。这到底是什么意思啊？

我一边说道："戴丽珊，你听着，这可是什么意思？你为什么求人写了信，又搁着不寄出去呢？"

伊道："我寄给谁啊？"

我道："怎么？寄给你的未婚夫蒲尔士洛啊。"

伊悄然道："但是——并没有这个人。"

我只索丢手了，此刻唯一的办法，唯有走出去。但伊却又说道："不！他并不存在——并没有这蒲尔士洛——"说时做着手势，表示伊很难说明的意思，接着又道："然而我要伊活着，我知道自己并不欢喜旁的人——我原也自知是何等人——只是我写信给他，不是无损于人么？"

我道："你可是什么意思？写信给谁？"

伊道："给蒲尔士洛。"

我好生怀疑，又赤紧地说道："但你此刻刚和我说过，并没有这个人啊。"

伊道："呀！圣母，我管他有没有这人呢。即使没有这人，我理想中总有一个蒲尔士洛在着，我当他真有其人，写信给他。他写回信给我，我再写信，他再有回信——"

到此我方始明白了，我自觉好像是犯了什么罪，甚是羞惭，又像受了刺激，身体上感受一种苦痛。在我的身边，相去不过一臂之近，竟有这么个可怜的人。世界中没一个人对于伊表示一丝情感，没有父母，没有朋友，什么都没有，因此这可怜虫便给自己造出一个恋人，造出一个未婚夫来。

伊又放着那种重浊而单调的声音说道："你代我写给蒲尔士洛的这封信——我曾请别人朗诵给我听，我听了以为蒲尔士洛活着。于是我又要求蒲尔士洛写一封回信给他的戴丽珊——给我。我几乎觉得蒲尔士洛实有其人——住在什么地方，我却不知是哪里，我因此也能维系着过活了。这样才不觉得难受，不觉得苦痛，也不觉得寂寞。"

从这一天起，我便规定，一礼拜两次替伊写着信。由戴丽珊给蒲尔士洛，再由蒲尔士洛给戴丽珊。这些信中都充满着热情，而以回信为尤甚。伊，伊听着我读，一会儿哭，一会儿笑，甚是快乐。伊从此也照顾我的衣服，作为报答，常给我补衬衫、补袜子，拭净我的靴子和帽子。

三个月后，伊受了什么嫌疑，捉将官长去。

从此我不再见伊的面，伊多半是死了。

宁人负我

〔俄〕托尔斯泰

却说佛拉迭末镇中，住着个少年商人，名字唤作挨克西诺夫，开着两处商店，生涯倒也不恶。他出落得也唇红齿白，眉清目秀，好算得个美少年。瞧他一天到晚，没有不快意的事，只谑浪笑傲，拍手高歌。所以人家但见他天天开着笑口，从没愁眉不展的时候。他在十七八岁时，整日价沉溺在曲糵里头，手不离杯，杯不离口，旁的事儿，一概都不问。不知道有天地，也不知道有岁月。人家说终老温柔乡，他却有终老醉乡之慨。后来结了婚，便斩钉截铁地和酒绝交，流连于温柔乡，倒把醉乡忘怀了。有时偶一为之，也不过略略沾唇罢咧。

有一年夏天，挨克西诺夫预备上尼奇拿夫各洛市场去，和他老婆告别。

他老婆道："伊文，这一回你别去。昨夜我曾做了一个梦，甚是不吉，出去怕不利。"

伊文道："你总是这样害怕，怕什么来呢？"

他老婆道："我自己也不知道怎的如此害怕。只那梦委实不吉，梦中我见你一天从镇中回来，除下帽子时，却满头都是白发咧。"

挨克西诺夫笑道："这梦怎见得不吉，或者倒是好运的预兆。这一回我出去做一个好买卖，将来把金子银子满载而归咧。"

当下他便珍重一声，和老婆作别去了。半路上遇了个素识的商人，先喝了两杯茶，指天画地地畅谈了一会儿，夜中在一块儿宿着。两间卧房，只隔得一堵墙壁。半夜里，挨克西诺夫已醒，只为急着要趱程，忙唤马夫起来配好马车，付了账，一个人先自走了。走了约莫四十浮斯脱（俄里名，每里合一英里之三分之二），就找店家用早餐。喝了一杯茶，恰见旁边有一只六弦琴，顿时触动歌兴，拉着唱将起来。

正唱得高兴，猛听得铃声琅琅，蓦地里来了一辆车，走出一个警官和两个警士来，挨近挨克西诺夫，突然问道："你是谁？从哪里来的？"

挨克西诺夫一一从实答了，接着就请警官用茶。

那警官又问道："昨夜你宿在哪里？一个人独宿呢？还是和旁的商人宿在一起？今天早上可曾瞧见那商人没有？你为什么挨不到天明，就在半夜里离那客店？"

挨克西诺夫自问并没做过什么亏心事，便愤然道："我是个做买卖的，既不是梁上君子，又不是绿林暴客，何用长官盘诘？"

那警官道："我是个警官，盘诘你也有缘由。因为昨夜同你宿在一起的那个商人，已在客店中被人谋杀，此刻快把你一切东西取出来，给我过一过目。"又向那两个警士道："搜他的身上。"

两人不敢怠慢，即忙搜了一遍，又把他的行李打开来，一阵子地乱翻。

一会儿，那警官忽地从一只行囊里掏出一把刀来，大声道："这刀子是谁的？"挨克西诺夫一瞧，见那刀上血痕斑驳，不觉大吃一惊。警官又问道："这刀子上的血又从哪里来的？"

这时挨克西诺夫早已心惊胆战，断断续续地说道："我……我不知道……这刀子不……不是我……我的。"

警官道："今天早上，就发现那商人已被刺死在床上。昨夜唯有你一人和他宿在一起，并没旁的人。并且他那房间的门是在里面上锁的，外人谁也不能进去。只是你的房间，却能和他相通。这就是两个铁证，你可掩饰不去的。况且，那凶器如今也在你袋中搜得，还有什么话说？你的面庞，也着实使人起疑呢，快和我说，你怎么杀死他的？又盗得了多少钱？"

挨克西诺夫并没做这杀人的勾当，自然死也不肯承认，回说我和那商人喝过茶分手后，便没有见过他一面。所有八千卢布，是自己的东西，那刀子却不知道从哪里来的。说时，声音颤颤的，脸白白的，全身也瑟瑟地乱抖，直从头上抖到脚尖，好似真个犯了罪一般。

警官便不由分说，立刻唤警士们缚了，送入车中。挨克西诺夫平白地蒙了这不白之冤，禁不住痛哭失声，想起了闺中少妇，正屈指数着归期，更觉得心如刀割，已割成了个粉碎。不多一刻，已关进近边一个监狱里去了。

官中人又派人到佛拉迭末去，探听他平日的行为。那边的商人和镇中人都说他十七八岁时，很喜欢酗酒，有时不免要闹事。只近几年来，却很端方，待人也极其和气，从不把疾言厉色向人的。奈何铁案如山，万难平反。

不上几天，便经法庭审讯，说他谋杀商人，盗取二万卢布，那把刀子，便是一个铁证。挨克西诺夫有口难辩，只得听他们怎样处置。审罢，依旧入狱。只可怜那闺中的细君，苦念着藁砧。一天二十四点钟中，兀是弹泪饮泣，不知道怎样才好。膝下儿女，都还弱小。一个尚在襁褓之中。没奈何只得牵男携女，到那监狱里去探望丈夫。那狱官起初拒绝不许，好容易经了几次的哀求，才蒙允许。

挨克西诺夫夫人趑将进去，又见她丈夫赭衣被体，铁索郎当，杂在那许多杀人犯中间，心中一阵悲痛，便扑地倒在地上，晕了过去。停会儿，才渐渐醒来，坐在丈夫身旁，先把家里一切情形说了一遍，然后问他无端怎么受这冤枉。挨克西诺夫忍着痛，把前事一一说了。说完，夫人又含悲说道："现在我们该怎样想个法子，洗刷你的罪名，难道眼看着你冤沉海底，白白送死不成？"

挨克西诺夫道："我也想不出什么法子，除非上书皇帝，痛切陈情，或者有一线的希望。"

夫人就和他说，前几天早已上书皇帝，但是至今还没有消息，不知道递不上去呢，还是有旁的意思。挨克西诺夫听了，一声儿也不响，似乎已经绝望的样子。

夫人道："你可还记得么？当时你出门的当儿，我曾和你说做过一个噩梦，梦见你满头都是白发，如今你遇了这意外，忧急过度，头上的发丝当真一丝丝地白了，可不是恰好应了那个梦么。唉，你这一回原不该出门的。闭门家里坐，这一场大祸未必会从天上来呢。"说时，把纤指理着她丈夫的头发，又道："我亲爱的郎君，你从实和你妻子说，当真杀死那商人不曾？"

挨克西诺夫悲声说道："旁的人疑我，你也疑我么？"说完，掩着脸放声哭了。

这时，那守狱的宪兵已闯将进来，说时候已到，催着挨克西诺夫夫人出去。夫人不敢违拗，只得和她丈夫告别。

这一天是他们夫妇两口儿永诀之日，从此再也没有相见之期咧。

挨克西诺夫目送他夫人去后，心想：我怎么如此不幸，旁的人疑我还说得去，连自己的床头人也疑起我来，这是哪里说起？接着便喃喃自语道：唉，除了上帝以外，怕没有第二人知道我了。我只得求上帝垂怜，求上帝大发慈悲。

从这一天起，他便不望皇上的赦免，只天天掬心沥诚，祷告上帝，过了几天，已定了罪，判了个终身监禁。先处鞭刑，然后罚做苦工。可怜挨克西诺夫竟生受这世上最惨酷的刑罚，遍体鳞伤，没一块完肤。到得伤势痊愈，就同旁的罪人一块儿，送往那冰天雪窖的西伯利亚去了。

挨克西诺夫手胼足胝，在西伯利亚一连做了二十六年的苦工。一头的秀发，已白如霜雪。颔下白髯萧疏，宛像银丝一般。一生乐趣，早已化作乌有。一年三百六十五天，从没一天略开笑口。早起夜眠，只是正襟危坐，祷告那慈悲的上帝。光瞧他一个翩翩美少年，已变做了个老头儿。背也曲了，走路也蹒跚了。他在狱中，学做皮靴，得了些钱，便去买那许多殉道人的书，在铁窗下澄心诵读。每逢来复日，总到狱中的小礼拜堂去，高唱圣诗。那声音却还不减当年，甚是响朗。狱中官长，都称他品行端正，实是罪犯中不可多得的人物。同伴们也都器重他。有的唤他做祖父，有的唤他做圣人。凡有人要向官长陈情，总请挨克西诺夫去做说客。同伴中倘有什么争端，往往请挨克西诺夫替他们判断。只要他说一声谁是谁非，大家都倾服，没一个敢说个不字的。挨克西诺夫好几年做了这他乡之客，欲归不得。望断云山，也不见飞来只字，不知道他老婆儿女是生是死，好不挂念。

一天，他们狱中，又有一群新罪犯到来。到了晚上，那许多老罪犯便聚在他们四周，开起谈话会来。问他们从哪里来的？犯了什么罪？你一句我一句的，兀是刺刺不休。挨克西诺夫只坐近了他们，垂着头，细细地听着。

就中有一个六十来岁、长身白发的人，开口说道："兄弟们，我流到这里来，并没犯了什么大不了事。只为从一辆雪车上解下一匹马来，可巧被人家拿住，说我是个盗马贼，想盗这马呢。我虽苦苦分辩，总辩不清楚。后来审了一场，就糊糊涂涂地送到西伯利亚来了。然而公道自在，想来不久就能回去咧。"

一人问道："你从哪里来的？"

那老犯答道："我从佛拉迭末镇来的，我出身原是那边的人。姓西米拿维克，名字唤作梅苟。"

挨克西诺夫一听得"佛拉迭末镇"五字，分外清明，忙抬起头来问道："西米拿维克君，你可知道那边有一个商家，唤作挨克西诺夫的，如今可还存在么？"

那老犯答道："我知道，我知道。挨克西诺夫原是镇中著名的富商，只可怜他受了杀人的嫌疑，早年就流到西伯利亚来了。只你老人家为了什么事到这里来的？"

挨克西诺夫道："我为犯了大罪，在这里已做了二十六年的苦工。"

老犯道："你犯的是什么罪？"

挨克西诺夫道："总之我罪有应得，此刻也不必去说它。"

当下那几个老同伴便把他的冤狱和西米拿维克说了，西米拿维克听罢，向挨克西诺夫熟视了好一会儿，拍着膝盖，大呼道："奇怪，这真奇怪。祖父，你已老得多了。"

大家问他什么事奇怪，他却不肯回答，只说道："兄弟，这事儿煞是奇怪，想不到我们却在这里相见。"

挨克西诺夫一听这话，心中顿时起了一重疑云，疑这西米拿维克即是当年杀死那个商人的凶手，于是忙问道："西米拿维克，我从前的事，你也知道么？你从前可曾遇见过我没有？"

西米拿维克道："我倒也有点忘却，这事似乎很长久咧。"

挨克西诺夫又问道："那个杀死商人的凶手是谁？你或者也知道么？"

西米拿维克笑道："知道，那凶手在那商人行囊里找到了一把刀子，把他杀了，便把这带血的刀子掉在你的行囊里，人不知鬼不觉地飘然而去。"

挨克西诺夫到此，心中已雪亮，知道这人正是陷害自己的凶手，便也不说什么，霍地立起身来，搭讪着走开去了。

这一夜他在床上翻来覆去，再也不能入睡。通宵转侧，悲从中来。影像种种，逐一现在眼前，仿佛瞧见他老婆玉貌如花，仍和从前告别时一模一样。一时见她的粉靥，见她的妙目，且还听得她银钟似的语声笑声。一会儿又仿佛瞧见他所爱的儿女，娇小玲珑，玉雪可念，正掬着笑容向他。一会儿又记得那天在旅馆中弹着六弦琴的时候，何等快乐，哪里知道警吏突然来了，不分皂白把他拘了去，生生地送入黑狱之中。一会儿又记得被鞭的时候，何等痛苦，行刑人执着皮鞭立着，恶狠狠的，好似魔鬼一般。鞭子着处，血肉纷飞。四下里却还有无数没心肝的人瞧热闹，说着好玩咧。一会儿又记得铁索琅琅，长途仆仆，往西北利亚来了。一会儿又记得二十六年中做着苦工，消受了万般苦况。这些如云如烟的影事，霎时间潮上心头，只觉得苦多于乐、哭多于笑，当下里不由得咬牙切齿地说道："我这大半生都害在那恶贼奴手中，一辈子也忘不了他呢。"一会儿却又心平气和起来，想宁人负我，我毋负人。如今年已老了，死正不远。与其报仇于那人之身，不如自己早点儿死，保着我一个清清白白的身体，总算一生没有对不起人家的事。当夜便祷告了一夜，第二天也并不和西米拿维克接近，连正眼都不向他瞧一瞧。

像这样过了两来复，夜中往往不能安睡，心坎里觉得悲痛万分，不知道怎样摆布才好。有一夜偶然走过一间狱室，猛见一只床架下边，似乎有个人躲在那里。立定了瞧时，却见那梅苟·西米拿维克霍地直跳出来，瞧着挨克西诺夫，两眼中都现着慌张的样子。

挨克西诺夫假做没有见他，依旧向前走去。西米拿维克却陡地一把拉住了他，说正在墙脚下掘一个洞，预备逃走呢。接着又道："老人，你倘替我守着秘密，我便把这出路和你说。要是泄露出去，给大家知道，或者报告上官，把我鞭个半死，如此我就不与你干休，定要结果了你的性命才罢。"

挨克西诺夫摆脱了西米拿维克的手，怒气勃勃地瞧着他说道："我不想逃走，你要杀尽杀。委实说，你已杀了我好久咧。从今以后，我一切都听上帝。上帝教我怎样，我就怎样。"

第二天早上，那许多罪犯都照常去做工，却有一个守兵一眼瞧见西米拿维克脱了靴子，把一靴子的泥都倒在地上。那守兵见了，立时起了疑，忙去报知狱官，大搜狱室，末后果然发现了那个洞。一会儿便召集了全狱的罪犯，问是谁掘这洞的？大家面面相觑，没一个肯承认。

那狱官知道挨克西诺夫是个诚实人，或能从他口中探得消息，便向他说道："老人，我一向知道你是诚实的，如今当着上帝告诉我，掘这洞的到底是谁？"

这当儿挨克西诺夫手也颤了，嘴唇也颤了，好久说不出一句话来。心中却在那里想道：我半生幸福，都给那恶贼奴葬送了个干净。此刻正好趁此报仇，一消心头的愤气，我为什么放过他！转念却又想那鞭刑何等的可怕，我是过来人，曾经尝过味道的，怎忍下这毒手，使他受那切肤之痛，还是依旧照着"宁人负我，我毋负人"八个字做吧。于是闭着嘴，默然不答。

那狱官又道："老人，你来，从实和我说，掘那洞的是谁？"

挨克西诺夫瞧了西米拿维克一眼，说道："上官，这个我不能告诉你，上帝也不许我告诉你。因此我就仰体上帝之意，恕不奉告。上官倘要怎样处置我，尽请施行。罪人可是在上官权力之下，生死唯命的。"

接着那狱官又说了许多好话，苦苦劝他说，他却一百二十个不开口。没奈何，只得把这事儿搁起不问。

第二天晚上，挨克西诺夫已上床睡了，怎奈两眼像鱼目似的，兀是合不拢来。猛可里却觉得有人趑将进来，在自己足边坐下。挨克西诺夫仔细一瞧，见是梅苟·西米拿维克，便开口问道："你来做甚？可有什么事见托么？"

西米拿维克低着头，不则一声。挨克西诺夫便坐起来说道："你还有什么事？快去快去，不去时我可要唤那守兵们来了。"

西米拿维克挺近了他，低声道："伊文·挨克西诺夫，求你恕我。"

挨克西诺夫道："恕你什么？"

西米拿维克道："要知当年杀害那商人的即是我，把那刀子掉在你行囊中的即是我。那时我本来也想结果你性命的，只为听得门外忽地起了点声息，因此着了慌，把刀掉了，从窗中逃将出去。我害了你二十多年，还求你恕我则个。"

挨克西诺夫钳口结舌似的一声儿也不响，西米拿维克屈膝跪了下来，又道："伊文·挨克西诺夫，请你恕我，瞧着上帝分上，恕我。现在我要一心忏悔，使他们知道我实是杀害那商人的真凶，你实是个没罪的人。这样或能还你自由，送你好好回家去咧。"

挨克西诺夫道："我还回到哪里去？我老妻听说已经死了，我子女总已不认识我了。世界虽大，可没有我的去处呢。"

西米拿维克依旧跪着，把头撞着地说道："伊文·挨克西诺夫，求你恕我。我见了你，比受那鞭刑还要难堪。伊文，你简直是世上唯一的好人。我害了你，你不但不念旧怨，刚才倒反替我守着秘密，免我受那惨无人道的鞭刑。你这种生死骨肉的大恩，我生生世世忘不了的。只我此刻还求你为了上帝分上，恕我以前的罪恶。我实在是个该死的恶人！"说到这里，放声哭了。

挨克西诺夫见他哭，也禁不住流下泪来。一会儿才道："你既能忏悔，上帝自也恕你。或者我生平的罪恶正百倍于你，也未可知呢。"

从此以后，他不想出狱，也不想回家，只委心任运，等那死期到来。但是梅苟·西米拿维克良心发现，早在上官前自认是从前杀害那商人的凶手，说挨克西诺夫是个没有罪的人，竭力替他请命。

奈何挨克西诺夫的赦免状到时，可怜他一缕幽魂，已和这二十六年息息相依的监狱告别，悠悠地归西方极乐国去了。

莲花出土记

〔法〕莫泊桑

"这便是山木莲伯爵夫人?"

"可就是那边那个穿黑衣服的妇人么?"

"正是此人,伊正给女儿服丧,那女儿实是被伊杀死的。"

"这是真的么?伊是怎样死的?"

"咦,这是一节极简单的故事,并不是真有什么杀人流血的举动。"

"那么毕竟是什么一回事呢?"

"算不得什么。他们说天下原有好多娼妇,天生是有德的女子;而有好多号称有德的女子,却偏偏是天生的娼妇。这话可不是么?如今这一位山木莲夫人,便是天生的娼妇,而伊的女儿却是一个天生有德的女子。"

"我不很明白你的话。"

"待我和你说个明白,那伯爵夫人不过是一家寻常的暴发户,谁也不知道伊的来历。据我所知,多半是一个匈牙利或华兰钦的贵妇人罢了。某年的冬间,伊在哀丽西街租了琼楼绮阁,突然地出现了。这一带原是许多棍徒、女骗出没之地。伯爵夫人闲居无事,专讲交际,无论是谁上伊的门去,伊是没有不欢迎的。

"我也去了，你定要问我为什么去，但我可不能奉答，我也像旁的人一般心理，因为那种地方有娇柔的妇人和不正直的男子，最便于鬼混的。这其间也居然有好多贵人，都很高贵，都有爵衔。但那些公使馆中并不知道他们，所知道的，不过是内中几个间谍。这些贵人也往往高谈道德，却并不实行，又彼此夸张他们的祖先，乱说他们的身世。其实骗子恶棍，一一都有，袖子里藏着假纸牌，作翻戏之用。总之，这是一个男盗女娼的最高组合。

"我很喜欢这般人，因为他们很足供我的研究，而和他们结识，也是很觉有味的。他们的妻大半是美妇人，举止轻佻，不知来历，也许曾进过改过局的。伊们往往生着很大的媚眼和丰美的云发，我也甚是喜欢伊们。

"山木莲夫人也就是这一类人物，温柔偶傥，玉貌未衰。像这样的可意人儿，你却能觉得伊们的骨髓之中都含着邪恶之念。你倘前去访问时，那最是有趣。伊们往往举行叶子戏会，或是跳舞夜宴，无所不备。凡是交际社会中一切娱乐，都能给你享受。

"伊有一个女儿——是个长身玉立的美女子。伊也常喜行乐，欢笑无度。有其母必有其女，自不足为怪。然而伊却是一个天真烂漫、很正直很纯洁的好女儿。平日间什么都瞧不到，什么都不知道，也从不了解那些鬼鬼祟祟的事情，正发生在伊父亲的屋中。

"我对于这女孩子很怀疑，伊简直是个神秘之物。瞧伊住在这黑暗龌龊的环境之内，却始终抱着安闲镇静的态度。从这上边推测起来，可知伊倘不是同流合污，那就是为了天真未凿不解事之故。伊仿佛是一枝好花，从泥污中挺生出来。"

"伊们的事情你怎么知道的？"

"你问我怎么知道么？这也是很有趣的事。有一天早上，我门上铃声大鸣，我的侍者上楼来说，有一位约瑟蒲能山要和我说话。我忙着问道：'这位先生又是谁啊？'我侍者答道：'先生，我不知道，也许是谋事来的。'见面之后，果然如此。那人要我收留他，做我的下人。我问他先前在哪里服役，他答道：'在山木莲伯爵夫人家里。'我道：'咦，但我这里是和伊家完全不同的。'他道：'先生，我原知道的。我也就为了这缘故，愿意给先生服役。我和那班人合在一起，也挨得够了。和他们作短时间的周旋还使得，却万万不能久留。'这时我恰恰要添雇一个下人，因便把他收下了。

"一个月后，那位山木莲伯爵夫人的女公子惠德姑娘忽然很神秘地死了。伊那死的详情，我都得自约瑟。而约瑟是得之于他的情人，原来他情人是在伯爵夫人家充侍婢的。

"那夜是个跳舞会之夜，有两个新到的宾客同在一扇门后闲谈。惠德姑娘舞罢，正靠在门上，吸一些新鲜的空气。他们并不见伊走近，但伊却听得他们的说话，以下便是他们所说的：

"'但那女孩子的父亲是谁啊？'

"'似是一个俄罗斯人，唤作罗凡洛夫伯爵，他如今不再和伊母亲接近了。'

"'那么如今又是谁在那里南面称王啊？'

"'便是那立近窗口的，一位英国亲王。山木莲夫人很爱他，但伊对于男子的爱，从不能维持到一个月或六礼拜的。况且伊还有许多面首，全来瞧伊——也全都上手的。'

"'但这山木莲一姓，伊是从哪里得来的啊？'

"'此人多半是伊唯一的恋人了，他是一个柏林来的犹太银行家，名唤山茂尔木莲，夫人的姓就脱胎于此。'

"'很好，谢谢你，从此我瞧见伊时，一边就可知道伊是怎样一个妇人，我去了。'

"那天生是贤德女子的惠德姑娘，听了这一番话，心房中何等的震动。伊那单纯的灵魂中，又何等的失望。这种精神上的痛苦，顿把伊心中的乐观、人生的快感和一切跳跃欢笑，全都扑灭了。到得宾客们完全退息时，伊那稚弱的心坎中，当然起了剧烈的争端。这些事都由我推想而得，并不是约瑟对我说的。但是这天夜半，惠德蓦地到伊母亲卧房中去，那时伯爵夫人恰要上床睡了，惠德便打发侍婢出去，关上了门，直挺挺地立在那里。白着脸张大了两眼，说道：'母亲，请你听我说一番话，是我刚才在跳舞场中所听得的。'当下伊便一句句地把那番话复述了一遍。

"伯爵夫人也震了一震，一时不知道该怎样回答，一会儿才恢复了伊镇定的态度，否认一切，并且说伊敢请上帝做证人，证明这些话是并不实在的。那女孩子便走开去了，伊那小小的芳心中甚是扰乱，终不很相信，从此便察看伊的母亲。

"我记得伊从这一夜以后，便大大地改变了，变得庄严而沉郁，常把伊那双诚恳的巨眸注在我们身上，似乎要读我们的心底里怀着什么意思。我们先还不知道伊是何心理，还道伊正在那里物色丈夫呢。

"一天黄昏时候，伊偶然听得伊母亲和一个面首讲话，末后又见伊俩同在一起，于是伊确信旁人的话是不错了。一时芳心欲碎，把伊所亲见的告知了伊母亲，又像商界中人订什么契约似的，冷冷地说道：'母亲，如今我已决定了，我们俩该立时移往什么小镇中去居住，或是到乡间去隐居，只是静静地过我们的生活。单是你所有的首饰，也抵得一笔偌大的财产了。你倘要嫁什么正直的男子，那是再好没有。便是我也不妨物色一个好青年，以身相许。你要是不依我这么办，那我唯有自杀。'

"这时，伯爵夫人便命伊女儿快快去安睡，不许再说这些没意味的话，做女儿的对于母亲，也未免太放肆了。惠德听着，却答道：'我且给你一个月的期限，好好地想一想，要是到了这一个月期满之后，仍还不改变我们的生活状态，那我一定自杀。因为我的一生，已长陷在泥污中了。'说完岸然出室而去。

"到了这一月期满时，山木莲伯爵夫人仍是大宴宾客，欢笑鼓舞，似是没事人儿一般。一天惠德推说牙痛，从邻近一个化学师那里买了几滴麻醉药，第二天又多买了些，每一次出去，总得买一些回来，如此装满了一瓶。"

"一天早上却发现伊僵卧在床，玉体已冷，早没有了性命。脸上蒙着一个棉花的面具，浸透了麻醉药。"

"伊的棺上堆满了无数香花，教堂中挂着白，举行殡殓典礼时，参与的人着实不少。"

"唉，我要是知道伊是个有德的女子，那我定然娶伊为妻，因为伊那个宜慎宜喜的娇面，也非常的美丽啊。"

"伊那母亲又怎样呢?"

"伊也曾流过好多眼泪，但过了一个礼拜，早又开阁延宾、酣歌恒舞了。"

"伊对于女儿的死，又怎样说词呢?"

"咦，伊推说是新装了一只煤气炉，机括不妥，才出了这岔子。因为这个原也是常有的事，人家就深信不疑了。"